阅读即行动

Michael Wood
Children of Silence
On Contemporary Fiction

沉默之子
论当代小说

[英] 迈克尔·伍德 著
严韵 译

北京联合出版公司
Beijing United Publishing Co.,Ltd.

图书在版编目（CIP）数据

沉默之子：论当代小说／（英）迈克尔·伍德著；严韵译．—北京：北京联合出版公司，2024.5
ISBN 978-7-5596-7494-4

Ⅰ.①沉… Ⅱ.①迈… ②严… Ⅲ.①小说评论－世界－现代 Ⅳ.① I106.4

中国国家版本馆 CIP 数据核字（2024）第 053588 号

CHILDREN OF SILENCE by Michael Wood
Copyright © 1998 Columbia University Press
Chinese Simplified translation copyright © 2024
by Neo-cogito Culture Exchange Beijing Ltd
Published by arrangement with Columbia University Press
through Bardon Chinese Creative Agency Limited
博达创意代理有限公司
All rights reserved

北京市版权局著作权合同登记　图字：01-2023-6101

沉默之子：论当代小说
作　　者：[英]迈克尔·伍德
译　　者：严　韵
出 品 人：赵红仕
出版统筹：杨全强　杨芳州
责任编辑：孙志文
特约编辑：廖　雪
封面设计：彭振威

北京联合出版公司出版
（北京市西城区德外大街83号楼9层 100088）
北京联合天畅文化传播公司发行
北京启航东方印刷有限公司印刷　新华书店经销
字数174千字　782毫米×1092毫米　1/32　12.375印张　插页2
2024年5月第1版　2024年5月第1次印刷
ISBN 978-7-5596-7494-4
定价：68.00元

版权所有，侵权必究
未经书面许可，不得以任何方式转载、复制、翻印本书部分或全部内容。
本书若有质量问题，请与本公司图书销售中心联系调换。
电话：010-65868687　010-64258472-800

目录

代译序 1
译者识 5
致谢 7
导论 1

小说地图

1 小说作品的仁慈 25
2 无知的喜剧 53
3 天堂中的政治 75
4 隐喻的动机 119
5 应许之地 139

其他时光

6 后现代主义的罗曼史 175
7 心智之山 203
8 虎与镜 219
9 风行一时 245

故事与沉默

10	失去的天堂	263
11	他者的言说	285
12	叙事的梦魇	305
	结局	329
	注释	345

代译序
想象阅读

有位当代史家曾经说过:"治史必赖丰富的想象力。"这句话乍看平淡无奇,因为我们早已不把历史视同时间的化石。在后现代社会里,历史是活而会动的有机体,会因我们的想象力而在文海中摇曳生姿。这种观念兴革,说来并非史学界闹革命,而是从二十世纪开始,文学批评呈多方发展,终于卷起了包括历史观念在内的千堆雪。始作俑者或谓新批评及其相关的文化思潮,但是为想象力定调的却是罗兰·巴特 1968 年那篇名文《作者之死》。

《作者之死》像尼采在十九世纪喊出的"上帝之死",撼动了世人对阅续主体既有的看法。结果是书写臣服在阅读之下,让读者取代了作者,变成艾布拉姆斯《镜与灯》(Meyer Howard Abrams, *The Mirror and the Lamp*)中那读作写三角关系里最重要的一环。历史过去以史事为中心,如今可能颠倒成为史家或他笔下的史学撰述。文学思想史上虽然也有所谓模仿说,但仿作的对象毕竟不如历史那么具体,所以作者既死,取而代之的不会是文本，而是原先以为被动行事的读者。此所以克莫德（Frank Kermode）在 1975 年否定了"文学史"，认为历史上只有"阅读史"这码事。

克莫德的话重要异常，因为"阅读史"乃迈克尔·伍德（Michael Wood）刚经中译的《沉默之子》一书的理论基础，也是伍德建构自己评论的哲学宏棋，更是"想象力"可以像史学一样堂而皇之介入阅读的关键。伍德所阅读者何？《沉默之子》称得上花繁叶茂，伍德的批评触角从二十世纪前期的艾略特伸展到九十年代初的萨义德。不过重点所在并非诗人或批评家，而是介于其间的文坛祭酒如贝克特、昆德拉、卡尔维诺与加西亚·马尔克斯等人，其中还包括日裔小说家石黑一雄。这些人既是书写老手，也是他人作品重要的阅读者。就像伍德阅读他们一样，他们老早就把阅读所得融入自己的作品中，使自己的新作具有一种迥异于过去的视角，也在演现所谓"书写系阅读的延伸"这句当代人的口头禅。

伍德特别强调"当代人"，因为过去我们总把生活和阅读判为泾渭，而艾略特或卡尔维诺等名家——可惜这当中伍德于安贝托·艾柯的强调稍显不足——根本就让阅读化为生活。由是观之，克莫德的"阅读史"在文学批评和想象力的关系之外，似乎又得一解，亦即"文学史"也是作家的"阅读史"。

有关文学的这两个"阅读"概念一旦建立，而且拿来解读文本，最后所得必然是读者地位提升。既然如此，文本——尤其是叙事文本——在某个意义上就必须压低自己的声音，乃至于变成"沉默"的代名词。伍德在这种关系中又看到另一种"沉默"的概念再现，亦即作家常借"沉默"滋养自己，本身不具足够的生活经验，所以所写缺乏本雅明所谓"故事"所应有的教诲能力。这种"小说作品"，昆德拉和贝克特都是健笔。在另一方面，加西亚·马尔克斯和莫里森分别从另一种"沉默"中现身。这是一种曾经风行一时，当下却已式微的叙述模式，本雅明曾借"故事"一词拟推之走回原初的历史现场。只可惜时间当时"沉默"以对，因为历史再难重现，本氏的想盼终归徒然。二十世纪七十年代以后，"故事"终于再现文坛，伍德的观察是常和小说作品合流，造成了一股"沉默的喧哗"之风，作家间隐然有争鸣的态势。

在这股态势或潮流中，读者的地位益形重要，因为小说作品和故事的声音混合为一，而作者既死，我们自己就得听声辨位，从"阅读的天堂"判读出自己所需所望。伍德本人就是这样一位"大内高手"，既可优游在《百年孤独》的虚实间，又可徜徉于贝克特静肃的世界。伍德令人尤感振奋的是阅读切中肯綮，往往片语只字即可点出所论作家的特色与精神，例如贝克特的角色行走在人神中界，上下求索。又如昆德拉对集权主义所见深刻，唯文本挖掘到某个程度就无以为继。至于卡尔维诺，伍德说他生活在象征中，阅读其人犹如其人在阅读自己。如果卡尔维诺用想象力在转化阅读经验，伍德显然也是如法炮制，所写自是由另一种叙述、所谓的"评论"组成。

史学家治史需要想象力,文学批评家阅读案上沉默以对的印刷文本也需要,批评家如果能守得住这一隅,过去所割之地与所赔之款其实不难索回。《沉默之子》是一场角色俱全的评论演出这种能力的辅佐。史学家治史所得是史学撰述,批评界早已收为文类,但是批评家自己打下来的江山呢?这中间有"叙事",然而"小说作品"或"故事"早已将之收归己有。这当中有"对话",可是"戏剧"抢先一步声明了版权。此间更有"议论",不过,哎,批评家打一开头就没料到自己也能与闻经国大业,所以眼睁睁又让位给"文章"了。如今万里江山只余"想象力"一隅,批评家退此一步,即死无其所,不能再退了。然而话再说回来,我们用想象力想象伍德的阅读,其实也不难想象上面的推想结果为何。

李奭学 [1]

---

[1] 李奭学,美国芝加哥大学比较文学博士。现任台湾"中央研究院"中国文哲研究所研究员,台湾师范大学翻译研究所暨英语研究所教授。

译者识

关于本书翻译的一些体例：

1. 一般将 fiction（小说之总称，亦特含"虚构"之意）及 novel（长篇小说，也泛做小说的通称）都译为"小说"，但在此处混为一谈总觉不妥；为求分辨，本书中一律将不可数的 fiction 译为"小说"，可数的 novel 译为"小说作品"，或视上下文译为"长篇小说"，或冠有数量词（一部、一本等）的"小说"。

2. 由译者另行插入的字句解释等以〔〕表示，与文内原有的（）加以区分；原作者在其引用文字中夹注的部分则框以［］。

3. 原文中偶尔穿插的法文、西班牙文等字句，皆予以保留（其前后文通常都已说出那些字句的意思，少数没有的则由译者加注解释）。

4. 本书中提及的书籍，已有中译本者以中译本的书名为准，无中译本者则依英文书名翻译（尽管有些非英文作品的英译本名称可能与原书名有出入）。

献给帕柯

以及他音乐中的音乐

致谢

本书中一些章节很早期的版本,是在伯北克学院(Birkbeck College)、伦敦、哈佛、纽约等大学的授课内容;或者是为《伦敦书评》(*London Review of Books*)、《新共和》(*New Republic*)、《纽约书评》(*New York Review of Books*)所写的文章或评论。我的《安吉拉·卡特》一文原刊登于《英国作家:增刊三》(*British Writers:Supplement III*, George Stade, gen. Ed., and Carol Howard, assoc, ed., pp.79—93),版权属查尔斯·史奎纳之子(Charles Scribner's Sons)所有,经 Simon & Schuster Macmillan 的子公司 Charles Scribner's Sons Reference Books 授权转载。我很感激这些邀请和鼓动,以及由此而来的许多助益良多的评语。

我要感谢珍妮佛·克鲁(Jennifer Crewe)的信念、耐心和提醒,以及也对此书有信心的珍妮·阿格娄(Jenny Uglow)。

沉默之子
论当代小说

导论

由小说作品而故事

当代小说充满了引人深思的材料,但这些材料有相当数量是彼此重叠的,某些主题重复出现在本书中多处不同的脉络里。例如天堂此一概念,或者对天堂的数种不同概念,便一再出现,让人感觉无论这概念已经变得如何破旧,却仍然无法完全摆脱。又如沉默是文学所渴望但无法企及的,不只因为语言是文学最基本必要的条件,更因为文学最吸引人的成就之一,就是对沉默有一种复杂的效忠。再如小说经常是一种评论的形式,而评论也可以是小说,不只是充满了故事,更是被故事所驱使,寻找的是寓言而非对寓言的解释。但本书的主要走向则是论及小说作品正面临危机,以及故事开始得到解放。

我对小说作品(novel)及故事(story)这两个词的用法接近瓦尔特·本雅明(Walter Benjamin)的定义,尽管他在当代小说与评论中激起的回音相当不同。对本雅明而言，小说作品跟经验的凋零及印刷品的孤单有关：

> 小说作品与故事的不同之处……在于它必须倚赖书本……小说作品诞生于孤独的个人，他无法再以举出其最关心的重要事项为例来表达自己，没有人给他提供建言，他也无法给其他人建言……在生命的饱满之中，并透过对此一饱满的再现，小说作品显示了生者深沉的迷惑。[1]

故事也可以在书本中找到，但其形式的来源并不在于印刷品。它不是诞生于孤独的个人，而是来自一个生活在社群中，且有着能够传递下去之经验的他：

> 说故事的人总是一个能给读者提供建言的人。但如果今日"提供建言"听起来逐渐有点落伍，这是因为经验的可传达性正在减退。因此我们对自己或对其他人都没有建言可提供。[2]

"今日"指的是1936年。本雅明的言下之意在于，我们都是小说作者和小说读者，我们几乎保不住对故事的记忆，也无法透过怀旧来重建往昔的故事、经验和社群。稍后在罗兰·巴特（Roland Barthes）和米兰·昆德拉（Milan Kundera）的今日，也就是二十世纪七十年代和八十年代，我们已经或几乎已经失去的是小说作品，而孤独的个人则居住在卡尔维诺（Italo Calvino）所称的"阅读的天堂"[3]，这地方有着自己选择的孤单，有着自由和仁慈，是从极权政治或仅是杂乱政治的拥挤中脱身的一种民主模范。小说作品或许描述的是黑暗的世界，但他们让读者留在光亮之中。以这种观点看来，小说作品是自由主义而人性的，是非指导性和暧昧模棱的，专注在人类行为和动机的复杂性上。这是昆德拉仍然在写的小说，甚至是贝克特（Samuel Beckett）犹然写过的小说；是巴特渴望写而卡尔维诺的人物渴望读的小说。这是一种忧伤但慷慨的模式；关于失去（losing），它教导了我们许多，提醒了我们，就如本雅明在另一处曾说过的，"勇气、幽默、狡黠和刚毅"[4]并不是历史上的赢家专有甚至常有的美德。它不是有点过时的提供建言，而根本就像是社工人员的入侵。

但如果我们的故事没有建言，我们仍有很多故事。卡尔维诺写的是故事，就算他的人物想读的是小说作品。故事在这些作家笔下再度胜利出现：加西亚·马尔克斯（Gabriel García Márquez）、萨尔曼·鲁西迪（Salman Rushdie）、托妮·莫里森（Toni Morrison）、安吉拉·卡特（Angela Carter），还有较早期的君特·格拉斯（Günter Grass）。"我是在说故事给你听。相信我。"[5]这是珍妮特·温特森（Jeanette Winterson）的《激情》（*The Passion*）中一再出现的句子，这里的"故事"指的既是讲古也是夸大，是谎言的真实。爱德华·萨义德（Edward Said）流畅有力地强调他称之为破碎叙事的重要性，这些故事既包括又抗拒造成其破碎的原因。

故事卷土重来了，且往往是出现在小说作品之中——甚至会将其取而代之，使得在《百年孤独》（*One Hundred Years of Solitude*）这样的文本中，几乎找不到多少本雅明定义下的小说作品成分。这里并不是要躲避印刷——在印行出书的作品里怎么可能？——也不是要回归失落的口述社群。通常甚至也没有模仿这样的回归，尽管这种模仿的确时有所见。但有种感觉是，那种孤单的、取决于读者与世隔绝的小说作品，隔绝掉了太多东西，尤其是任何读者脑海中都会有的多重、无形的社群。以这种观点看来，故事没有小说作品那么挑剔讲究，它更具多样性，也不那么执意要从奇幻中筛选出合理、从历史中筛选出记忆。这里没有特定的政治观，没有相应于此一脉络下小说作品之自由主义的东西。故事不见得一定是激进的，也可能是自由主义的，甚至比小说作品更保守，因为它经常是传统的，与现代化世界较少联结。

当代的故事是否传达经验？它不提供建言，那么提供的是什么？它并不天真地信仰经验，因为它通常多少都接受了本雅明的看法，即经验正在或已经凋零——在其怀疑态度的版本中，它会认为搞不好根本不曾有过可以凋零的经验。但它相信片段的智慧，相信谜题的价值——一种至少与经验的梦想有着虽破碎但仍可辨的联结。它有的不是建言，而是暗示和直觉——而且不会放弃这些。当代的故事，不管是在小说作品之内还是之外，就像是托马斯·品钦（Thomas

Pynchon）在《万有引力之虹》（*Gravity's Rainbow*）中所激起的对秘密的回忆：

> 有些秘密交给了吉卜赛人，以免毁于历史的离心力，有些则交给了犹太教神秘哲学论者（Kabbalist）、圣堂武士、玫瑰十字会员（Rosicrucians），于是这个可怕聚会的秘密和其他的秘密，就在各个种族的笑话中找到了安身之所。[6]

关于从历史中拯救下来的秘密，或者四散在历史各个不起眼角落的秘密，这个概念被安贝托·艾柯（Umberto Eco）运用在《傅科摆》（*Foucault's Pendulum*）的剧情中，我想它之所以令人发笑又教人恐惧之处，正在于到处都有秘密的片段，就算那秘密本身是个笑话。到处都有秘密的片段，其原因不在于绝对有这么一个秘密，而在于我们无法相信没有这个秘密。当代的故事就是这样，幽灵般地拒绝理性，而专注于非理性的畏惧与希望的可能真实性，以及闲话与传说的不可靠智慧。

伊甸园之梦

天堂，沉默，故事。这些名词和观念不仅一再出现在我所阅读的作品中，更逐渐形成了评论本身的一个形态——或者是我试图做的评论的形态。奥登（W. H. Auden）认为评论者必须宣示他本人对于伊甸园的概

念,因为艺术作品所带来的乐趣,在享受的当下,是我们的乐趣而非别人的:

> 若一个人写诗或小说,他的伊甸园之梦是他自己的事情,然而一旦他开始写文学评论,基于诚实的原则他必须将之描述给读者,让他们能够评断他所做出的评断。[7]

或仅是为了能够看清评论者的假定。我倾向于相信,任何文类的作家事实上都宣示了他们的伊甸园之梦,不管他们是否存心如此——至少在其言外之意中,有心的读者可以找到。我不确定对于一个评论者或任何人,我最想知道的第一件事是不是他们的伊甸之梦。我或许会想知道他们对感情的看法,或对残酷的定义。但这些东西也许已经包括在那伊甸之梦里了。

奥登对这一点的讲究完全不打折扣,也就是说,他带着猫头鹰般的全然严肃看待此一比喻。他要知道那个伊甸园是什么模样、治理方式如何,并将他的问题区分成如下类别:景色、气候、居民种族、语言、度量衡、宗教、首都规模、政府形式、自然资源、经济活动、交通工具、建筑、家具设备、正式服装、公众消息来源、公众塑像、大众娱乐。这张清单本身当然就是个小型的自传,而奥登对这些主题的描述也很好笑(度量衡:"不规则且复杂。没有十进位制"。正式服装:"十九世纪三十及四十年代的巴黎时尚"。公众塑像:"仅限于已死的名厨"[8])。

我以描述我对伊甸园的概念开启本文，但这么做的原因，更像是被文本挟持为人质，而非出于任何急于告白或展示的欲望。景色：如同墨西哥或佛蒙特州（Vermont）较多雨地区的山脉；树木；色彩与光线的变化。气候：白天温暖，夜间冷得足需生火。为求平衡，偶尔有些极恶劣的天候。语言：英语和法语的混合，但是加上美式笑话。这也许不是奥登关于语言的意思，但我希望在伊甸园里有英文形容词（scruffy〔脏兮兮〕、raffish〔随便〕、tacky〔俗气〕、snotty〔跩不拉叽〕、stodgy〔矮胖笨拙〕等等）以及能精确描述情绪的法国成语。还有美国式的随口说，像我有次和朋友提及早餐时碰上一场摇晃屋子的迷你地震，朋友回答说："我已经吃过像那样的早餐。"宗教：我想说没有，但那也许是种论点，是项僵硬的原则，而非我伊甸之梦的特质。离经叛道的天主教，也许吧，或者离经叛道的新教异议派，去向不同的异议派；在体验过强硬严苛之后决定放弃，换成容人之心。但伊甸园中会有异议的半点记忆吗？政府形式：社会主义，像二次大战战后克莱门特·艾德礼（Clement Attlee）治下的英国，不过比较开心，对追求乐趣稍微热衷一点。建筑：一些罗马遗迹。除此之外是现代主义与时下前卫派（如果有的话）潮流的混合。零星点缀些不加修饰的巨大建筑。一两座古老的僧院或修女院。

但我放弃了，这绝不是我真正想要的。我要的是我们的世界，就是这个世界，如华兹华斯（Wordsworth）所说的，我们所有人的世界，而且我希望看到它在人类的意志之下改善，而非由梦想家或上帝来改写。那么，我是要鼓吹将天堂一笔勾销吗？我会的，要不是我不认为我们能忍受没有天堂，或能在脑中没闪过天堂的情况下创造出某种未来。于是对我而言，"基于诚实的原则"，我必须做的不是描述伊甸之梦，而是要对这样的梦想做出回应——不完全符合奥登的建议，但我想仍在它的范围之内。

我着手开始写作此书时，心中想的是另一个花园，或者说是这个处处都有、挥之不去且众说纷纭的地方的另一版本。那花园在墨西哥，并在马尔科姆·劳里（Malcolm Lowry）的《火山之下》（Under the Volcano）里激使一名酒鬼杰弗里·菲尔明（Geoffrey Firmin），对天堂这个主题做出了十分险恶的变奏。当时菲尔明是在跟他的美国邻居说话，在一个很像库埃纳瓦卡（Cuernavaca）[1]的城镇：

> 你知道吗，昆西，我常常在想那个伊甸园什么的老传说，内容可能没那么简单。说不定亚当根本不是被赶出来的呢？我是说，以我们习惯的了解方式而言……说不定他真正的处罚是必须继续在那里生活，当然是独自一人——受着苦，没人看见，跟上帝的关系被切断……是的……当然要受那处罚的真正原因——我是说，他被迫要继

---

[1] 墨西哥中南部城市，农产加工中心，墨西哥市的住宅卫星城，曾是大型的外国殖民区。

续生活在那园里,搞不好是因为,谁晓得,那可怜的家伙私底下很厌恶那地方!他根本恨死那里了,一直都是这样。然后这点被上帝发现了。[9]

留在伊甸园里是最终极的放逐;那个伊甸园从来都是个受到厌恨的地方,是另一种版本的地狱;是地狱,因为它是伊甸园,因为我们配不上那里,因为我们只会毁了劳里先前所称的"人间天堂之美"[10]。在这个故事里,人类的堕落是个得到快乐的机会,但它是不可能发生的。或者它已经发生了,但只是因为亚当"根本恨死"了他原先所处的地方:他唯一的不服从,就在于不喜欢他被分派的位置。在菲尔明的伊甸园里没有夏娃,这点颇具意义,而且这个版本中,除了灰暗而精彩的智慧之外,还有许多聚精会神的自怜,以及种种满足于孤寂感的偏执狂乐趣。但我们不需赞同杰弗里·菲尔明的观点,也能感觉到他意象中的惊吓和力量,我提出这个意象是作为一种纹徽或标志,以便为许多我无法以文字条理说明的事物,做出一种纹章式的总结。我们从没离开过伊甸园;我们的问题不在于身在何处,而在于我们对之作何感想;我们可以有效地将评论看作是,试图重新想象我们与完美之间的关系。

评论与沉默

"书本,"马塞尔·普鲁斯特(Marcel Proust)说,

"是孤独的产物，是沉默之子。沉默之子。不应与言辞之子相涉——思绪的产生是源于想说些什么，想表达某种不赞许，或某种意见；也就是说，来自某种模糊的概念。"[11]"不应相涉"（should have no portion with）的法文原文是"ne doivent avoir rien de commun avec"，直译就是"不可与其有共通之处"（must have nothing in common with）。西薇亚·汤生·华纳（Sylvia Townsend Warner）的译文很适切地反映了某种困惑或焦虑的思绪，因为有共通之处不像比方说共享一些东西那么明确，它很难清楚分辨是否出于选择。约翰·史图拉克（John Sturrock）将该句译为"不可能与其有共通之处"（can have nothing in common with）[12]。这里的困惑之处在于，沉默之子不应与言辞之子有共通之处，但不幸的是，它们确实是有的。它们的共通之处几乎就是一切了：语言本身。沉默之子本身并不沉默。这两组孩子都会开口；差别在于它们所说的话被归源于何处。言辞之子属于圣伯夫（Charles Augustin Sainte-Beuve）[1]那个社会性与历史性的忙碌世界，该世界的方式是普鲁斯特所攻击的，而衡量这些孩子的标准，在于它们"说些什么"的能力。沉默之子什么也不说，不参与任何社会交谈。它们是纯粹的演出，这些艺术作品不只向往音乐的境界，而且已经达到了那境界。这样说来，这概念听来很熟悉。比方说，这就是一直到不久

---

[1] 圣伯夫（1804—1869），法国文学批评家，将文学视为社会和历史的产物，其作品在英国和美国有广泛影响。

以前，几乎所有人对诗的概念。沉默之子"没有让什么事情发生"（奥登）[13]；"不该意指／而就是"（should not mean/But be, 麦克里许〔MacLeish〕）[14]。用非韵文写成的小说特别有其困难，因为它看起来似乎是——在普鲁斯特和任何其他人的作品里都一样——由复杂而没完没了的对话所构成，对话的两造是这两组孩子及他们对世界的反应方式。我们或许可以说，许多小说作品正是想要让沉默之子与言辞之子相互争胜，让一个地方、一种感知或一个社会的非推论性诗意，与众多成功孩子的强辞夺理的务实了解相互争胜。

但我想将此沉默的观念再向前推进一步，或者应该说，当代小说之所以一再处理沉默此一主题，便是在要求我们进一步思索这个问题。在论及石黑一雄（Kazuo Ishiguro）的那一章中，我仔细审视了不可言说之物的概念，但这概念也存在于许多其他作家的作品中，最明显的是贝克特，但也包括巴特和卡尔维诺。在这个错置的意义上，沉默之子是叛逃的言辞之子，这些作品将沉默视为言辞产生的必备条件。其最可怕但也最清楚具现代性的例子，就是对犹太人大屠杀，或者对广岛与长崎的原爆惨事保持沉默的诱惑。有什么能比沉默更有礼，有什么话不会触怒人们，又有什么似乎太过容易，容易到无法包含住无法包含的东西？困难之处在于，而这也是当代作家以各种方式驱使我们面对的，要能看出在极端的情形下，沉默几乎总是比较为人偏好，但又是不可以偏好的。或者用相反的方式来说，在极端的情形下，言辞的无尽不足并不能成为借口，让人用来保持单单是消极或沾沾自喜的沉默。再说一次，沉默之子不能将话全交给其他的孩子去说。所以，阿多诺（T. W. Adorno）反对维特根斯坦（Ludwig Wittgenstein）要人弃绝言辞的那句名言："我们所无法谈论之事，必须在沉默中略过。"[15] 阿多诺在这里面看到了"对独裁权威的恭敬确认"，并说："如果哲学有任何定义，那就是一种试图，试图把不可说的事物表述出来，试图表述出不可界定者，尽管在表述的同时，其实就是界定了不可界定者。"[16]

玛乔莉·佩洛夫（Marjorie Perloff）引用这段话，并为维特根斯坦辩护说，这句著名的警句"只不过是常识性地认知到，有些形上学和伦理学的律法（aporias），是没有任何讨论、解释、理由或精心建立的论证可以完全加以合理化的——即使是为了自己"[17]。但这正是阿多诺所主张的。常识一碰到无法说出的事物就放弃了，屈服于不可能事物之无可辩解的不可能性。对阿多诺而言，这不是终点而是起点。他对哲学的定义很接近贝克特对写作的定义——"对没有任何东西可表达的表达……以及必须表达的职责"[18]——虽然阿多诺不会说没有任何东西可表达。但我也不认为维特根斯坦是在对我们提出任何"常识性的认知"，而是为我们描绘出哲学的谦卑。我们在此看到的是欧洲苦行主义的两种版本。维特根斯坦的"必须"就像普鲁斯特的一样：是伊甸之梦。对无法谈论的事物却不保持沉默，这是哲学家（及许多其他人）谋生的方式。维特根斯坦是在提议一个无法达成的缄默之誓；而阿多诺则认为哲学正是要打破任何这种誓言。他们两人的共通之处，是都感受到言语在不可言说的主题上表现得傲慢而无节制。沉默被侵入或必须被侵入的此一事实，并不会使侵入之感稍减。

面对这种问题，评论的处境显得非常特异，双重的饶舌。多话的言辞之子想要替沉默之子说出它们不（想要）为自己说的东西，或者根本不想要说的东西——这就是评论与艺术表演之间的一般关系——而且它如今想要为其代言的对象，是特别致力于让自己亲近沉默的那些作品。这听来就算不惹人发怒，至少也毫无意义，但我们可以用它作为邀请函，邀请人们再度思考评论可能是什么。

评论有很多是在解释及提供资讯，当然，还有分析及评断。这些是有用的活动，但也正是普鲁斯特想要让沉默之子远离的东西——说些什么、不赞许、意见、模糊的概念，不过对于此一事实，我们也毋须太过气馁。言辞之子有工作要做。想说些什么并非错事，概念也不一定要是模糊的。浪漫主义的美学理论（不只是普鲁斯特的理论，也是珍妮特·温特森的）认为言辞之子是二等公民，这是一种大小眼的看法。埃德蒙·威尔逊（Edmund Wilson）[1]最喜欢对他的听众和朋友谈他读过而他们没读过的书，而评论居然可以是

---

[1] 威尔逊（1895—1972），美国知名的书评家暨作家，著有《阿克瑟尔的城堡》（*Axel's Castle*）等书评作品，及《到芬兰车站》（*To the Finland Station*）等历史著作。

除了解释之外的任何东西这件事，令许多人，尤其是出版商和教授，大感不解。但当我想到亨利·詹姆斯（Henry James）对评论的定义，即心智为了自身感兴趣的理由所做的伸展[19]，我想到的并不是任何人在报告某本书，或解释任何东西。或者说我想到的任何报告和解释，都是夹带在其他东西里面的。我确实想到相当数量的分析，但分析不会告诉我们一份文本的意思是什么，或者我们该有何感受，它只能告诉我们文本是如何运作的，以及（或许）我们为何会有我们已有的感受。严肃的阅读，根据福楼拜（Gustave Flaubert）在一封信里的说法，不是"阅读内容严止的书，而是阅读做得好，尤其是写得好的书，注意到事情是怎么被做出来的（en se rendant compte des procédés）。我们是小说家还是农业学家"[20]。这或许太过于强调技巧，但注意事情是怎么被做出来的，可以视为是思考几乎任何形式的再现的前提。

但评论还可能是什么？只能是坏的小说作品，印象主义，或者怯懦者的自传吗？要获得答案，第一步要先去除无知与专门知识之间的坚决对比。评论的谈话对象并不是非此即彼，要不就和那些没读过或不知该如何读的人解释那本书，要不就和跟你一样读过（好几次）同一本书，而且可能也对该书写过评论的人谈。我认为评论是试着要开启一段对话，对象是那些读过一些你读过的书、读过一些跟你想谈的书类似的书，并读过很多你不曾读过的书的那些人，这种对话并不真的总是可以碰上，但它总是有可能，而且有时还真的遇到了，尽管慢了点——尤其是以印刷书本形式出现的评论。他们不需要听解释，也没有什么是你可以向他们解释的。当你为了自身感兴趣的理由而伸展时，他们会了解那种兴趣，因为他们自己已经有或者可能会有同感，但主要吸引他们的是伸展的过程和理由。说得更确切一点，吸引他们的会是对伸展过程及理由的展示，就像展示数学算式一样。这让评论成为保罗·德曼（Paul de Man）所称的"阅读行为的隐喻"，但它同时也是表演，这也是我之所以认为评论就像现代哲学常做的一样，是在寻找一个故事，而非一个判决或解释性的总结。故事不会只是把（比方说）一本小说作品的叙事重讲一遍，也不会只是叙述阅读的冒险过程，尽管这两种活动也可能会是其中的一部分。它也不会只是为小说作品召魂或者重新创造读本。它会重新架构、重新检视一部作品的——或其脉络的、或其世界的——立足点以及所关切的问题，并努力将这评论的工作呈现为读者可以分享的经验，它是一条要被行经的路，而非一个要被命名的目的地。我们可以再次想到"建言"，或者任何我们希望代替它的东西。"毕竟，"本雅明说，"建言并不是对问题的答案，而是对如何继续一个刚展开的故事所做的建议"[22]，而"知道该如何继续"[23]，是维特根斯坦最喜欢的理解模式之一。再一次，这并不排除分析，受故事所驱使的评论本身并不全是故事，任何能帮助我们找到我们感兴趣的理由的东西，都一概欢迎。秉持这种精神的评论会延续创作的工作，但不必对之模仿或与之竞争，并且会，至少有时候会，变成一个谦抑的沉默之子，因为就严格的意义而言，它并没有说什么，也不能概述出或演释出令人满意的结果，它只是与之共同经历一段时光。

时复一时

诗人斯特凡·马拉美（Stéphane Mallarmé）曾写道，任何认为跟自己是同时代（contemporary）的人都是搞不清楚状况[24]。以马拉美那令人头晕目眩的标准而言，这话说得并不算晦涩，但还是相当难以理解。然而在它格言式的简洁中，在它所知多于所言的姿态中，这句话或许能帮助我们对当代的此一观念稍稍多一点了解。

我想提出的是，当代小说并不仅限于近期或当下的小说，也不限于出现在我们称之为现代的东西之后的小说。它是我们自己这个时代的小说，跟我们同年龄的小说。这通常不是真的指出生日期，尽管这里的数字也不失为一种开始描出一个轮廓的方式。本书中我花相当篇幅讨论的十四位作家中，有九位年纪比我大；八位仍然在世。他们的出生日期从1906年（贝克特）到1959年（温特森）。我自己出生于1936年，差不多正好位于中间，而这个年份恰好也是本雅明那篇关于讲故事的人的文章中的"今日"，不消说，这当然不是我刻意计划的。

但我们自己这个时代的小说包括了大量我们不可

能都读过的材料，更不用说对之下笔写评论了。如果"当代"要有任何建设性的意义，就必须意指某些为我们定义了或聚焦于这个时代的东西，它似乎塑造了我们时代的面目，或者形成了这时代了解自身的方式中极为重要的一部分。马拉美的那句话在此可以提供非常有用的警告。在那句话的各种可能的翻译或演释中，包括了：自认赶得上时代的人就是落伍了，或者自认了解时代的人根本不知道今夕何夕。宣称跟自己是同时代的人，让你失去了如此宣称之前可能有的任何可信度。

当然，真正跟我们同一时代的不是那些作家，而是他们的作品。时钟上真正的时间是我们初遇这些书的时间，是它们进入并改变了我们的人生、变成了我们的一部分的那一天、那一瞬。时间也包括了我们阅读这些书的方式，包括了理由和心境，包括了背景，以及我们的习性或兴趣的季节。我嗜读小说成瘾，像是偷来的乐趣，同时我读小说也是为了吸收资讯，就像我看晚间新闻一样。我爱沉默之子，但我也花许多时间与言辞之子相处。由于自从学会认字以来我就一直在这么做，它在我脑海中建立起了一个个世界，而在我认为自己所知的事物之中，小说必然占了很大的分量。我不认为这使得我的知识仅是如小说般虚构，但的确让它变得不直接。

我也为写书评而读了很多小说，但我不确定评论者跟书本之间的关系是不是一定得不同于偷乐趣的贼与书本之间的关系。我的感觉是——也许受限于我不愿意去想的东西——写书评让你偷取乐趣还有钱可拿，而且更重要的是，它还提供了一个绝佳的、完全无法抗拒的借口，让你可以不必去做任何其他的事。写书评，就我所认知和试图实践的，是要尽可能让读者感受到读那部作品是什么感觉，然后他们便可开始自行加以判断；同时也在篇幅允许的范围之内，推测这部作品指向何方，它的世界观是什么样子，以及我们为什么要在乎它。"差别何在？"[25]这是德曼流畅有力地讨论过的问题，而"谁在乎？"则是另一个好问题。知道它是不是修辞性的反诘，以及是或不是又有什么意义，是很有帮助的。

我的阅读岁月包括了，举几个随机但颇有重量的例子，等不及要看到托尔金（J. R. R. Tolkien）写出《魔戒》（Lord of the Rings）的完结篇，以及梅文·皮克（Mervyn Peake）"戈门卡斯"（Gormenghast）系列小说的最后一本（令人失望）；深深着迷于劳伦斯·杜瑞尔（Lawrence Durrell），之后则完全读不下他的作品；在巴黎发现了其他当代的英国小说家（威廉·戈尔丁〔William Golding〕、艾丽丝·默多克〔Iris Murdoch〕、安东尼·鲍威尔〔Anthony Powell〕），可能是受到当时我不承认的想家之情所影响；一头栽进福克纳（William Faulkner）（《沙托里斯》〔Sartoris〕），让我魂不守舍地过了一个星期，并感觉到我第一次真正懂了小说是什么。我在二十世纪六十年代初发现了博尔赫斯（Jorge Luis Borges），此后他的身影就一直出现在我所写的大部分文字中，也是他引导我去读了更多拉丁美洲或其他地区的作家。有一段时间我读了很多科幻小说，不过现在热度已稍有减退。从有记忆以来我就一直爱读悬疑小说，现在依然如此，来点蛛丝马迹或来具尸体，总能让我燃起兴趣。

差不多在博尔赫斯那段时期，我发现了雷蒙·格诺（Raymond Queneau）精彩的《地铁中的莎西》（*Zazie dans le métro*），也决定为当时我在剑桥所编的一份期刊写一篇《微暗的火》（*Pale Fire*）的书评，从此开始了一段无止尽的关系，不能说是跟纳博科夫（Vladimir Nabokov），而是跟他在语言及小说上所做的发挥。不是每个人都喜欢或必须喜欢文字游戏，但我无法把小说跟摆弄文字截然划分开来，而文字也是在游戏中才能找到最单纯、最直接的自由和生命。不久之后，拜诸位有想象力、有灵感的编辑邀稿所赐，我的小说瘾和我的书评活动融合为一，仿佛是天造地设的一对，仿佛是变身博士的两个人格和平共存了。

这本书并非总览，我也没有企图要"涵括"任一时一地，但我试着唤起在我看来当代小说中最有趣的一些可能性，也试着去思考可能性此一观念本身，作为小说长久以来的类比和关注之一的可能性。这表示我（常常是很犹豫地）放弃了许多很好的小说家，只因为他们刚好没有特别探索可能性的观念；这也使得巴特和卡尔维诺在本书中扮演着引导的角色，在别的书中未必如此。这不完全是说卡尔维诺就是巴特梦想成为的作家，尽管我有时这么想过；巴特自己就是那个作家。我的意思是，在巴特的作品中看似批判又理论得毫无缩减余地的那些问题,却在卡尔维诺的小说中上演、扩延,并转化成神奇迷人的实践。在这过程中小说变成了评论和理论,它同时也改变了小说的机运。

就像我所知的每一个人那样,我活在时间之内和之外,无疑在外的时间比在内多。但我有种挥之不去的感觉是,我跟我在本书里研究的这些作家分享的是同一个世界,而跟年代只稍远一点的作家,如普鲁斯特,就不是这样。这完全是时间性的问题,我想,而非空间或社会性的。我见过认识普鲁斯特的人,但他们看来像是来自另一个时代的使者。除了运用想象力所能达到的地步之外,我无法假装了解雷纳多·阿瑞纳斯(Reinaldo Arenas)、托妮·莫里森或爱德华·萨义德所述及的一些可怕境遇,但我所说的分享同一个世界,并不是指与作家或其写作主题离得很近。重点在于经历同样的历史里程碑,包括政治方面和文学方面。粗略地简而言之,这个世界是在经济大萧条之后的世界;对我们大部分人来说,也是在第二次世界大战及犹太人大屠杀之后的世界:其中有越战、古巴革命、美国民权运动、肯尼迪之死,以及多个前身是殖民地的新国家。在这个世界里诞生了结构主义、后结构主义、重新振兴的女性主义、改造过的精神分析,还有突然相信我们全都是历史相对论者,就连我们一向倚之为脉络支柱的马克思主义都碰上了麻烦。这个世界视现代主义为理所当然,自认知道的比实际知道的要多;最后它终于拜倒在后现代主义的观念之下,因为它的氛围情绪不能没有个名字。

当然，这无法堆叠成一个有着任何确切形式的单一世界；因为这里有这么多个世界，宣称跟它们每一个都是同一时代是很荒谬的。但我想提出的是，或许有一个单一的时间世界，可以把它想成是一个延长的历史时刻，至少在这条序列线上我们都是同一时代的。这个时刻不只是现在，它比现在要老。但没有老很多。它是你站在现在，环顾四面八方所能看见的范围。是你不用把取景器调到另一个历史阶段或另一种语言就能看见的东西。

这是一本谈小说而非谈政治或历史的书，但身在同一时代，就表示将政治及历史的中心性视为必然，就算你没有一直谈它也一样。明白地说：我不认为政治和历史狭义地决定了文学，但我不认为文学是超越此二者之上。我希望让读者感觉到的是，就算在看来离政治最远的时候，小说都是政治性的；而就算在小说直接讨论政治的时候，它都逃离了政治。

跟历史之间的对话则不同。巴特谈到要对抗而非逃离历史[26]，而且我也不确定逃离会是什么意思，有什么非历史性的地方可以逃去。对解构最有趣的误读之一，就和这个问题有关。法兰克·蓝特里齐亚（Frank Lentricchia）写道，德曼"对文学怀旧的定义"使得"我们把历史当成不可取的状态而转头他顾"[27]。德曼的确认为历史是个不可取的状态，而且也有他的道理在，但蓝特里齐亚所引述的这个定义听来并不太怀旧，而且也没有使我们对历史转头他顾，反而是绝望地、不可避免地回归历史："由此，文学的独有特质清楚显现出来，它无法逃离其所感到不可取的状态。"这在我看来太灰暗了，无法教人信服地代表文学的独有特质，或历史的独有特质，但它至少有一项价值，它看出历史是不会不在的。

但我不认为"对抗"一词能说明文学与历史的关系。文学与历史（的书写）距离太近了，无法抗拒它，而且很多时候文学就是历史，只是披上了比喻的外衣。然而文学有着一份脆弱的自主权，一种私密的、游戏的元素，离超越还有一大段距离，但也正因如此而更显重要。这种元素在文学中，就等同于萨义德论及勃拉姆斯（Johannes Brahms）时所称的："他音乐中的音乐。"[28] 我们不妨说文学心存历史，就像我们心存一个概念一样；它也心存自己，永远不乏对话或娱乐；而在比较激进的形式中，文学会引发历史再度三思。有谁能足够及时地认为他们是他们自己的或任何人的同一时代呢？

小说地图

我可以称这本书为小说作品吗?

——马塞尔·普鲁斯特,《让·桑特伊》

我从事物开始,给它们取名字,甚至是用烂了的名字。

——罗兰·巴特,《作家索莱尔斯》

1 小说作品的仁慈

罗兰·巴特

古城

罗兰·巴特在为文论及小说作品时,似乎是在直接(不知是否有意)回应奥登的要求,即评论者应该定义他们对伊甸园的概念。对巴特而言,小说作品是失落的天堂,最终与其说是一种文类,不如说是一个道德理想,一个人类仁慈的模范。这并不是说小说作品一定要描写这些东西;小说作品只是将之付诸实行,仁慈是文字和读者之间关系的一种特别转调或安排。当然,不是所有的小说作品都能达到这种效果。但非小说作品是绝对难以企及的。

巴特对小说作品的概念之所以有趣,除了在其本身,也因为它指出了理论和实践之间细密交叉的错综复杂关系;因为它表达出一名有才华的当代评论家,对某一种特定小说形式的梦想;也因为它,在一种尚待探索的意义上,本身就是另一种小说。巴特处理这个文类的方式也很引人注目,但并不是独一无二的。这是一种可辨认(尽管不常被辨认出来)的评论实践形式;早期对小说作品的讨论,也充满了这种看来松散的谈话。

卢卡奇(Georg Lukács)的《小说作品理论》(*The Theory of the Novel*)高傲地探索了承继史诗的此一叙事形式——"小说作品是被上帝遗弃之世界的史诗"[1]——在该书的末尾,他相当令人吃惊地解释了,何以陀思妥耶夫斯基(Fyodor Dostoyevsky)没有被他列入考量。"陀思妥耶夫斯基写的不是小说作品。"[2]我们或许会问一个平庸但不完全算是笨的问题,那陀思妥耶夫斯基到底是写了什么?毕竟我们知道小说作品是什么,或至少我们知道一般用法所表示的:有相当长度的非韵文叙事,其中有着杜撰的人物(通常住在真实的地方);或者说得更简单一点,就是有相当长度的虚构作品。这陀思妥耶夫斯基当然是有写。卢卡奇自己后期也发展出与此类似的观点,并把他早年说的这句话看作是年轻不懂事,算是黑格尔式的胡闹。但那并非仅止于此,而且就算做出了以上那种平庸的反应,我们很可能还会有另一种反应:那就是好奇。卢卡奇对小说作品一词有特别的用法,这种用法将陀思妥耶夫斯基的作品排除在外。问题不只是在于决定了标签,然后将某些小说家纳入该等级,另一些小说家则否——仿佛小说作品是一个俱乐部似的,就是那种古鲁丘·马克斯(Groucho Marx)不愿意加入的地方,因为他们可能会让他加入它[1]。应该感兴趣的重点是，我们对标签的迟疑，为何我们打算把甲作品归为此类而乙作品则否；在这里贴这标签、在那里不肯贴，又代表了什么意义。就像道谜题：在什么时候小说作品不是小说作品？在它是《白痴》（*The idiot*）的时候。在它是属于卢卡奇所说的"到那新世界"（to the new world）³的时候，那世界已克服了愧疚、忧郁、反讽、分隔。

卢卡奇写的那本书的标题里有理论这个词，而我们如今所称的理论通常是这样运作的：它与惯用说法进行只有部分时候是友善的争吵，试图使惯用说法搁浅，或者超越惯用说法，以达到惯用说法无法提供的澄明或清晰。比方说当亨利·詹姆斯谈到理论的时候，他拿来与此词相提并论的是"坚信"（conviction）和"意识"，紧接着是"信念""选择"和"比较"（"它并未显示出其背后有着一个理论、一份坚信、一种对自身的意识，也就是，作为一种艺术信念的表达，是选择和比较之下的结果"⁴）。理论或许想借由发明一整套自己的字汇，来拉开它和惯用说法的距离。很大一部分的科学和哲学理论就是这么做的，一些近期的文学理论亦然：不可与惯用说法，我差点要说成与惯用常识，混为一谈。于是我们来到了维特根斯坦所称的语言的郊区，一条条直来直往的街道，由毫不含糊或者说是

---

[1] 此指谐星古鲁丘·马克斯（著名的马克斯兄弟之一）脍炙人口的隽语，大意是说他想加入的俱乐部都不肯收他做会员，而肯收他做会员的呢，他就不屑加入了。

自称毫不含糊的言说（discourse）所构成：

> 我们的语言可以视为一座古城：这座迷宫充满了小街和广场、老房子和新房子，房子上还有各个不同时期添加的东西；城四周则是大量的新区域，有着笔直规则的街道和规格一致的房子。[5]

这意象吸引人之处，在于它提醒了一件我们常忘记，而且就算记起来也会刚好搞反的事。直接简单的是那些专门术语，曲折杂乱的是惯用说法。"只有无历史之事物可被定义"[6]，尼采（Friedrich Nietzsche）如是说，这句话不一定要我们重写字典，但确实让人重新思考我们对字典的用法。在实际应用上，小说作品一词将意味着一切人们曾用它来示意，且借由它来了解的东西。

此处我所感兴趣的那种理论——它同时也是一种评论——是住在古城里的，住在诸如小说作品这样的词语之间，甚至是住在真正的理论之间。它以新的或有限制的方式来使用旧词，试图将其专门化，试图从语言的历史杂乱中开拓出一个特殊的意义；但同时——这一点也许更重要——它的目的也在于与普通、杂乱的词义保持关联；保留回归旧词义的权利；并确认专用词义和普通词义之间是有所延续的。就像是我们为了某一特定目的，比方说赛车，而清理这座古城。等比赛过后，它又回到了原先错综复杂的生活，有着商店、酒吧、人行道、电影院等等；但我们仍会记得它曾作为赛车的场地。就像在比赛进行期间，我们会想到它是个有人居住的繁忙空间。与惯用说法混为一谈，在此不仅是可能的，更是可喜的，有时候，出于作者淘气甚或是无心插柳的手笔，这种书写会暗指特殊的词义也就是普通的词义，会假装不知道有什么复杂的事情正在发生。如此达到的效果会是一种非常世故的天真，或者是假扮的原始风格，等于是在说："谁，我吗？我的用字遣词没有特别的用法啊。"

罗兰·巴特不天真也不原始，但他的确是在字词的普通意义和没么普通的意义之间，快捷自如地来去着。而且他也对这样的来去加以思考。比方说，他喜欢拿字源学来做文章，不是因为他认为这样能提供字词的真正意义，或是因为他关心语言学上的起源，而是因为他喜欢"重复交叠意象的效果：字词被看作是一张刮去原文再重复书写的羊皮纸；我似乎有一些跟语言本身隶属同一个层次的概念"[7]——"以同样的语言"（à même la langue）。一个字词若有两种意义，巴特喜欢把两者都清楚保持在视线之内，"仿佛一个在对另一个眨眼，而那个字词的意义就在那一眨眼中"[8]。这完全是——超过我本身想要的程度——暧昧模棱，是双重意义而非多重意义。"愿望／梦想（le fantasme）不是要听到一切（任何）事物，而是要听到另外的什么（在这一点上，我比我为之辩护的文本理论要来得古典）。"[9]我认为这种在词义之间来去的观念，对我们很有用，因为它让我们看见作为一种实践形式的评论，而实践又求达到一种理论的意识。它也让我们的彼此交谈能达到更多的沟通。

然而在深入细探巴特之前,我想先看一下另一个突出的例子,也是理论使用普通的字词,在评论的古城中过着复杂而混乱的生活。这是一个很熟悉的例子,但总是能让我惊讶并觉得有趣。在此,评论家的心智开始变得像《马戏团》(*The Circus*)里的卓别林(Charles Chaplin)一样:永远都快要掉进水桶里,却总是能奇迹式地闪开;就算最后真的掉了进去,依然是有模有样的,依然是卓别林,依然是舞者的成分多过小丑。跟卢卡奇一样,T. S. 艾略特(T. S. Eliot)也说:一本我们以为是小说作品的书其实并不是小说作品。或者应该说,他是要告诉我们,为什么《尤利西斯》(*Ulysses*)不可能真的是一部小说作品,如果它不是的话:

> 如果它不是一部小说作品,这纯粹是因为小说作品是一种将不再管用的形式;因为过去小说作品不是一个形式,而纯粹是一个时代的表达,那时代还没失去所有的形式,不足以感觉到需要更严格的东西。[10]

让人看了晕头转向。这两个纯粹是实在太不简单了。每当艾略特要提出某些难以操控的东西时,他总是说纯粹是,就有点像在他的诗作中,对他非常重要的东西他总说只是:哀愁的随口带过的大师。但他在这里提出的是什么?他对小说作品一词的用法相当一致，但却是一种特别的用法，就像卢卡奇一样——也就是说，意义不同，但将其专门化的程度则相同。小说作品不仅是任何一种长篇的叙事，而且是《尤利西斯》所不是的那种叙事。它比《尤利西斯》要来得不严格，是我们无法再有效地写出的作品——它"将不再管用"，它是不行的；用巴特的话来说，它或许是可读的（lisible），但却非可写的（scriptible）。但形式这个词在这里有点过于千变万化，在同一个句子里竟然有三种颇为不同的用法，真是教人捏把冷汗。换做任何其他人，都会在转第一圈的时候就掉进水桶里。

首先，形式有其普通、相当广义的意思：形式是任何一种文类或文型，小说作品就是其中一例："小说作品是一种形式。"接着，它以专门的、理论的意义出现，可能是形式主义者会想赋予的意义，或者甚至是亨利·詹姆斯，想想他那个时代的许多小说：在这个意义上，小说作品就不是一种形式了，因为它太宽松、太随意、太直接反映出它所存在于其中的世界。第三个形式似乎指的是一种社会性或历史性的安排或习性，有点像是维特根斯坦说的"生活的形式"[11]：由此看来，前一个时代没有失去这个意义上的形式（因此当时可以有小说作品）；而我们则失去了它，所以需要严格的非小说作品，比如《尤利西斯》，来提供如今生活所欠缺的形状，因为如今的生活是（引用同一篇文章稍后的句子）"一幅徒劳无益且无政府状态的巨大全景"[12]。当然，这里所说的东西有些是很值得质疑的，但此刻我感兴趣的是作为演出的评论演出：普通的词义跟特殊的词义交相错杂,没有任何路标告诉我们居然有这么大的交通量,而严厉的形式主义似乎跟坚定的历史相对论并行不悖。在艾略特身上,这种并行不悖大约只是假象,但其中的各种可能性很有趣,而这种并行不悖也许并非对所有人而言都是假象。

我举出这些例子,是希望建议一种阅读评论(及理论)的方式,带着耐心和反讽,并且运用想象力;但我更要强调的是,如果我们不知如何做到这一点,将会损失很多东西。评论和理论不会总是对我们有话直说,就像古城不会看起来像是最新式的郊区,但它们或许有些有趣的、曲里拐弯的话要说,而且不见得都是老调。我的意思并非乔福瑞·哈特曼(Geoffrey Hartman)等人所表示的[13],并不是说我们应该把所有的东西都当成诗或小说作品来读,不过很多时候这或许值得一试。我的意思是说,阅读,不管读的是诗还是小说作品还是评论,一方面需要仔细注意字词,一方面也需要允许那些字词兼差,让它们可以过好几种生活。当我们问它们是不是专门用语的时候,有些会只说"是";有些会说"是也不是";还有些则会什么都不说。

Roman/Romanesque[1]

"这一切都必须被当成是小说作品的人物所说的

---

[1] roman 是法文"小说"之意,亦指传奇故事(分别相当于英文的 novel 及 romance),romanesque 为其形容词,指"小说(般)的""传奇故事(式)的",或"幻想的""空想的"。

话来思考"(Tout ceci doit être considéré comme dit par un personnage de roman)[14],这句白底黑字先是以罗兰·巴特的笔迹呈现在《罗兰·巴特论罗兰·巴特》(*Roland Barthes by Roland Barthes/Roland Barthes par Roland Barthes*)一书的封面内侧,稍后又出现在印刷的内文里。这一切:这本我们即将阅读的书。巴特的意思可能只是说,这并非一本自白性的作品:"小说作品的人物"只是虚构的人物。但我想要在这个词上多施加一点点压力:在巴特的作品中,一个"小说作品的人物"不太可能只是个简单的形体。这一部小说有情节吗?人物是否会改变?有没有出或有没有可能出续集?是巴特自己,或者说那个借用了他笔迹的人物,在那本书的最后一页所问的问题,又是白底黑字。"现在呢?"它的回答是一段短短的对话:

——现在要写什么呢?你还能写出任何其他东西吗?
——书写是带着欲望进行的,我还没有停止欲望。[15]

那么是有某种续集了;但没什么情节,人物也太难以捉摸,说不上是有改变——难以捉摸得根本不是任何普通意义下的人物。但是小说作品在巴特笔下指的是什么意思?要回答这个问题,我们得出发对巴特的评论生涯展开一段稍长的探索。

在《罗兰·巴特论罗兰·巴特》一书中,小说作品一词及其衍生词指的是小说中一个旧衣服般的领域，一个舒适的、属于读者的地方：un chateau de roman〔小说作品的城堡〕，du genre romanesque〔小说文类的〕[16]。这里没有什么问题。巴特所提到的 roman familial[17] 则比较复杂一点，从上下文脉络看起来，指的似乎是家庭小说，中规中矩的《布登勃洛克一家》（*Buddenbrooks*）或《福尔赛世家》（*The Forsyte Saga*）[1]式的法文作品，任何经过细考的族谱所蕴含的叙事。但这个词亦可译作家族传奇，而巴特一定也有意识到这种暧昧模棱（并因此感到很有意思）。稍后我会再谈到小说作品，尤其是法国小说作品，这种与传奇故事接近的性质。

但当然，没有人要求我们相信，在《罗兰·巴特论罗兰·巴特》中说话的那个人是小说人物，他只是要我们把他当成小说人物来想。此处所言的小说作品显然是个比喻，巴特本身也变成了隐喻的或想象的小说家，写的是为此文类而做的方案，而非此文类的实例；或者也可以说是，一部不可能的小说作品的理论家。如果这个作家是一部小说作品中的人物，这会把他带回陀思妥耶夫斯基和乔伊斯（James Joyce）之前的那个老世界里去吗？如果会，我们可以跟着他去吗？我们会想要去吗？

巴特早期用小说作品一词，词义约略等同于叙事，

---

[1]《布登勃洛克一家》是托玛斯·曼（Thomas Mann）的作品，被他称之为是描写"一个家庭的衰落"的故事，其内容与作者本身的家族史有许多相似之处。《福尔赛世家》是英国小说家兼剧作家约翰·高尔斯华绥（John Galsworthy，1932年诺贝尔文学奖得主）的作品。

而在《写作的零度》(*Writing Degree Zero/Le Degré zéro de l'écriture*，1953)中阴森得精彩的一章之后——"小说作品是一场死亡：它将生命转化成命运，记忆转化成有用的行动，持续期间转化成一段有方向、有意义的时间"[18]——他便经常使用第二种词义。他主要检视短篇文本，在这种文本里叙事的结构和调度可以仔细加以分析；一头是叙事，另一头是文本性，而书写(écriture)则夹在中间左右开弓，在这种情况下，小说作品差不多都不见了。当小说作品重新出现在巴特的评论中，它(一开始)并不是他想写的那种作品，而是一种他不能不用的思考范畴，一个他思索文学时所需要的术语。

巴特早期的作品坚称小说作品背叛了现实；但不管是在早期还是晚期，他也都深刻注意到小说作品所捕捉到的大量及多样的现实，而他解决这个两难问题的方法，至少有一段时间，是漂亮地将小说作品对立于小说作品的原料(what novels are made of)——这是我对 roman 和 romanesque 这两个词的粗糙翻译。巴特一再使用这个配方，仿佛它是一种救赎。他宣称 romanesque 和 roman 是"相当不同"[19]的。Romanesque 是未加结构的一组片段或部分(un simple découpage instructuré)[20]，是数种形式的散布。关于《恋人絮语》(*A Lover's Discourse/Fragments d'un discours amoureux*，1977) 他说，这里可没有小说作品，小说作品会取用的那种材料倒是很多(aucun roman, mais beaucoup de romanesque)[21]。属于写作者的，亦即可书写的(scriptible)，是"le romanesque sans le roman"〔没有小说作品的小说作品原料〕[22]。"我喜欢小说作品式的东西（romanesque），"巴特说，"但我知道小说作品（roman）已经死了。"可以看出，他对小说作品和小说作品式的这两个词，用法都和卢卡奇及艾略特对小说作品的用法一样：用来意指一种已经消失、已经没有了的东西，也用来标示一个方案，一个新的或剩下的世界。不同之处在于卢卡奇和艾略特将小说作品放在过去，巴特则将它放在过去和现在——我们还会看到，他并且将之变成了一种天堂。然后他明白到，这种划分并不真的能持久或令人满意。即使是在评论上，他必须放弃那散布的断片，把飘来飘去的 romanesque 折好叠回 roman 的范围之中；或至少必须接受 romanesque 是仰赖 roman 的，而非真正与之相对立。不能有这个没有那个，这是法兰克·辛纳屈（Frank Sinatra）一首老歌的歌词，讲的虽然是别的东西，但巴特一定也一直都知道这一点。

但巴特最终为我们所投射出来的小说作品究竟是什么，那种并非等在其作品中——就算是作为一种概念——而是超脱其作品之外的小说作品？他晚期在一场演讲（1978年）中指出，小说作品是他称之为"有关于我过去的实践、过去的言说的任何一种新形式"[24]。也就是说，对身为书写者的他而言是新的；对身为读者的他而言是旧的；就它在书写和阅读之间搭起一座桥而言，是既新又旧的。英文并非巴特的母语，此处应该无意拿 novel[1] 一词来玩双关语，但语言就是充满了这种历史的突袭。如此的小说作品是可能的吗？大概不可能：它是 fantasmé, et probablement impossible〔异想天开，以及大概是不可能的〕。问题不在于巴特能否写出这样一部小说，或者为什么不能，而在于有没有任何人能，在于这样的小说作品是否可能写得出来。那么它既不是属于读者也不是属于作者的文本，而是幻影文本：是不可能的。不过，巴特在别处也说过，不可能的事物是可以设想的。但若想接近此一不可能，我们需要更进一步探索 roman 和 romanesque，而在此我们会碰上一点麻烦，关于字词的跨文化意义。

　　Roman 翻成英文是 novel 没错，但这种译法并不像表面上看起来那么妥帖，因为此词在法文中还有传奇故事的意味。字典中列出的延伸义还包括 récit dénué de vraisemblance〔缺乏真实感的叙述〕，就如 Cela m'a tout l'air d'un roman〔这完全像是一部小说〕此句中的用法。英文里的小说作品是编出来的，但通常都是编得相当清醒，而且常常假装根本不是编的。上述的法文句子在英文口语中，可能会说那件事像童话故事，或者是编造出来的。这种意义上的小说作品带有些许奇幻的色彩，而我想这也是让普鲁斯特怀疑是否该将《让·桑特伊》(*Jean Santeuil*)[2] 称为小说作品的部分原因——因为它是

---

[1] novel 一词在英文中又有新奇、新颖之意。
[2] 普鲁斯特的第一部小说，写于 1896—1899 年，长达千页且未完成，直到 1952 年才被发现并加以出版。

由生活累积沉淀而成，然后，如他所说的，加以收割，而非加以制造（Ce livre n'a jamais été fait, il a été récolté）[25]。Romanesque 是英文中的 novelistic〔小说作品式的〕，但这在大部分的脉络里都不对劲——无疑主要是因为这不是一个我们常用或者用途很多的词。这词感觉起来颇为技术性，但它所描述的东西可有任何技术性之处？很多时候，较为合适的词是 romantic——可是这又有我们所谓的浪漫的意思，另外还有表现得像小说人物的意思。拉鲁斯（Larousse）字典举出了两个例子。一个是引自卢梭：Il se fit des hommes et de la société des idées romanesques（"他对人和社会抱着浪漫的／小说式的看法"）。浪漫的看法，也是从小说作品中衍生而来的看法——或者正因为是从小说作品中衍生而来，所以才浪漫。另一个例子引自普鲁斯特：un restaurant…où maintenant il n'allait plus que pour une de ces raisons, à la fois mystiques et saugrenues, qu'on appelle romanesques（"一间餐厅……他现在去那里，只是为了某个神秘而荒唐的理由，我们称之为浪漫的／小说式的理由"）。浪漫的理由，感情用事的理由——小说作品里充满了这种理由。当然巴特的 romanesque 比这要接近"小说式的"，但它也是"浪漫的"，我们可以看到一些交相滑动的可能性。就我所知，只有一个淘气的先例把 romanesque 直接翻译成……英文的 romanesque〔仿罗马式的〕：它是出现在纳博科夫的《艾妲》（Ada）中，一个名叫詹姆斯·琼斯（"一个完全没有其他意思的配方，是非常理想的假名，不过这刚好是他的真名"[26]）的男人被形容成一个"仿罗马式的私家侦探"。

这个玩笑开得很好，但提供不了太多安慰；而且除非你已经知道那个法文字，或者想到了建筑方面，否则根本不知笑点何在。

语言造成的这些困难很可能是个噩耗，若不是它们这么有用的话，若不是它们正好确认了我对普通字词与它们和理论之间的关系所试图提出的要点。就算在同一种语言中，翻译也只是个大概，极少有可能可以逐字逐译；其运作方式是透过换句话说，透过解开、阐明，透过加上一些长长的句子，甚至加上手势动作。对于字词我们能做到的最好翻译，不是翻成其他字词，不管是用我们自己的语言还是其他语言，而是转成实践。我们使用字词，并对我们自己及他人显示我们知道那些字词的意思。

在这种意义上，让词义从一种语言迁移到另一种语言的难处，反而是珍贵且极为有用的。每一种语言都以不同的方式来划分现实，而看看这些不同之处，会让我们对语言和现实有所了解。我想这就是本雅明的意思，当他说语言"对彼此而言不是陌生人，而是……在它们想要表达的事物上互相关联"[27]。互相关联但并非双胞胎，因为就如本雅明接着又说的，有亲属关系"不见得一定会相像"。他说，Brot〔德文的面包〕和 pain〔法文的面包〕这两个字"'意图'（intend）的是同一样物体，但此一意图的模式则不同"。我会说它们甚至意图的都不完全是同一样物体，因为法国的面包和德国的面包很不相同，但这正加强而非削弱了我们此处的重点。我们又回到了那一道谜题。在什么时候小说作品不是小说作品？在它是 roman 的时候。嗯，不幸的是，就算字词意图的不是同一样物体，但它们还是常常会打中同一样物体。我们可以说，novel 是文学中一片很宽广的领域，托尔斯泰（Leo Tolstoy）和巴尔扎克（Honoré de Balzac）位于正中央；而 roman 也是如此。但这两个词画出来的地图不是同一个颜色的，传达的讯息也不尽相同。

巴特的第一本书，《写作的零度》，有一段气势恢弘的著名段落，充满了夸张的过度简化和法国中心主义，但依旧非常杰出：

> ［过去式，历史过去式］是建造一个世界的理想工具；它是宇宙进化论的不真实时态、神话、历史和小说作品。它预设了一个建造好的、精心制作的、自给自足的、缩减为抽象线条的世界，而不是一个摊开在我们面前、任我们或取或弃的世界（non un monde Jeté, étalé, offert）。在过去式背后总潜藏着一个造物主，一个上帝或背诵者。这世界不是没有经过解释的，因为它是像一个故事般被讲述；它的每一个意外都是一项事实，过去式正是这样的一个操作符号，让叙事者把分崩离析的现实缩减成一个苗条纯粹的动词（raméne l'éclatement de la réalité à un verbe mince et pur），没有密度，没有体积，没有宽度。[28]

我们可能会觉得，而我的确是觉得，巴特这段精彩的描述，只说了还不到一半的故事。在我看来，小说作品似乎典型是以未完成式所组成，将整个人生、整个社会都呈现在延续的过去之中——延续得那么彻底，以致用现在式也是可能而且常见的，比方说，"所有快乐的家庭都是一样的，但不快乐的家庭就各有其不快乐的方式。"[29] 然后句子变成过去完成式——"欧布隆斯基家里一切都不对劲了"——而直接的行动，当它来的时候，就像突袭般降临在这个世界上。巴尔扎克的《幻灭》(*Lost Illusions*)一开始有一页半的未完成式，几句现在式，还有一句完成式（那一句有点像是从现在在反着造回去的：今日机械化的印刷已经……使我们忘记了）；然后是一串带有一个日期的过去式：主角大卫·瑟恰在1793年结婚、逃避兵役、单独待在印刷厂。如果没有这种完成式和未完成式交错的习惯，普鲁斯特那句惊人的开场白也就不会造成震惊了，他把一个已完成的单独动作表现得像是一件持续发生的事。Longtemps je me suis couché de bonne heure：这就等于我们说，有很长一段时间有一天我很早就上床了(For a long time I went to bed early one day)。事实上，狄更斯(Charles Dickens)《小朵莉》(*Little Dorrit*)的开场正有这种效果："三十年前，马赛在太阳下燃烧，有一天。"掉这么一段书袋，并不是要跟巴特的恢弘段落唱反调，而是要转移它的阵地。将摊开的世界加以缩减，给零散的现实强加上不真实而太整洁的一致性，这些并非发生在书写和实际体验之间，而是发生在书页上。小说作品是这整个活动的纪录。我们可以接受巴特话中那种或可称之为伦理性的倾向，抵御那种将丰沛现实窄化的秩序，但我们必须知道的是，就这一点来说，现实也是存在于小说作品之中的，而巴特就是从那里取得它的。遭受历史过去式的军事统治的，是散漫的未完成式。当我们以这种方式看待小说作品时，我们正是在应用 roman 和 romanesque 的术语学：我们或许可以说，好的小说作品是由它们的争斗与和解组成的。

这里是巴特自己的散文的一个例子：

> 我在那里（j'allais ainsi），单独在我母亲去世的那间公寓里，看着她的这些照片，一张接一张，在灯下，逐渐跟她一起回到往昔，寻找我所爱的那张脸的真实。而我找到了它（或我找到了她: Et je la découvris）。[31]

我想，这个段落并非表示《明室》(*Camera Lucida/La Chambre clailre*, 1980) 是小说作品，而是说小说作品的片段可以在几乎任何地方冒出来。弗雷德里克·贝赫特（Frédéric Berthet）巧妙地说：巴特写了"若干小说作品"（du roman）但没有"一部小说作品"（un roman）。这里的部分用法是从巴特自己那里借来的，他曾说过辨识"若干语言"（du langage）但不是"一种语言"（un langage）[33]。这句话不管用法文或英文来说都一样不清不楚，至少听起来会像是在戏仿语言哲学家，但这是一个很有用的区别。这例子也很出色地显示 roman（情节，历史过去式，事件）和 romanesque（那间公寓，那盏灯，那所有错误的照片，那"悲哀的荒废时间"）是彼此需要的，在一部小说作品中是一起出现的，在一片（a piece of）小说作品（du roman）中亦然。

巴特晚期有一篇名为《巴黎之夜》(Soirées de Paris,1979)的文章，大致说来颇为平淡芜杂，但其中闪现着一些相当感人、有生命的时刻。这些时刻的出现不是因为那里写得比较好，或者因为叙事中发生了什么，而是当我们清楚地看见罗兰·巴特这个人物，一个老去的男人，漫长而缓慢地学习放弃。"这一切都必须被当成是……"有个朋友在犹豫要不要到耶尔（Hyéres）去待一段时间。那个朋友想去，巴特不希望他去，但却倔强（而且成功）地说服他去。巴特说自己的行为是出于呕气、慷慨、宿命论、一种贵族式的爱现（forfanterie seigneuriale）[34]，无疑还有许多其他的感觉也夹杂其中。我为什么觉得这是一片小说作品，以及因此对这一幕印象深刻？不是因为动机或情境复杂——在短篇小说中常能找到更复杂的东西。也许是因为其中所暗示的情节有很大的延伸和密度，要抵达此一场景我们必须先走过长长的想象之路，要由此继续走下去亦然。

那么 roman 就是历史过去式，是可见的、过多的情节；是专有名词，代表着完整的身份，固定、稳定的人物。巴特说，传记是不敢说出自己名字的小说作品[35]——也就是说，情节和人物调配在一起，伪装成历史。小说作品是"一个被赋予了人物和时态的故事"（une histoire dotée de personnages, de temps）[36]。对巴特而言，小说作品是有结论的，是封闭的系统。用我们先前已经看过的 roman 的言外之意来说，就是小说作品不太像真的。巴特把"纯粹是小说式的"这几个字跟"站不住脚的""不可能的"用在同一段话里[37]；《S/Z》中有一个难忘的地方，巴特要我们想象一个活生生的人在发颤音，事实上，是要用巴尔扎克要求她说 Addio 的方式说。"她在最后一个音节加上了一个发得非常美妙的颤音，但是声音很轻柔，似乎是要以诗意表达出她心里的情绪。"[38]这是做不到的，巴特说，小说作品中的现实是不能实行的（le réel romanesque n'est pas opérable）。关于萨德（D. A. F. de Sade）的作品，巴特也提出了类似的观念：那全都超乎人类天性，我们得需要好几条手臂、好几层皮肤、特技演员似的身体，还有无限更新的能力，才能到达性高潮。这是出自《萨德、傅立叶、罗耀拉》（*Sade, Fourier, Loyoia*, 1971）中一个叫做 Impossibilia〔不可能〕的段落[39]，同样是在这个段落，巴特说：写出来的屎没有臭味。Roman 开始转向一个非正统的乌托邦，意义的范围扩大了，包括反叛性的细节，也包括独裁性的情节。换言之，roman 接近了 romanesque，巴特的对比法不是随时随地都管用的。

Romanesque 是对细节作小说式的注重，把凌乱的偶发状况收集在一起。巴特被他所称的"生活的小说式表面"所吸引[40]：

> 在日常生活中，我对所看到、所听到的一切都感到一种好奇，几乎是一种知识性的喜爱，是属于小说的那种（qui iest de l'ordre du romanesque）。若是在一个世纪以前，我想我大概会像个写实主义小说家一样拿着笔记本四处漫步（me serais... promené dans la vie）。[41]

在这种意义上，我们或可说，不是他那本关于摄影的书《明室》是小说作品，而是摄影对他而言是小说作品，这是历史过去式的一种令人好奇的新艺术，它不会总结什么大意，或让什么居于次要，在这种艺术中，世界终将在人们的眼前可怕地走向灭亡，但却不能被神话或宇宙进化论所用。

> 被摄影无限复制者，只发生过一次……事件永远不会为了什么其他的东西而被超越：摄影总是将我所需要的主体引回我所看见的身体上（ramène toujours le corpus dont j'ai besoin au corps que je vois）；它是绝对的特殊，至高的偶发，表面没有光泽而不知怎么有些愚笨……一张照片不能被哲学地转化（说出），它是没有重量、透明的封套，装着完全镇压住它的偶发。[42]

我们且不论摄影是否真是如此。这是一幅有召唤力的画面，不是未完成式被规范性的过去式侵入，而是解除武装、不作威作福的过去式，是衣冠不整的过去式。与此类似，人类学也为巴特提供了一种理想的（romanesque）小说作品，一部丰富无比的小说作品，充满了对焦锐利的细节，完全（或者几乎完全）缺乏情节。《罗兰·巴特论罗兰·巴特》中有一个精采的段落，巴特将米什莱（Jules Michelet）和萨德的作品，巴尔扎克、左拉（Emile Zola）和普鲁斯特的小说作品，以及他自己在《神话学》(Mythologies, 1957) 中对法国生活表层的解读，与民族志学家的工作联系在一起。"民族志的作品拥有任何我们所爱之书的一切力量：它是一部百科全书，记录并分类现实的一切，就算是最微不足道、最感官的部分亦然。"[43]

陈腔滥调的真实

小说作品是系统，也是与系统对立者；是意义，也是逃脱意义者。例如《米德尔马契》(Middlemarch) [1] 中的叙事声音，其所感兴趣之物便和该部小说的隐喻不同——那些隐喻比较坏心、比较强硬、比较没有包容性。我们可能会被那声音弄得很沮丧，像叶芝（W. B. Yeats）就是[44]；或者那些隐喻也可能会让我们高兴起来。因此我们或可将 roman 和 romanesque 都翻译为小说作品，让那两个词义自己去拼出个结果。这意

---

[1] 英国作家乔治·艾略特（George Eliot）的作品，全名为《米德尔马契：地方生活研究》，以丰富的人物呈现出她对生命本质的省思以及对人性的观察。

味着我们必须习惯不用它的形容词，除非我们非常醉心 novelish（会不会是 novelist 的误植）这样的字眼。因此在接下来的那个句子中，我们就将不再为 romanesque 寻找特别、可分离的词义，但我们会记住这桩语言学的麻烦——我希望是把它当做一种收获，而不是不愉快的经验。"他会想要创作出，不是知性的喜剧，而是知性的小说作品。"（Il aurait voulu produire, non une comédie de l'Intellect, mais son romanesque.）[45] 就我所知，这是对巴特的整个写作计划最好的简短描述。此处的脉络是：他认为评论是一种艺术，说得更精确一点，像他那样的书写是一种结合了"理论、评论战斗及乐趣"[46]的艺术——这种结合在英语世界并不很常见。"我们交出知识和学问的对象——就像在所有的艺术中一样——不再是为了服从于对真实的要求，而是服从于对效果的考量。"[47]这是将福楼拜和普鲁斯特的美学，他们的小说作品理论，运用在评论上了。

当然，我前面引用的关于小说作品和知性的那个句子，实在曲里拐弯得惊人：它是以第三人称写成的条件句，包括了一个否定，而且最后只说到 romanesque，没有真正说到 roman。尽管如此，这句话还是能让我们问出一些相当直接的问题，并做出一些强烈的、甚至是令人惊讶的联结。

巴特想象中的作品不是喜剧，或许是因为贝克特已经写出了知性的喜剧，亦即心智拉伸至可能是也可能不是其最大限度的喜剧。而且这部想象中的作品也不是完完全全的现代小说作品，不是 roman，不是经过陀思妥耶夫斯基和乔伊斯摧残之后仍然存在的小说作品，因为那种小说作品就正是知性的小说作品，除此之外还可能是什么？在穆齐尔（Robert Musil）和托玛斯·曼（Thomas Mann），在纪德（André Gide）和卡夫卡（Franz Kafka）之后，还剩下什么？不，巴特想创作出的是具有二十世纪知性的十九世纪小说作品，在这样的一部作品中，心智的探险可能会使我们感动，是因为它作为心智的探险而感动我们（这的确，的确是会的），是作为像托尔斯泰和普鲁斯特作品中的人物而感动我们。这，在我看来，就是巴特在《罗兰·巴特论罗兰·巴特》中隐喻性地写出的小说作品——那人物感动了我们，仿佛是有一部小说作品让他置身其中——也是他在这里那里，不折不扣地、零星片段地写出的纯小说作品。

巴特的"Longtemps je me suis couché de bonne heure…"这篇演讲，让我们能更锐利地对焦于我们一直在问的问题。巴特所寻求的，是一种在小说作品中激起感人之情（pathos）的理论（une théorie ou une histoire pathétique du Roman）[48]。感人之情的出现时刻，正是在我们被他称为小说作品的"关键时刻"[49]（恐怕这词用得不怎么样）抓住的时候——这跟写实主义毫无关系[1]，也"无法在所有的小说作品理论中找到"[50]。这说的是，无法在巴特可能想得到的所有理论中找到。

---

[1] "关键时刻"（moment of truth）直译又可做"真实时刻"，因此或有与写实主义发生联想的可能。

在大部分较老的理论中,除了这种感人之情别无其他——除非我们认为这种处理此文类的方法是前理论的?对巴特而言,关键时刻的例子包括:《战争与和平》(*War and Peace*)中伯孔斯基亲王之死;《追忆逝水年华》(*Remembrance of Things Past*)中叙事者祖母之死。就这样吗?这是无数读者已惯常在小说作品中找到的,也许只有前进的知识分子才得花这么长的时间走到这一步。我们别闪躲,巴特的思绪中是有陈腔滥调和感情用事的成分。但我们也别错过了他真正感兴趣的东西,因为,如果还能在任何地方找到的话,就是在这里,就在这些朦胧、熟悉的观念当中,在语言古城这些寒酸拥挤的街道上,我们才可能学到陀思妥耶夫斯基抛弃的那种形式,那种对T. S.艾略特而言不是形式的形式。

巴特表示,小说作品(他所读的,他可能写得出来也可能写不出来的)的动力是来自一种"和爱有点关系"[51]的感觉。可以给这种感觉取一个名字吗?巴特试用了仁慈(bonté)、慷慨、宽厚、怜悯。他没有将这问题盖棺论定——这样更好,因为怜悯真的很扰人——但他对这样一部过去和未来的小说作品提出了三样要求:

1. 要讲述或说出所爱的人,表达他们,记住他们;把他们像句子一般地说出来,而非(抒情地)对他们说句子;

2. 要完整地、但永远不是直接地呈现出情绪——这是巴特所谓的动人之情；

3.（"或许尤其是"）要不给读者任何压力，没有任何评论所带有的那种侵略、高傲和自信。[52]

在某种意义上，这听来很熟悉。好像巴特是比较平静的 D. H. 劳伦斯（D. H. Lawrence），在对小说作品发表意见；一个有着旧世界的普鲁斯特式礼貌的劳伦斯。在另一种意义上，巴特的论点就没那么熟悉了。我们看到的是一个有才华的作家在摸索一套陈腔滥调的真实——不是巴特在别处说的那种他所使用的 banalité corrigée〔改正过的陈腔滥调〕[53]，而就是陈腔滥调本身，每个人都会说的钝话。他在寻找的东西我想称之为，至少是暂时称之为，小说作品的仁慈。

也许以这种方式将一种文类道德化是很荒谬的。嗯，这当然荒谬，但我们一路追寻巴特的行迹，最后就是到达了这里。然而此地并非毫无人烟，还是颇有些人住在这里。比方说纳博科夫，他把"美学的极乐"定义为"一种感觉，感觉到以某种方式、在某处、与其他的存有状态联结，在那些状态中，艺术……是常态"[54]。在艺术之后的括弧里写着："好奇心、温柔、仁慈、狂喜"：这些是艺术的类比，也或许是艺术的一种定义，而根据其上下脉络，这艺术只可能是指小说作品的艺术这一项。住在这里的还有莱昂内尔·特里林（Lionel Trilling），他告诉我们说小说作品"曾是一种文学形式，其中了解和原谅的情绪是土生土长的，仿佛此一形式的定义本身便是如此"[55]（注意，他用的是过去式,当时的时间是 1947 年)。有一次,在特里林的母校哥伦比亚大学,我试着引用这句话作为硕士班考试的题目。我的同事们没认出这句话的出处,认为它毫无意义。在作为试题这点上,他们的看法大概没错,但我希望特里林的这道公式,加上纳博科夫及巴特那些与之惊人相似的想法,可以被看做是认真严肃的探讨,尽管它们依然难以捉摸。这句话的措辞很不严谨——他不可能真的想用土生土长这个词,了解和原谅也不是情绪——但却指出了一项真正的洞见。

这些为数不少的字词都是来自古城;来自古城的同一个部分:仁慈,慷慨;温柔;了解,原谅;小说作品。要是我们没有仁慈就写不出小说作品呢?要是我们把布莱希特(Bertolt Brecht)有关"表达仁慈的可怕诱惑"[56]这项教训学得太过透彻,透彻到根本感觉不到这种诱惑呢?我不打算回答这些问题,我要抗拒似乎在拉扯着它们的那种怀旧之心,因此容我直说,我不认为仁慈是唯一的美德,或者最伟大的美德。如果我必须在美德中做出选择,我得说我宁可选诚实,就算那不仁慈。我们也必须知道,有许多巨大的不仁都是以十九世纪小说作品的仁慈作为面具并获得接受的。

尽管如此,仁慈是一项美德,而且如果它消失了,我们一定会怀念它。对于我们的那道谜题,现在我们的确看到了一个比较完足的答案。在什么时候小说作品不是小说作品?在城市街道粗砺得容不下仁慈的时候——粗砺得让仁慈变得不可信、不实际的时候。在巴特想要的那种小说真的是不可写的时候。或者以一个我们用过的答案来回答：在那部小说作品是《白痴》的时候。在完好的仁慈只会产生疯狂和绝望的时候。在这种意义上，简·奥斯丁（Jane Austen）写的不是小说作品，因为她不想；卡夫卡写的不是小说作品，因为他不能。巴特的逻辑，以这种方式遵循下去，重复了卢卡奇和艾略特那种放肆的评论姿态，因为一定有许多小说作品缺少了巴特向它们要求的东西，而还有不少小说作品根本不试图达到这个标准。在这个乍看之下大体是个形式问题的问题中，我希望我们瞥见了一些历史的迫切性。作为小说家的巴特，作为想象的、隐喻的、片段的小说家的巴特，对我们来说很重要，因为跟大部分的小说家不同的是，他最终是相当不可能的。

> 现在我们必须选择，梅西耶说
>
> 在谁和谁之间选择？卡米耶说
>
> 毁坏和崩塌，梅西耶说
>
> 我们不能想法子把它们合在一起吗？卡米耶说。
>
> ——塞缪尔·贝克特，《梅西耶与卡米耶》

2 无知的喜剧

塞缪尔·贝克特

知性的喜剧，对塞缪尔·贝克特而言，是无知的喜剧，标示着我们拼命想知道我们所不知的事物——正确说来，是我们所不知而且可能也无法知道的事物；在这个方向看不出有任何成功的同时，知道了我们知识所缺乏的范围有多丰厚。贝克特那吊诡的计划，是要说出我们能说的有多稀少，或更精确一点，是要逮到我们正在说那稀少——而关于那稀少又说得太多，因为不管我们说什么都是过度的，是一种傲慢，是对不可主张之物所做的放肆主张。贝克特作品中的世界一开始就很不完满，历年下来更是愈来愈淘空了自己，但从未到达彻底竭尽的地步。在实然的沉默中仍然有一个声音——当没有人在那里的时候，听见有人在说"没有人在这里"——在看来无人居住的黑暗中有身体的残余，忽隐忽现的光。

贝克特的作品总是很巧妙地改编得适合其表演

模式，例如，在《不是我》(*Not I*, 1972) 里，剧院的距离，一块大布幕上的一张小嘴，在同一部剧本的电视版里，就变成一张巨大的嘴，诡异地填满了整个萤光幕（那张嘴是比莉·怀特劳〔Billie Whitelaw〕的，这位女演员曾数度与贝克特密切合作）。在《电影》(*Film*, 1969) 中，摄影机的角度本身就是幻象的主要来源之一，存在于那想象出来的故事之中。广播剧《脚步》(*Footfalls*, 1976) 中的脚步声，以及朗读与书写所呈现出来的孤单，在贝克特的散文体[1]小说中，一直是其节奏和效果的极重要的一部分。但在这么多模式当中，我们都看到对无知的一种绝望效忠，仿佛它不可能是我们的救赎，但或许会是我们的真实，如果我们对之做好准备的话。此处我着重在他后期的小说上，因为其中对无知的各种变调，在我看来透露了非常多，但要指出的是，贝克特的想象版图是很一致的，有着各种或大或小的竭尽。这个版图是那么决绝地属于内心的、隐喻的，但也同样顽固地或许是黯淡地被再现为物质的——像是一部空洞的十九世纪小说作品中的世界，我们不妨说是 le roman sans le roman〔没有小说作品的小说作品〕，而不是实验派如菲利普·索莱尔斯（Philippe Sollers）或瑟弗罗·沙杜伊（Severo Sarduy）笔下时时变迁的写作者的领土。

---

[1] prose泛指与韵文（如诗作）相对的文体，和中文一般所谓的散文并不完全相同。而贝克特的著作除了小说之外以剧本最多，因而此处应是指其非剧本的作品。

贝克特最喜欢的背景是他在《克拉普的最后一卷录音带》(Krapp's Last Tape, 1958) 里所描述的："未来的一个夜晚"[1]。未来不是一个地方，也算不上是个时间，而是一种猜测、一个可能性、一项威胁。我们或可说它是脑袋里的空想，而这也是贝克特的人物常常认为他们所在的地方：在一颗"杜撰的脑袋"里[2]，"不消说，我们是在一个头壳里"[3]；"在头壳的疯人院里，没别的地方"[4]；"也许我们是在一颗脑袋里，这里跟虫蛭之前的脑袋一样黑暗，象牙地牢"[5]。但这颗脑袋也不是一个地方。它是一个隐喻，将不可见的心智加以空间化，别因这是个熟悉的名词就被弄糊涂了，这点很重要。"这实在太物质了，"[6]《无以名之》(The Unnameable, 1953) 的叙事者在试图描绘无法描绘之物时哀叹道。

这个不是地方的地方另有一个名字、一个隐喻，就是临驳（limbo）[1]，是"既非上帝亦非祂敌人之子民者"[7]的栖身之处，贝克特引用但丁的句子如此解释，但贝克特小说中的宇宙是一处临驳，并非因为其中的居民处于中立地位（尽管这很可能是贝克特严格的自我评判中的一部分），而是因为它是想象出来的，而且也自知是想象出来的。这是生命边缘再过去一点点的疆域，在未来的晚期，一种走到尽头的状态，住着正

---

[1] 英文中的 limbo 指地狱和天国之间的一处，供未有基督教之前的善良人、未受洗而死亡的婴儿、异教徒及白痴等的灵魂暂栖。此处试译为"临驳"。

在腐朽或没有行动能力的人物，他们失去四肢的功能就像别人弄丢车钥匙一样。"是在腐败的安宁之中，"莫洛伊（Molloy）优雅地写道，"我记住了那漫长混乱的情绪，就是我的人生……在腐败也是在生活，我知道，我知道，别折磨我了。"[8]

然而，贝克特的作品中仍有相当不少的模仿（mimesis）。不管有多么破碎、废弃、概略、不像真的，或残酷，仍有一个世界是在被想象或被记忆或两者皆有，然后被文字模仿。它看来如此不通风、如此武断，因为它是写作者的世界，笔端一转就可更改。"不能够，不能够，要说不能够是很简单的，"《莫洛伊》（Molloy, 1951）中的莫蓝写道，"但事实上没什么比这更难。"由于写作者本身似乎经常是由出现在他面前的种种意象所摆布，因此这世界又有一种是被观察或被描述出来的感觉。"也许我发明了他，"莫蓝如此说莫洛伊，"我是说在我脑袋里发现了现成的他。"[10]

这个世界，无论是暗示着或摆明是比喻性的，在贝克特的作品中一再出现，七零八落地外化了受理智支配的意识。但在晚期的作品中，这世界较难一眼就辨识出来，不再那么与人共享，也较不可能产生人物和故事。《刺痛多过快感》（More Pricks Than Kicks, 1934）中的贝拉卡住在信而有征的都柏林（Dublin），酒馆、地名，以及马拉海德谋杀者一应俱全。《墨菲》（Murphy, 1938）中的同名主角坐在西布隆顿（West Brompton）一间马厩改成的住房里。《瓦特》（Watt, 1953）、《莫洛伊》、《马龙之死》（Malone Dies, 1951）

以及《无以名之》(*The Unnameble*)中的场景几乎完全是不真实的,但却跟我们的世界有着惊人的相似之处,而且可以由这个世界到达。马龙去过伦敦,莫蓝也提到了〔纳粹头子〕戈林(Goering)。

最重要的是,这些人是角色,他们困在故事里,自己也很急于讲故事。他们,以及贝克特,将故事等同于形状、意义,甚至一个谦卑的,尽管终究是挫败的,希望。改变的是这一点。"不需要故事,"贝克特预言般地在《无物之文本》(*Texts for Nothing*, 1955)中写道,"故事不是非有不可的,只是生命。"[11] 在晚期大多数的散文体作品中——《死去想象力的想象》(*Imagination Dead Imagine*, 1965)、《乒》(*Ping*, 1966)、《更少》(*Lessness*, 1969)、《失落的那些》(*The Lost Ones*, 1971)、《为了又一次结束》(*For to End Yet Again*, 1975)、《做伴》(*Company*, 1980)、《看错说错》(*Ill Seen, Ill Said*, 1981)、《去向更坏》(*Worstward Ho*, 1983)、《扰动平静》(*Stirrings Still*, 1988)——没有人物,只有被仔细观看的人,也没有故事,只有光秃秃的意象,着了魔似的一再对焦。场景仍然是一个世界,但其中所有的甚至比"只是生命"还少;有的只是饥馑的想象力以及它微薄的内容:

> 哪里都没有生命的迹象,你说,呸,这没什么难处,想象力还没死但是,是的,死了,好的,死去想象力的想象。岛屿,水域,蔚蓝,青翠,一瞥即逝,无尽地,略去。[12]

生命死去，然后是想象力，会想象岛屿、水域、蔚蓝、青翠的想象力。但就算到了这种地步，还是有某样事物存留着，想象力的鬼魂或残渣，写作者孜孜不倦的幽灵，他不能不看见东西，他必须说出他略去的是什么，他无法放弃试图用文字来整理他所看见的。在这里，在《死去想象力的想象》中，那幽灵看见并描述了一座白色封住的圆形大厅（"没有入口，进去，丈量[13]）, 里面有两具人体，一男一女，背对背蜷缩着，没有移动，不是在睡觉，不是死了。圆形大厅中的温度上升下降，光线时有时无。然后幽灵的"猎物之眼"[14]觉知到一阵"极微小的颤抖"而抛弃了这个意象：

> 把他们留在那里，出汗又冰冷，别的地方比较好。不，生命结束而不，别的地方什么也没有，现在无疑再也找不到失落在白色之中的那一点白，看不到他们是否仍躺着不动，在那场风暴的压迫中，或一场更严重的风暴，或永远在黑色的黑暗里，或那毫无改变的大片白色，如果他们没有躺着又是在做什么。[15]

贝克特晚期的小说一再重回他称之为"死的想象"的鬼魅幻象：

> 为了又一次结束［这篇同名作品是如此开始的］头壳单独在一个黑暗的地方被压抵低垂在一

块板子上准备开始。久久如此准备开始，直到那地方消逝，很久以后板子也跟着消逝。

那地方消逝，一个灰色的世界出现。一具灰色的小身体站在深及脚踝的苍白如灰尘的沙里，被称为它的庇护所的废墟在周遭下沉。两个抬着一具担架的白色侏儒朝那人形走近，像是一对长胳膊的齐司东警察（Keystone Cops）[1]踱进一场漂白的梦魇。他们没有走到那人形旁，他朝前栽倒不动。然后侏儒似乎是冻住了或死了，担架躺在他们之间：

> 那么这是否是它最后的阶段一切都永远设定了担架和侏儒废墟和小身体灰色无云的天空过多的沙边缘叠在边缘地狱空气喘不过一口气。[17]

不，这不是会缠绕着这个低垂头壳的最后阶段，或最后意象。在那无休无止的心智中总是有更多，想象力的来世就像哈姆雷特的死后之眠，永远被梦境惊扰。

《一切奇怪远去》（*All Strange Away*）是在1963至1964年间写成，篇幅比之后的散文体作品都长，更清楚展露出写作者的手，一再整理着包围他的那些意象：

---

[1] 默片时代导演兼制片家麦克·瑟内特（Mack Sermett）早期充满肢体动作幽默的喜闹片中的角色。

死去想象力的想象［句子如此开始］。一个地方，又来了。永远没有另一个问题。一个地方，然后里面有某个人，又来了……走出门走上路穿戴着旧帽子和外套像战后那时，不，不要又来了。五呎见方，六呎高，没有入口，没有出口，在那里试试他。凳子，光线出现时看见空无一物的四壁，光线出现时看见墙壁上有女人的脸……熄灭光线让他在那里，在凳子上，用最后人称跟自己说话。[18]

光线和黑暗继续在这个描绘出来的地方交替着；写作者把房间缩小，把那男人的凳子拿走，把墙壁上女人的图像转成单一个女的各部分的图像，她叫艾玛；改变房里那个人的性别，或者说将其定义为女性，"因为至今没有看见性征"[19]；让她躺下然后又回头去修改他的文本（"让她从今以后就这么躺着，一直以来都这么躺着"[20]）。他把房间再缩小，然后把它转成一个小型的圆形大厅给艾玛增添梦魇，让她充满"对妖魔的惧怕"[21]，又高兴地加上一句"或许稍后会瞥见妖魔"；然后把这人留在那里，微弱地叹气，被蒙昧不清的记忆触动。"于是一点一点渐渐地，"书写者说，"一切奇怪远去。"[22]

如其文字所呼应的，这个世界很接近《死去想象力的想象》的世界，是一个狭窄、非人的空间，但"能防抵持久的骚乱"[23]。或至少是向往达到这样的免疫力。"因为只有在圆筒里，"贝克特在《失落的那些》里说道,其中有两百多个凄凄然的人,他们住在一个圆周五十公尺、高十八公尺的压扁了的橡胶圆筒里,不停寻找与他们相应的唯一对象,"能找到确切,只缺神秘。"[24] 对一个确定而没有意外之事的宇宙的寻求,一直纠缠着贝克特的人物,从墨菲和瓦特一直到莫洛伊,再到无数后期的人物。《终局》(*The End*)的叙事者受不了海洋,"海的喷涌与起伏,波潮与整体的骤发抽搐感"[25]。"封闭的地方,"贝克特在《嘶嘶声》(*Fizzles*)中写道。"一切需要知道来说的都已经知道了。除了所说的,没有别的东西。在所说的之外什么也没有。"[26]

这其中重复出现的笑话自然是在于:骤发的抽搐感到处都有,但完全稳定的确切是得不到的,无论我们如何无情地削去变数。不但求之不得,而且,除非自杀,甚至连"求"(wanted)也不可,无论我们自以为多想"求"它,因为"一切奇怪远去"的唯一完美达成,就是死亡。"自己的死亡是无法想象的,"克里斯多夫·里克斯(Christopher Ricks)评道,"因为想象力本身就是生命的一个原则和一项行使。"[27] 但行使(exercise)离驱除(exorcize)不远,这点里克斯也看得出来,而如他所说,有可能"唯一比不能永远活下去更糟的事就是永远活下去"[28]。不过这句话的意思是,即使是最简单的死亡愿望,可能也不是准确希望死亡的;在贝克特的作品中,死亡无论如何都跟确定性一样难以捉摸。莫洛伊耐心建立起一套复杂的系统,作为他认为吸吮十六枚小石子无懈可击的顺序,之后,就把小石子丢在沙滩上不管了。

《做伴》(1980) 和《看错说错》(1981) 代表了贝克特最重要的作品,如果允许我使用这个可疑的形容词的话,它们的重要性仅次于《其为如何》(*How It Is*, 1961),而且这两者都比那篇诘屈聱牙的文本要容易接近得多。《做伴》以英文写成,但最早是以贝克特翻译的法文本出版,之后出英文本时再经过修订。《看错说错》以法文写成,然后由贝克特译为英文。

乍看之下,《做伴》似乎是与《一切奇怪远去》一脉相承,将一个人物放在空间里并加以观看,看他平摊着,除了睁眼闭眼之外动也不动。但它也带我们回到《无以名之》《马龙之死》及《莫洛伊》的那些世界,因为有一个声音对那趴倒的人形说话,提供一束记忆给他,坚称那是他自己的。"一个声音向黑暗中的一人说话,"[29] 文本是如此开始的。"想象。"但这里有另外一个人在,在说这些话。"在另外或者同样的黑暗中另一人设计这一切为了做伴。很快离开他。"[30] "为了做伴"有点双关意味,既是给我们读者,也是给他自己做伴。书写者又回到这项担心上:"为什么要或者?为什么要在另外或者同样的黑暗中?又是谁的声音在问这个问题?是谁在问,是谁的声音在问这个问题?"[31]

书写者给出了暂时的、有些茫然的答案,来回答这些令人不安的问题:

> 是那声音、其听者,以及他自己的设计者。

设计他自己来做伴。就这样吧。他说话是在说他自己,他说自己就像是在说别人一样。他自己也是他设计出来做伴的。就这样吧。困惑在某种程度之内也是可以做伴的。[32]

但接着他发现手上多了一个新人物,身为作者有新的决定要做。这个人形(贝克特称他为"臆造物"〔figment〕[33])跟那声音及其听者是在同样的黑暗之中,还是在不同的黑暗之中?他是"站着或坐着或躺着或其他什么姿势"[34]?写作者决定了同样的黑暗以及趴在地上的姿势,但不知道这些决定是何状态——如果这些决定行不通,他能不能将之取消?设计者对设计出来的人物有什么责任?现在又是谁在问这些问题?另一个臆造物吗?"那么又有一个了。他之为无物。设计出臆造物来缓和他的无物。很快离开他。"[35]之后写作者在无尽的逆行之下,发现他又需要另一个臆造物。"又来一个?设计出这一切来做伴。这可真是大增了陪伴。"[36]

但这陪伴最后溃散了。只剩下在黑暗中他背上的那个身形,其他那些增生的臆造物都被写作者藏在他们后面,那些影影绰绰的读者,以及塞缪尔·贝克特这个真人消失在一个透视法的隧道里,都是虚构的详加演绎,是推论。当然,黑暗里的那个人形很可能也是虚构,但不可能说得出他是离开了哪一个事实世界。那声音做了结束,说:"你就像你先前一直的那样。单独。"[37]一个纯粹的前提;没有后果可言,就像他没有人做伴。

这些引文很难让人看出，这听来阴郁的东西可以有多好笑。"这听者难道不能被改善吗？让他成为更好的伴，如果不是彻头彻尾的人的话？"[38]贝克特常常把他的人物说成给彼此做伴——在《无以名之》《其为如何》《无物之文本》中都是——但从来没用过这种被逗乐的无助语调，带着这种孤独感渴望无法设想的狄更斯式欢闹："试验在于做伴。这两个黑暗何者是较好的伴。所有能想象出来的姿势中，哪一种能提供最多的陪伴。"[39]做伴（company），在这种颇为老式的用法里，意味的不是企业集团或股份有限公司，而是有礼的拜访，下午茶时间，惬意的维多利亚式起居室。

这里并没有人做伴，那个趴倒的人形不说话、不能或不肯承认那段提出给他的过去是他的，此一事实让文本最后跌入无法抒解的阴郁中。但这部作品整体来说，就像贝克特所有最好的文字一样，是由阴郁以及反讽组成的，还有一种勇敢的调子贯串整篇叙事。书写对写作者来说是一种躲藏——在似乎被看见的同时躲藏。"很快离开他。"书写者不能承认他实际存在于书页上，就像那沉默的人形不能认领他的过去。但他可以承认他这难以管理的活动之荒谬；他可以在文本中跌跤，并取笑自己的叙事擦伤。"一只死老鼠。这可真是大增了陪伴。"[40]

呈现给黑暗中那个人形的记忆，是文本的另外一条线。这些是极为个人的记忆，在好几处看来像是自传式的，贝克特自己的：

一个小男孩你走出康诺利百货牵着你母亲的手……下午已近尾声而走了一百多步之后太阳出现在上坡路的顶端。你抬头看看蓝色的天空然后看着你母亲的脸打破沉默说它是不是事实上比看起来要远。这说的是天空。蓝色的天空。你没得到回答于是在脑海中重组你的问题然后又走了一百多步之后再次抬头看着她的脸问她说它是不是看起来比事实上要近。为了某个你永远也揣测不出的原因这问题一定让她大为生气。因为她甩开了你的小手而且很凶地骂了你一顿你始终没有忘记过。[41]

《马龙之死》中的马龙也问了他母亲类似的问题,她告诉他说天空实际的距离就跟看起来一模一样。《做伴》中其他的记忆包括那孩子一再从一棵高高的无花果树上跳下来,粗大的树枝挡住了他的下坠;孩子从无情的大自然中救了一只刺猬,结果它却衰竭死在他给它住的那个旧帽盒里;"壮年巅峰"[42]的恋爱时刻("想象它一阵,"那声音说);孩子变成一个老人,一天在雪中散步时突然丧失了信心;而这惊人的顿悟,史提芬·代达勒斯(Stephen Dedalus)会这么说:

你站在高处的跳板上。高高在海面上方。海里你父亲抬着脸。抬脸向你。你向下看着那张你所爱所信任的脸。他叫唤着要你跳。他喊,做个勇敢的孩子。那张红红的圆脸。浓密的胡子。开始泛白的头发。摇荡的浪头将它扑下又扬起。遥远的叫唤又来了，做个勇敢的孩子。许多眼睛盯着你。从水中，从更衣处。[43]

这些记忆都锐利地显现，去除了任何怀旧之情，最终是无主的。这些记忆无法被黑暗中的那个人形认领，因为他，跟《乖乖睡》(*Rockaby*, 1981) 和《不是我》中的女人一样，跟莫洛伊、莫蓝、马龙和许多其他贝克特的人物一样，都退出了他日渐缩减的世界和生命。以这个脉络而言，他们并不完全属于贝克特；就更不属于我们了。在此，贝克特的艺术变成像是普鲁斯特的极端相反。时间没有被重新捕捉，而是被拦截在一段无法丈量的距离之外，仿佛是把望远镜反过来看。我们如此清楚地觉知到它，正是因为我们无法把它找回来。贝克特把他的人物交付给孤独，把他自己和我们交付给"失去的劳动和沉默"[44]。然而书写还留着，征服的不是时间，而是记忆的痛苦和一个死去但不饶人的想象力的残酷。

跟许多这些后期的文本一样，《看错说错》是以忧郁的含糊其词为本。没有"死去想象力的想象"那么凄惨，这里显示的是一个被破坏得比较简单的人；同样惘然若失，但比较不是在智力方面的。含糊的语句是："到最后如何需要？但如何？到最后如何需要？"[45]法文版说得稍微明显一点点：如何需要任何东西，或者如何有需要？（Comment avoir besoin a la fin? Mais comment? Comment avoir besoin à la fin?）我想它的意思有两层，既是说要怎么才可能做得到，既然这显然是不能做到的；同时也是说如何可能绝望地但毕竟还是做到了。你就必须允许你自己去需要，你就必须知道你需要的是什么：这两者在贝克特的世界里都是指望过高的。

《看错说错》中那个被密切观看的人的唯一一个伴，是她坐在其中的那间小屋发出的吱嘎声——"不时有一声真正的吱嘎响。跟她做伴。"[46]或者说得更准确一点，这是她所知的唯一一个伴，因为在这篇精彩而孤寂的叙事中，从头到尾看着这个老女人的那只眼睛约略等同于《做伴》里向黑暗中那人形说话的声音。这只眼睛比那声音仁慈，没有凶恶地质问记忆，并突出了它本身较少的虚构化。它看着老女人坐在窗边；躺在床上；穿过一片粉笔涂画般的景色走到一座墓园里。她跟她所探望的那块石头几乎难以分辨，法文中两者一致的性别更助长了这种混淆：

> 再次看见她们并排在一起。没有真的碰到。最后的光线斜照在她们身上，向东北东投下她们长长平行的影子……这一对影子难以分辨。直到久了以后其中一个比较浓密，仿佛是有一个比较不透光的身体。[47]

石头比衰老的女人要坚实一点，尤其是当衰老的女人是个鬼魂的时候，这一个很可能就是。文本中隐含了一系列细致、哀愁的暗示。两次用抒情的过去条件句说到她:"若她不幸仍在这世界上"(Comme si elle avait le malheur d'être encore en vie)[48]。说这女人是"活着的,只有她知道不多也不少的程度。是少了!跟真实的石头比起来"[49]。她像幻影一样出现又消失,她突然回来让观看者吃了一惊,又突兀地离开让观看者只有她那张旧椅子可看。但一开始并不清楚她是鬼魂,或者是一段用鬼影幢幢的语言最能勾起的记忆;事实上也不清楚她是死了或只是影子般地存在,这存在是贝克特迟疑不肯称之为生命的。到最后,似乎看来她是仿佛仍然活着又是已经死去地被勾起,同时又因在我们所有人身上都必然会相继发生的状况中。这里有两个特别晦涩的段落很需要诠释:

> 如果她已经死了也不惊人。当然她已经死了。但同时如果她没死会更方便。那么仍然活着的她隐藏地躺着。[50]

以及:

> 要是她能够是纯粹的臆造物就好了。不掺杂其他。这个衰老于是将死的女人。因此死去。在头壳的疯人院里,没别的地方……要是一切都能是纯粹的臆造物就好了。既不是也不曾是也没有任何方式会是。[51]

我们尽可花上许多年拆解这些精练浓缩的句子,

但最最起码它们的意思一定是,一个未提姓名的死去的女人正在被记忆或者被再现为还活着,至于她是虚构的(也就是说在一个虚构的宇宙中曾经活着如今死去了)还是真有其人,这个问题就得头昏脑胀地暂搁一旁;还有如果她是虚构的会让人舒服很多,可以确保她只曾有过虚构的存在这一点也是。我们不需认定贝克特这个真人是在想他的母亲,也不需把这个想法当做解释。我们只需要想是否真的有纯粹臆造物这种东西,是想象力的产物,没有任何历史的包袱,以及贝克特是否是在想我的母亲,尽管他不认识她。"语言如何与世界挂勾?"年轻时的维特根斯坦想知道。贝克特是不抱多少希望地在问,小说如何能斩断牵绊。

《看错说错》是个很好的英文标题,但没有法文 Mal vu mal dit 那种微型社会喜剧的暗示。Mal vu 是指不恰当的,不是已经做出的事。Mal dit 跟 maudit(该受诅咒的)接近,还有 médire(说人坏话)。贝克特对这些词汇的字面上、非惯用意涵——看不清楚,描述错误——的坚持,事实上把这负面的标记、这种自动的失败感,变成像是它们普通的含意。"如是住处看错说错"[52];"将所有看错说错的作废"[53]。看就是看不清楚,描述就是描述错误,不然我们还期望什么?仿佛就像是舞台上的那个法国人一直在说的不是"你怎么说?"而是"你怎么说错?"(Pour pouvoir reprendre. Reprendre le—comment dire? Comment mal dire?)这语言达到壮观的高潮——在这些雾濛濛、暗沉沉的地带中所能有的壮观——是在底下这试图谈论什么是真,以及它的相反是什么的段落：

> 重新开始之际头被覆盖起来。无所谓。现在无所谓了。由是现在混乱介于真和——它的相反怎么说？无所谓。一前一后老样子。由是现在混乱介于它们之间曾是如此一对。由是从眼睛到心智的混杂。让它尽可去有些悲哀的道理。现在无所谓了。两者都是如此势均力敌的骗子。真和——它的相反怎么说？以毒攻毒。[54]

"曾是如此一对"（once so twain）纠结得精彩地翻出了纠结的 les deux si deux jadis；但"混杂"（farrago）似乎显示了贝克特在三思之下，决定躲藏得更远一点。法文版的内文不以为然但清楚得多地引出了眼睛的主人，以及这眼睛所能向他示意的都只是紊乱: au compère chargé du triste savoir l'oeil ne signale plus guére que désarroi。是谁交给这个人责任或负荷，要他去知道？我们有答案。一个不只是或者不算是臆造物的臆造物。很快离开他。

"他们跨在坟墓上生产，"《等待戈多》（*Waiting for Godot*）里的波左说，"光闪烁了一下，然后就又是夜晚了。"伏拉狄米进一步发挥："跨在坟墓上，而且是个难产。在底下的洞里，流连拖延着，挖墓工用上了产钳。"[55] 这实在是伤感过火了（而且很好笑——注意流连拖延着慢下了速度，暗示着夸大），贝克特不可能是要显示这种陈述是真实的。就像《刺痛多过快感》中的贝拉卡·施瓦,我们急着要"拉长脸"并随时欢迎"催泪的哲学家"[56],如果他"同时又很晦涩"那就更好了。这种语调应该能警告我们,想在贝克特作品中寻找微言大义时要小心。"这真的愈变愈没意义了,"伏拉狄米说。艾斯特拉工回答,"还不够。"[57]

贝克特的笑话里有种尖锐的东西,弄拧了其中哀愁的内容不是像批评贝克特的人常说的冲淡了它,而是给了它完全不同的意义——而贝克特的笑话有其特性。"就我个人而言,我对坟场是没什么好挑骨头的"[58];"这真是糟透了,糟透了,至少还有这一点可以感谢"[59];"没有什么比呼出最后一口气更能让你重获新生的了"[60];"当我的舒适受到威胁时,没有什么事是我会嫌麻烦不去做的"[61]。也许最令人难忘也最有感染力的笑话是《莫洛伊》中的一例。有人告诉莫蓝,他的上司尤帝说生命是一样美好而永恒欢乐的事物——法文原文是 une bien belle chose, une chose inouïe。大惑不解的莫蓝犹豫着问那个告诉他的人,"你想他指的是人的生命吗?"[62]

笑话并没有抵销它黑暗的实质。好的反讽永远不会抵销掉任何东西。笑话把它的阴郁呈现为一种诱惑,一种过度的哲学或绝望,而其中的妙语并非提供慰藉,而是标示着不可能。这种话是不能认真说的,就算我们的感觉正是如此,而对贝克特而言必然常是这样。笑话毁掉了普遍性,让我们只剩下尴尬的特例,全都拒绝符合我们有模有样(或者坏脾气)的规格标准。"有时候沉默得,"《马龙之死》中马龙一度曾说,"仿佛地球上都毫无人迹了。喜欢概括而论就会这样。你只消几天什么都没听见,在你的洞里,除了东西的声音什么都没听见,然后你就会开始以为你自己是全人类的最后一个。"[63]

贝克特后期的作品中比较少见玩笑,虽然在《做伴》和《看错说错》中确实又出现了。"上帝是爱。是不是?不是。"[64]"沼泽地会比较适合那个情形。如果有比较适合的情形的话"[65];"一成不变地愈来愈糟"[66]。也许他把笑话看做像是在黑暗中吹口哨:不是对痛苦的回答,而是试图假装它没有那么令人难受,算是一种欺骗。他对哈罗德·品特(Harold Pinter)说过,他作品中唯一能找到的形式就是尖叫。少了玩笑,贝克特的写作更纯粹,我们必须尊重将那些笑话削去的严谨态度。但纯粹也有它的危险。科尔姆·托宾(Colm Tóibín)在这方面对他的小说和剧本做了区分,关于这一点我无法说得更好了,因此将他的话引述于此:

> 贝克特后期的剧场作品对这些晚期的杰作并无助益,那些剧场作品看来常像是对他观点的平庸而尴尬的戏仿。由于那些剧本和小说都强调简短和更少,容易让人觉得它们来自同一股冲动,应该被当成同一过程中的一部分。但晚期的小说笔下带着对人声的同情,而这在后期剧本中是没有的。那是个破碎的声音,充满了记忆、新鲜的思想和洞见,非常愿意停下和开始,愿意提供我们更多字词、更进一步的说明,节奏是重复而有

催眠性的。其中的文字经过谨慎调整控制：现在没有时间讲笑话或随口而出的反讽了。[67]

没时间写那种早期笑话的风格，而贝克特的反讽也从来就不是随口而出的。正如里克斯所言，"贝克特专注的不是生命的小小反讽，而是死亡的大反讽。"[68] 但即使是在最稀薄的作品中，也依然有流连不去的鬼魅般的笑话，这跟贝克特的作家特质是不可分的。这并不会使他人性化，但确实提醒了我们他所没有说的那些。就连"死去想象力的想象"这样的词汇，也有它迟来翩翩的老调和音乐性："无计可施的想象力展开了它悲哀的翅膀。"[69] 不管是早期还是晚期的笑话，都不是这庄重的、关于存在的蛋糕上的糖霜，而是贝克特极少数必需的真实之一的表达方式：我们把自己看得很严肃是一定会搞错的，但我们还能如何看待自己呢，既然我们的困境是如此严肃？贝克特，借用他自己绝妙措辞中的两个词汇来说，是个被梦所食、被鬼魂所弃的人，他写作人类，写的几乎是非人类的无知的喜剧；如但丁所没有明言的，那些不知之人的大师。

在他临死的时候，若有时间且神智清明，路卡斯会要求听两样东西：莫扎特的最后五重奏和某一首钢琴独奏，弹的是《我什么人都没有》这首曲子。若他感觉时间不够，他会只要求放那张钢琴唱片……跨出时间的鸿沟，厄尔·韩斯（Earl Hines）[1]会陪伴着他。

——胡里奥·科塔萨尔，《某个路卡斯》

3　天堂中的政治

胡里奥·科塔萨尔　吉列尔莫·卡夫雷拉·因方特　雷纳多·阿瑞纳斯

对伊甸园的遗忘

对巴特而言，小说作品是回顾跨越了二十世纪历史的不仁慈，而在贝克特的作品中，历史则缩减成一个只有难以辨识的回音的世界，从戈林和都柏林到康诺利百货和一种古老的车子厂牌。对拉丁美洲的作家而言，历史的话声响亮、清晰而不仁慈，它有两个主要的名字：压迫和古巴。在卡斯特罗（Fidel Castro）1959年的革命之后，这两个词有一段时间是反义词，而对比方说胡里奥·科塔萨尔（Julio Cortázar）而言，它们始终是反义词。但对其他作家来说，它们则成了可怕的同义词，在这些作家当中，着墨最深的是古巴人，这点无疑绝非巧合。

胡里奥·科塔萨尔的社会主义是那么胡闹、那么

---

[1]　美国爵士钢琴家（1905—1983）。

浪漫，批评他的人常纳闷那到底是不是社会主义。我们该对绑架了一只企鹅的恐怖分子做何感想，如《马努埃的手册》(*A Manual for Manuel/Libro de Manuel*, 1973)里的那个团体？科塔萨尔意在言外的回答，与奥威尔（George Orwell）对这同一主题的论调有异曲同工之妙：我们艰苦牺牲，为的可不是建造一个比我们毁掉的那个世界还冷酷、还没幽默感的世界。

科塔萨尔死于1984年2月。如同他自己心目中的那些已故英雄一样——卓别林、考克多（Jean Cocteau）[1]、艾灵顿公爵（Duke Ellington）和斯特拉文斯基（Igor Stravinsky）——他的死对许多人来说，就好像自己也死了一小部分。对罗兰·巴特而言，作者之死是一个隐喻，一个很有启发性的隐喻，意在除去那阴郁、苛求的（主要是法国的）君主的王位，那独霸诠释的暴君。但当一位作者真的死去时（当罗兰·巴特死去时），我们怀念的不是他那黑暗的统治，而是那些将不会被写出的文字，那一切如今将不会成形的思想。奇特的是，就算我们很清楚一名作家已经文思枯竭了，已经在很久以前就写出他或她最好的作品了，我们还是会有这种感觉。

在科塔萨尔身上，这种损失特别明显，因为他是那么一个静不下来、好问好奇的作家。他出版过许多本的隽语集、回忆录、诗集、幻想故事。他的小说作

---

[1] 法国作家、艺术家和制片家（1889—1963），作品包括诗、小说、戏剧、评论、芭蕾舞剧、电影和绘画。

品读来常像是笔记本，充满了玩笑、引文和一闪即逝的念头。只有在他的短篇故事里，他才完全沉浸在自己想象的世界中，在他最有发挥的时候，可以将他笔下人物常讲的俚语和东一句西一句的成语用得流畅多姿。基于这个原因，他的短篇故事，或者说他最好的短篇故事，似乎是他最丰硕的成就。但他其他的作品也有其重要性。在那些作品中，他雄辩滔滔地活出了——正如巴特曾说过他希望的——他那个时代的矛盾。科塔萨尔不只视作家为艺术家，也视之为见证者，有其偏见、有人性、愿意学习，他建议我们看这个世界的时候，需要以关心这个世界的心智为镜；不只关心也享受这个世界，我要补充，就如科塔萨尔享受爵士乐、威士忌、罗伯特·穆齐尔、政治、友谊、写作，以及特定形式的无礼和挑衅。在《某个路卡斯》（*A Certain Lucas/Un tal Lucas*, 1979）里，主角去听了一场演奏会，其中一名钢琴家"双手满是卡恰图里安（Khatchaturian）[1]地扑到毫无招架之力的键盘上"，让观众听得如痴如醉。这时候，路卡斯却趴在地上，在椅子底下摸索。一位女士问他在找什么，他回答说，"在找音乐，女士。"[1]

跟所有本世纪后半叶的拉美作家一样，科塔萨尔受到博尔赫斯的影响，尤其因为他是阿根廷人，其受影响的程度超过大部分人。他从博尔赫斯身上得来的意识是，这世界是极端暂时的，是一个不堪一击的架

---

[1] 苏联作曲家（1903—1978），生于今格鲁吉亚共和国境内。

构，既不健全得可怕却又耐久得惊人。但博尔赫斯感兴趣的是这座摇摇欲坠的建筑、这秩序的晕眩，科塔萨尔关注的则是被秩序排除在外的一切。跟许多作家一样，他梦想着他者：孪生，双重，被拒斥的，被埋藏的，被遗忘的。然而他梦想这些不是带着畏惧，而是带着一种欢迎的慷慨，这也成为他特色的一部分。在他最杰出的短篇故事之一《距离》（Distances）中，在温暖的布宜诺斯艾利斯一个家境富裕的女孩，被在布达佩斯衣衫褴褛的另一个自己纠缠，最后并跟她互换了位置，她艰难地走过一座桥，雪溢满了她破掉的鞋子：精神分裂作为一种对商品及悲伤的重新分配。

天堂已经失去了，对科塔萨尔和博尔赫斯皆然（对所有其他人也一样），但这个损失并非被解释成一个无尽的、普遍的激起怜悯的因素，而是一种初始的政治，是遗留给我们与这世界对抗的承诺。《跳房子》（*Hopscotch/Rayuela*，1963）的主角欧拉希欧·奥利维拉，认为伊甸园的发明是我们持续心神不安的症状，证明了进步的步伐并非如我们所想的那么笔直，语言和历史和科学可能是我们为求安心所做出来的面具。在西班牙版的跳房子游戏中，粉笔图形的最上面一格叫做"天国"，此一譬喻在这部小说作品中的力道在于，在这个游戏中，天国和人间是"在同一个平面上"（allá lejos pero en el mismo plano）[2]，也许遥远，但并非神学式的隔离。问题是，就算在这个游戏中，也几乎没有人在童年（因此也就是游戏）结束之前便学会如何到达天国。天国流连不去，就像天堂一样，不只是一个真实渴望的名字，更是一股对真实的渴望，渴望在我们凑巧弄出的这一团琐碎混乱之外，政治及个人的生活可能会成为的样子。

这不是个容易的愿景——科塔萨尔和他的作家角色莫雷伊都接受这个论调，即大部分的天堂只是对现今、可及和不听话的世界的拒绝，拒绝一切我们所不喜欢的有关权力面貌的种种。要追求的愿景，是那个人名声不佳的脆弱坚持，他明知机会渺茫，但仍相信其他的生活是有历史可能性的，并非只是理想或幻想。当奥利维拉想到他所谓的"欲望集体农场"[3]，他同意他很可能到死都无法到达，但那集体农场是在那里的，虽然远，但仍然在那里（estaba allí, lejos pero estaba）。这是天堂也是乌托邦；但天堂的成分多过乌托邦，更是一段记忆，一个萦绕不去的念头，而不是一项计划。乌托邦（还没建造起来）将有必要忠于那记忆以及其所代表的一切。难处就在此，遗忘是难以抗拒的诱惑，而在《跳房子》里对于天堂最耀眼、最美丽的思索段落中，科塔萨尔提起了马萨乔（Tomasso di Giovannidi Masaccio）[1]笔下离开伊甸园时遮着脸的亚当，因为他知道他的惩罚不仅是失去伊甸园，更是失去对那地方的记忆。在这一段最后，那个颇有些太随意且绝对太高傲的笑话（关于劳动的缺点以及有薪假日的无聊），暗示了奥利维拉（或科塔萨尔）对他的滔滔雄辩感到急

---

[1] 意大利文艺复兴早期最有影响力的画家（1401—1428），《逐出乐园》是他非常著名的壁画之一。

躁，但并未冲淡那段滔滔雄辩对我们所说的：

> 我突然更了解了马萨乔的亚当那令人恐惧的手势。他遮住脸是为了保护他所看见的，那曾经是他的；在那手底的小小夜晚（esa pequeña noche manual）中他保存了他天堂的最后景色。而他的哭泣（因为那手势也是伴随着哭泣的）是因为他明了到这是没有用的，真正的惩罚才刚要开始：对伊甸园的遗忘，也就是说，像牛群似的服从一致，工作那廉价而肮脏的欢乐以及额头上的汗以及有薪的假期。[4]

"一篇伟大的短篇故事的标记，"科塔萨尔说，"是我们或可称之为它的独裁专制。"[5] 还有："想用故事本身以外的东西去干预一篇故事，在我看来是一种虚荣。"[6] 科塔萨尔自己的短篇故事是封闭的，独立的，用他的意象来说是"球体的"：它们甚至比这些评语所表示的还要微妙，因为他具有那种卓越的天赋，就是看起来除了他故事的转折或重点之外，他对什么都感兴趣，很民主地照顾到每一个细节，因此看来没有任何东西是只为了让故事进行下去而存在的。相反地，这些作品频繁的铺张手笔则被有系统地淡化了。

例如他早期的一篇《动物寓言集》(Bestiary)，描述在一处阿根廷庄园一个漫长悲哀的夏季，三个成人和两个孩童卡在表面上看起来单调冗长、实际上却波动着半隐半现的威胁和危险的情境中，整篇是以其中一个孩童的观点叙述，带着詹姆斯式的技巧。但居于关键核心的那项事实，科塔萨尔只提了几次，而且是以最不经意的方式，那就是住在这座庄园的那只老虎，它任意在屋内来去，只要它一出现，就会让整个楼层和房间都无法使用：

> 几乎总是由瑞玛去看他们是否能进去那间有水晶吊灯的餐厅。第二天她到那间大客厅来说他们得等一等。过了很久才有一个农场工人来告诉他们，老虎已经到苜蓿园里去了，然后瑞玛牵起孩子们的手，大家进餐厅去吃饭。[7]

在后期的一篇故事《索冷提纳美的启示录》(Apocalypse at Solentiname) 中，叙事者是以胡里奥·科塔萨尔的身份，一个行遍各地的作家，叙述他前往哥斯达黎加和尼加拉瓜的一趟访问：

> 记者会还是通常的那一套，你为什么不住在你自己的国家，《春光乍泄》(*Blow-Up*)[1]为什么跟你的短篇故事那么不一样，你认为作者应该参与其中吗？这一刻我知道一直等我到了地狱门口还是会受到最后一次采访，而且问题显然会是一样的，就算我凑巧去了圣彼得那里情况也不会好

---

[1] 安东尼奥尼（Antonioni）的这部著名电影，即是受到科塔萨尔的同名短篇故事启发所拍摄的。

到哪里去，你不认为你在下面的时候所写的东西对人们来说太深奥了吗？[8]

科塔萨尔在索冷提纳美待了一天，那是由诗人神父厄内斯多·卡德纳（Ernesto Cardenal）创设的一个社区，科塔萨尔非常喜爱当地农民的一些画——鱼、湖、马、教堂、婴孩——因此拍了照片。回到巴黎的公寓之后，他将幻灯片放出来看，惊恐地发现，他看到的不是索冷提纳美，而是拉丁美洲的另一张脸，一幅又一幅的酷刑、谋杀、怖惧、尸体、奔逃的女人、濒死的孩童。他的朋友克洛汀来了，将幻灯片重新放一遍，他不敢看，但先前的震惊却没有发生在她身上，她看到的只是他原先拍摄的那些原始、美丽的画。"照出来的效果真好（Que bonitas te salieron），"[9]她说。

这些短篇故事的微妙之处以及其力量所在，主要显现于在看来根本无法避免寓言的地方避免了寓言。四处潜行的老虎，拉丁美洲田园风光的黑暗面——这些是小说中的"意义"，是可以换句话说的重点。但它们的动作并没有真的制造出标志或声明，苦痛之虎或当代历史课之类的。它反而示意着餐厅和田园情景的四散脆弱，在我们面前挡住历史和心理上的惊恐的屏风，随时都可能会碎裂。例如在后面那篇小说里，重要的不只是幻灯片在巴黎显示出了什么，更是它们可以显示出任何东西以及相机可以做出如此转变的此一怪异暗示。比方说，科塔萨尔在尼加拉瓜看着拍立得；相片上的人脸逐渐浮现，想着万一出现的是其他的脸或人形呢，例如骑在马上的拿破仑。

仿佛与短篇故事的浓缩和精选做对似的，科塔萨尔的长篇小说像磁铁般吸住了他生活与阅读中各种随机的碎片：引文、剪报、后见之明、回忆、笑话、类似的事物。"在《跳房子》的那些年，"他在一篇散文里写道，

> 饱和的程度实在太高了，唯一诚实的做法就是接受这些来自街上、书本、会话、日常意外的汹涌陨石，然后把它们转变成段落、片段、必要或非必要的章节。[10]

类似的，《马努埃的手册》也充满了剪报和统计数据。"应该没有人会惊讶于，"科塔萨在序文中说，

> 这里频繁收入了本书成形之际我所读到的新闻报道：有刺激性的巧合和类比让我从一开始就接受了最简单的游戏规则，让这些人物参与每天对拉丁美洲及法国报纸的阅读。[11]

在《62：模型组》（*62: A Model Kit/62: Modelo para armar*, 1968）这部长篇小说中，科塔萨尔刻意不放进这样的打岔——"只要是认识我的人都知道这有多难"[12]，他说——但一等到这本书完工，他就带着显然松了一口气的态度写了一篇散文，提出所有漏掉的隐藏典故和联结，写作心智的另外一种生活：阿拉贡

（Louis Aragon）、纳博科夫、兰波（Arthur Rimbaud）、在柯摩湖（Lake Como）附近一栋房子上发现的一段铭文、巴什拉（Gaston Bachelard）和梅洛－庞帝（Maurice Merleau-Ponty）的散文。

在科塔萨尔的短篇故事里，畏惧、失败和启发都呈现为事实，是跌出的拼图图块，形成教人难忘的配置。同样的东西在长篇小说里则受到争论，转变成问题和协商，有时让人觉得科塔萨尔是在为某种情感的吝啬或抑制寻找开脱之词，事实上，也许正是为了那种成就他短篇故事的清明和严谨。有所克制是对的，拒绝那个人称、那股激情、那个埋念、那几乎要吞噬你的独立的要求。科塔萨尔并没有拒绝所有这样的要求；他的政治证明了他没有。但其长篇小说中则是萦绕着关于承诺的焦虑，几乎是被它支配了。在《跳房子》中，有一种情绪的贪婪被呈现为半英雄式的，是史提芬·代达勒斯所采取的立场，对抗教会、国家、家庭、爱情那些诱陷的力量。同样的特质在《马努埃的手册》中被描述为错乱和懦弱，但即使在那里，科塔萨尔也给了它很大的空间，让它显得吸引人，并强调婚约生活的缺点。

《马努埃的手册》在许多方面是《跳房子》的修订版。如同较早的《跳房子》，这本书里也有一群住在巴黎的油嘴滑舌的密友，大部分是拉丁美洲人；同样也有一个男人夹在两个女人之间，试图相信他的左右摆荡是自由；同样有一个小孩子；同样有大量的隐藏典故，这回是先从斯托克豪森（Karlheinz Stockhausen）、亨利·詹姆斯、茱蒂·嘉兰（Judy Garland）、琼妮·米契（Joni Mitchell）开始[1]，但逐渐聚集在拉丁美洲种种残酷的事实上，清醒地引述，很少加以讨论。这最后一项特征点出了这两部小说作品之间的差异，谨慎地将相似之处加以分别。这群密友没有像《跳房子》里一样辩论爵士乐与文学，而是在计划一桩叫做"岗"的行动，译文很节制地翻为"打炮"，其高潮在于绑架一名派驻欧洲的拉丁美洲高层官员，以及那群密友中最具吸引力和权威的马可斯的死去。《跳房子》中的小孩死了；在这部较晚的作品中那孩子不仅活着，而且代表了所有充满嬉戏和人情味的未来，那是这些迷人的颠覆分子可能无法带来的。他就是马努埃，而且在这个意义上，这部小说作品是给他的一本书，是一段冒险和一个世代所留下的传奇。

在更字面的层次上，马努埃的母亲正在为他做一本有各种语言剪报的剪贴簿，其中有许多政治压迫的细节，但也有引用一段帕拉瑟索斯（Paracelsus）[2]鼓舞人心的话，还有一堆其他的东西，描述的内容包括一群拉丁美洲游击队偷走了九千顶假发、一个阿根廷年轻人因"对国歌不敬"而被判刑两个月，还有周末远

---

[1] 斯托克豪森（1928—），德国作曲家，以复杂的电子效果来实现极端现代的音乐著称。茱蒂·嘉兰（1922—1969），美国著名演员及歌者。琼妮·米契（1943—），加拿大著名歌手、歌曲作者、诗人和画家，对现代大众音乐影响甚巨。

[2] 瑞士内科医生和炼金术士（1493—1541），他对医学的最大贡献在于提出不健康乃由于疾病存在而非体液失衡。

足带炸三明治的好处。《跳房子》中那个疲倦但出色的实验派作家莫雷伊，在此则由小说家本人取代，只被称为"我跟你说过的那个人"，神出鬼没地来来去去，为他的书搜集资料，跟他的人物交谈，但不是以他们的作者的身份，而是以他们的朋友和记录者的身份。据称，我跟你说过的那个人在文本变成我们所读到的这个形式之前就已消失，而最后的编辑似乎是由其中的一位人物所做。这般复杂变换的对于作假的告白，不是要表示一切都是虚构的，而是要让我们纳闷什么是虚构的，而什么又不是。

在这本书的尾声，死去的马叮斯躺在他好友工作的停尸间里。那个好友说，

> 看看我们是怎么在这里碰上的，没有人会相信的，这一切没有人会相信半点。一定得是我们，这是当然的，你在那里而我拿着这块海绵，你当初说得太对了，他们会认为这些都是我们编出来的。[13]

这是这部小说的最后一段话。这苦涩的巧遇，这段不自然独白的场合，是编出来的，我们是这么认为。而那场盛大绑架的各种预备活动，包括在巴黎一家电影院，正当碧姬·芭铎（Brigitte Bardot）要露出观众专程跑来看的东西时，尖叫；或者在一间高级餐厅里站着吃东西；或者从阿根廷进口一只企鹅，表面上是作为要送给维赛斯动物园的礼物，这些片段都不会让人

觉得那是写实的。但是巴西的监狱，或美国对拉丁美洲的军事及准军事援助，或对抗半个世界所遭受的真实苦难的紧急性，都不是科塔萨尔或他的人物或我跟你说过的那个人编出来的。"我们可能会需要，"[14]〔英国〕哲学家奥斯丁（J. L. Austin）曾说，"被夹在两个大相径庭的理想之间左右为难的风范。"我们可能，我们的确，是被夹在理想的正义和理想的轻松心情之间左右为难。

我疑心科塔萨尔是个形上论者，足以不接受关于大相径庭的理想那句话。其作品的整个方向就是在否定这样的分隔，打炮行动意味着自一切加诸我们身上的压迫中解放出来，包括性别的、政治的、文化的等等。马可斯之所以高居领导地位，是因为他明白一场真正的革命需要包容多少混乱和多元，而此一见解也统御着科塔萨尔这整部小说，持续地恳求在严肃的关注中也要能有轻佻。因此在电影院里尖叫和企鹅坐喷射机，会直接跟一桩危险的绑架行动有关；恶作剧和政治运动不是被分别锁在不同的区域里；而打炮和打炮行动都是那项盛大计划的一部分：

> 有那么多事是在玩笑心态之下以及因着我们所认为是玩笑的东西而做的，后来其他的事情展开后，在底下也有一种偷偷摸摸的玩笑或双关语或没来由行为的复发。[15]

其中有一次，马可斯那个在停尸间工作的朋友坚持要大家放下他们庄重的筹画工作,来看他的毒菇生长。只有那部小说中特定的人物,如马可斯和一两个其他人,能了解这"愚蠢的喜剧"的重要性:

> 在这愚蠢的喜剧中对马可斯而言有一种像是希望的东西,不至于落入完完全全的特别化之中,能够在行为中保持一点玩心,一点马努埃。[16]

科塔萨尔的言外之意是,如此一来,胜利的革命才有机会避免造成明日的镇压,才能避开所有的罗伯斯庇尔(Maximilien Robespierre),他们正潜藏在今日的好人那些诚恳得要命的脸庞背后,他们是"革命的法西斯分子",如另一个人物所言。

这是一个很有吸引力的论点,许多失败的革命政权都早该从中学习。正如斯丹达尔(Stendhal)笔下的一个人物所言,一个会说双关语的人不可能是刺客(le calembour est incompatible avec l'assassinat)[17]。也许这要视那双关语是什么而定。这种迷人观点中的真实不完整得可怕——世界上每有一个补救性的笑话,一定就有个边说双关语边动手办事的刺客——而且这终究不是一个政治观点,或者它只是政治观点的开端。罗伯斯庇尔缺少幽默感,这是无庸置疑的,但他们主要缺少的并不是这个。同样的,我疑心我们的所有渴望在"大打炮行动"中的形而上结合,不只是策略上的错误,也可能会助长压迫。如果一切都必须立刻解放,如果在我们现有的之外唯一的选择只有天堂,那么这项任务或这趟路程的范围未免太令人头晕目眩了,很多人会因此被吓得退缩不前,待在家里守着自己的偏见。比方说,性别自由和政治自由,就可能必须在非常不同的战线上争取。我们的确需要被夹在大相径庭的理想之间左右为难的风范,特别是当它们之间的距离看来似乎没有尽头的时候。

臭味或爱她

"文学和历史之间任何的相似之处,"吉列尔莫·卡夫雷拉·因方特(Guillermo Cabrera Infante)写道,"都是意外。"[18] 他当然是在为小说提出那种我们都很熟悉的否认,尤其是为他的长篇小说《三只忧伤的老虎》(*Three Trapped Tigers/Tres tristes tigres*, 1967),那句话正是系附在这部作品之上,在这本书中,他将真人的名字和转移或捏造出来的人物的名字混在一起:一锅哈瓦那大杂烩。但他也是在提出挑衅,做出狡猾而"长手臂"(sly and long-armed)的区别。对卡夫雷拉·因方特而言,历史是权力和顾盼自雄的野心的疆域,是一场无数的人等不及要扑进去、而许多人要到死才能逃离的噩梦。在 1983 年发表的一篇文章中,他问道,有"权力的乏味"这种东西吗,对历史高峰的厌倦?这问题是修辞性的,因为他的意思是:自杀在古巴已经变成了一种政治意识形态,是傲慢和失望组合之下的结果。"绝对的权力造成绝对的幻灭。"

另一方面,文学则是一种自由,不是因为它处理的是想象的题材,而是因为它在心智中重建真实,而心智是一个可以保护的游乐场,一个(有时候)可以躲开政治掌控的地方。"你相信书写还是著作?"(en la escritura o en las escrituras?)《三只忧伤的老虎》中一个人物问道。"我相信,"他的作家朋友回答,"作家(en los escritores)。"[19] 他相信的,如同卡夫雷拉·因方特自己在《因方特的地狱》(*Infante's Inferno/La Habana para un Infante Difunto*, 1979)中所说的,是"制造文字的血肉"。但这让作家变成一种奇特的生物,自愿居住的地方不是但丁的地狱而是德里达的临驾,像一个微不足道、抄抄写写的柏拉图,面对一大群口若悬河的苏格拉底。作家之所以重要不是因为他能写,而是因为他能倾听,而他的职责,卡夫雷拉·因方特说,是"捉住逸去的人声"。《三只忧伤的老虎》的题词出自《爱丽丝梦游仙境》(*Alice in Wonderland*):"她试着想象被吹熄之后的烛火是什么样子。"[20]

对卡夫雷拉·因方特而言,书写本身便是对失去的纪念。它似乎无助地——事实上一点也不无助——追在他想要颂扬的那些谈话和歌曲之后,在卡斯特罗上台之前那嘈杂、玩世不恭的哈瓦那。《三只忧伤的老虎》中充满了照发音直写出来的喋喋不休,很有雷蒙·格诺的味道,他是卡夫雷拉·因方特的宗师之一。古巴人讲话省略了"t's"的发音,字词和语句都加以缩减,于是美国的字词和电影明星的名字(周末〔weekend〕,谢谢你〔thank you〕,蓓蒂·戴维斯〔Bette Davis〕)便以奇怪的形式出现——变成了 wikén, senkiu,

Betedavi。这造成了精致的效果，或许比看上去还要复杂。我们听到了我们无法听到的声音（因为我们不在场，因为那些是虚构的，因为书写是由符号而非声响所组成的）；我们想象或创造出那些声音，从视觉的模仿中发展出一个听觉世界。但我们这么做只是显示出，那个我们刚创造出的世界是多么的不存在，而跟最单调的人声的活力比起来，光是字母的混合又是多么不堪一击而抽象贫乏。卡夫雷拉·因方特并不是在恢复德里达会称之为声音及存在的异端邪说（the heresy of voice and presence），或者至少他没有总是在这么做，而他也不是在诋毁书写。书写既不是真实性的缺漏，也不是对失去的挽救，而是暗指向必然缺席的生命的作品。缺席是因为这是书写，因为如果我们是在活出那生命的话，就不会是在书写它；但这缺席是许多其他生命的预演。

然而书写也有它自己的生命。就连《三只忧伤的老虎》中那个一直被问他为什么不写作的人物结果都是个作家——写的还是这本书的一些部分，因为他提及"我正在写的这一页"[21]——而且有一个中心人物相当赞美未写出的文学，他将称之为空中书写，但与此同时，他却又很喜爱只能以书写形式来表达的谜题和玩笑。回文是没有办法倒过来念的，因为那样跟正着念没什么差别。

在两段有关某张唱片的叙述中，他漂亮地捕捉住了这种暧昧模棱，那唱片是黑人歌手"星星"（La Estrella）如今唯一留下来的东西。在此她是活着的，一个人物认为，活在"虫子永远无法吃掉的那声音中，因为那声音现在就在这张唱片上唱歌，是一种灵质的完美临摹，像魅影般没有向度……这是原初的声音"[22]。另一个人物认为，这张唱片很"平庸"，并且"这绝对不是星星，那张烂唱片上的死去的声音跟她本人活生生的声音毫无关系"[23]。谁是对的？他们两个可能都对吗？"是对的"是个议题，还是个可能性？第二个说话的人是个作家，第一个是音乐家。

也许那个音乐家在此是个比较好的作家；也许只有在我们承认有星星歌声的那张唱片不可能是她的声音（的记录）的情况下，它才会是她的声音（的记录）。写作和录音对于捕捉人声不是失败的，也不是成功的。它们是我们用来代替声音或与声音并存的东西，它们也是短暂的，或者够短暂的。可以用机器再生产、再重复，但也是可以摧毁的，被时间或暴力或其他更微妙地排斥或压制的方式。

那么这些口若悬河的人物是双重死亡了，因为他们在故事中死去，而且无论如何也只能是一本书中的耳语，是成为字母的血肉。但这悲哀的故事也可能是记忆和持续感情的胜利，一种在历史只看得见垃圾的地方保存宝物的方式。一开始住在布鲁塞尔，现在住在伦敦的流亡的卡夫雷拉·因方特，就是以这种精神重新发明他的古巴，以哈瓦那为主，一个兴奋、多话、层次丰富的城市，这场景充满了淡紫和黄色的光，充满了手推车和闪烁的海水，充满了暴雨和堵塞的交通和棕榈树和似乎无穷无尽的美女。我从一套很是拘谨的旧《大英百科全书》中得知，早在1894年，哈瓦那就以忙于追求享乐而闻名：

> 咖啡馆、餐厅、俱乐部以及赌场都为数众多且生意兴隆，充分显示出当地普遍缺乏家庭生活……令欧洲访客感到惊讶。

这段话大可作为《三只忧伤的老虎》的题词，该书颂扬着城内笙歌不断的夜晚。在《因方特的地狱》中，我们确实看到了一些古巴的家常性，是那枚忙碌钱币的另一面，而且也有很多篇幅谈到哈瓦那市内众多的电影院。

卡夫雷拉·因方特1929年生于东方省（Oriente province），那里也是巴蒂斯塔（Fulgencio Batista）[1]和卡斯特罗的故乡。他的父母是坚定的共产党员，他自己也活跃于卡斯特罗革命的早期。当时他已经成为影评人，并开创了古巴的实验电影——日后有一部非常好的美国电影《消失点》（*Vanishing Point*），剧本就是他写的。1959到1961年间，他编辑一份叫做《革命的星期一》（*Lunés de revolución*）的杂志，而一本名为《在和平如同在战争中》（*In Peace as in War/Así en la paz como en la guerra*,1960）的短篇小说集，为他在古巴和欧洲都获得不少赞誉。《三只忧伤的老虎》赢得了一项重要的西班牙奖项，让他跻身拉丁美洲顶

---

[1] 古巴的军事独裁者（1901—1973），1959年遭卡斯特罗推翻。

尖小说家之列。这本书就像科塔萨尔的《跳房子》、加西亚·马尔克斯的《百年孤独》，以及荷西·多诺索（José Donoso）的《淫秽的夜鸟》（*The Obscene Bird of Night/El obscene pájaro de noche*, 1970）一样，这些作品都开启了一整个文化，既是对我们开启，也是对该文化那群与世隔绝或不知不觉的拥有者开启，并让世界上其他地方的大多数作品都显得颇为小家子气。此时，卡夫雷拉·因方特触犯了卡斯特罗统治下古巴的审查制度，被派往安全的布鲁塞尔去做大使馆文官。后来他切断了与古巴政府的一切关系，变成了英国公民，或者照我们仍使用的古怪讲法来说，变成了英国的臣民。

在《七个声音》（*Seven Voices*）中他告诉莉塔·吉伯特（Rita Guibert），他喜欢《马尔他之鹰》（*The Maltese Falcon*）中亨佛莱·鲍嘉（Humphrey Bogart）颤抖的双手，《侠谷柔情》（*My Darling Clementine*）中的亨利·方达（Henry Fonda），扮演凯萨琳大帝的玛琳·黛德丽（Marlene Dietrich），"康拉德（Joseph Conrad）腐臭的文体"[24]，"卡罗尔（Lewis Carroll）的梦之语言"[25]，"菲茨杰拉德（F. Scott Fitzgerald）一些文字中城市散发出的光辉"[26]，巴赫、维瓦尔第、瓦格纳、莫扎特的音乐，"查理·帕克（Charlie Parker）开始独奏的那一刻"[27]，以及"最重要的，记忆的特权，没有了它，以上的这些都不会有任何意义"[28]。我这里所举的，是从非常多而且活泼的项目中选出来的一些例子。卡夫雷拉·因方特对卡斯特罗的主要批评之一，就是他迫使一个爱讲话的民族变得寡言少语,而这显然十分符合他的个性。

"他不了解,"《三只忧伤的老虎》中的作家讲到一个朋友对一个故事的反应。"他不了解那不是伦理寓言,我讲那个故事就只是为了讲它而已,是为了要传递一段明白的记忆,是一种怀旧的行为。对过去没有抱着怨恨。"[29]这最后一句话卡夫雷拉·因方特在书中前面的地方也用过,对于他长篇小说作品的一些特质,以及对阅读这些作品所带来的乐趣,它都提供了线索。《三只忧伤的老虎》和《因方特的地狱》看来都漫无目的、没有架构,后者尤甚于前者,但这两本书却不像这种外表经常会造成的那样使人烦躁或厌倦。其中部分原因是在于其狂乱活跃的语言,这点我稍后会再谈到,但那种回忆的语调也是原因,那种运用想象力来为老地方和遥远的人们赋予活力的方式。

对过去抱着怨恨是很普遍的。如果我们有这种感觉,要不就是根本无法谈论过去,要不就是无法直视它,要不就是无法停止重写它。有时候我们是爱着过去,就像普鲁斯特一样,但我们得有普鲁斯特的本事才能让它不从我们指缝间溜走。卡夫雷拉·因方特对他的过去不觉得焦虑,也没有反感。他的冲动不完全是怀旧,尽管那是他《三只忧伤的老虎》中那个人物所宣称的。他对过去的注意比怀旧所可能达到的程度还要明亮,而且更有活力。他把过去当成是现在来处理,仿佛它从未远离,仿佛那些如今已废弃的电影院,如今已星散各地的朋友,以及哈瓦那本身,都在他容量惊人的记忆中找到了永远的家。他的宗师必然不是普鲁斯特而是纳博科夫——"臭味或爱她——"[1]，这是卡夫雷拉·因方特某次在谈到很难忍受他所爱的女人体味太重时，所说的妙语³⁰——对他而言，过去是招之即来的，很听话，很上得了台面，所有带着魔力的细节都完好无缺。"过去，"《艾妲，或爱她》(Ada, or Ardor)中的梵分写道，"是意象的不断累积。很容易观想和倾听，可随意检验和品尝。"³¹ 而且不抱怨恨。

这种温柔详尽的重新创造，在《因方特的地狱》里比在《三只忧伤的老虎》里更为显著。"她飞走了，"卡夫雷拉·因方特写到一个女人，"也进入了我的记忆。"³² 关于另一个女人他说，"那不是我最后一次看见她——人永远不会最后一次看见任何人。"³³ 该书的开头是，

> 那是我第一次爬楼梯。我们镇上很少有一层楼以上的房子，就算有也不是我们进得去的。这是我对哈瓦那初始的记忆：爬上大理石台阶……一阵微风吹动那些掩藏着各家的彩色窗帘：尽管时值仲夏，一大早仍很凉爽，有风从房间里吹出来。时间停留在那个景象上……我在楼梯上从童年踏进了青少年。³⁴

不消再继续看下去，我们就已经对这本书有了不

---

[1] 原文为 odor or ardor，与底下提到的纳博科夫的一本书名 *Ada, or Ardor* 相近。

少的了解。其文字非常杰出，很有风格；文体中可能会有一抹（不太）腐臭的康拉德味道（"只有年轻人才有这样的时刻"[35]，他在《阴影线》〔*The Shadow Line*〕中说）。莉塔·吉伯特问卡夫雷拉·因方特他是否常修改文稿，他说"永远在改"[36]。书写的焦点在于一段个人的过去，有着最广义的历史性，但跟我们通常称为历史的东西，可能只有蜻蜓点水式的或意外的相似之处。例如卡洛斯·法兰齐（Carlos Franqui）[1]经常出现，他是卡夫雷拉·因方特的老友，也是他那个哈瓦那交游圈里颇具行动力的一个人，但这个人和那个著名的政治活动家之间的重叠之处很少。这本书的主角是一个乡下来的男孩，这个大城市让他目眩神迷，我们不久就会知道他将永远为它目眩神迷，甚至在他写作的此刻仍然目眩神迷，而就算这城市不再像《三只忧伤的老虎》里那样是书中的女主角，也仍然是一个重要的人物。"这城市讲的是另一种语言，"[37]男孩心想。"家乡的那些路灯穷得连飞蛾都没有。"[38]

《因方特的地狱》的英译本是由苏珊·吉儿·勒文（Suzanne Jill Levine）与卡夫雷拉·因方特合作完成，他砍掉许多西班牙文的段落，加上了各式各样英文的内容，主要是笑话，但也有些事后的思索。英文书名本身就是个新玩笑[2]，用来取代难以翻译的西班牙文原名

---

[1] 古巴著名的报人与作者，曾参与卡斯特罗革命，但后来因反对卡斯特罗而流亡欧洲。

[2] 英文书名 *Infante's Inferno* 有押头韵（alliterate）的效果。

(La Habana para un Infante Difunto），该原名不仅运用拉威尔（Maurice Ravel）[1]的典故以及哈瓦那（Havana）与孔雀舞（pavane）之间的相似之处，更因为infanta〔西班牙文"小公主"之意〕在法文里是infante〔与"因方特"的拼法相同〕。这本书采取那个乡下男孩娓娓道来的情色回忆录体裁，他如今已经长大成人了，俨然是古巴的大情圣，至少在渴望和回忆中是如此，偶尔似乎也有所实践。男孩十二岁时来到那间有着令他印象深刻的楼梯的租赁公寓，到此书的结尾他二十几岁并结了婚。古巴仍然是巴蒂斯塔的天下。我们的男主角在邻居当中遇见女孩和女人；在一个体面的男人身上意外发现了同性恋倾向；从一条走道对面的窗户惊鸿一瞥地见到性爱天堂，后来由此发展成了一个（近视的）偷窥者。他用抒情的笔法写到自慰，用喜剧的笔法写到他初次在妓院中出的洋相，把好几个诱惑的梦境跟德彪西（Claude Debussy）联想在一起，以巴洛克式的、有时是感人的细节描述他在电影院里追女人，在利于行动的黑暗中他对抓握、轻推的高度期待：

> 我的手指轻拂过她的椅背，离女孩露出的背部只有几公分——更少，几公厘……我再一次用手指从左到右滑过她肌肤表面，往上移一点点，

---

[1] 法国作曲家（1875—1937），二十世纪最伟大的键盘乐作曲家之一。此处的典故指的是他的作品《为死去的公主而作的孔雀舞》（*Pavane pour une infante défunte*）。

但不至于让她感觉到我手的阴影。我不记得她的头发,也说不上来为什么我没有留到她站起来为止……但那天晚上在阿卡札乐固的这个背部成为一个独特的景象。生命当然已经虐待了她,时光污损毁坏了她的光彩,年岁让她的面容失色,但它们无法使记忆变老:那背部会永远留在我脑海里。[39]

他在电影院里并非总是这么节制,书的结尾对此一主题做了一番精彩的幻想,融合了拉伯雷(Francois Rabelais)、凡尔纳(Jules Verne)和一个男学生的笑话。在有着非常合适的名字的浮士德戏院,摸索一个女人下半身的深处——是自由自在的探索,不像其他那些卡夫雷拉·因方特称之为"扫兴的摸索"[40]——他先是弄丢了他的婚戒,然后是手表,然后是袖扣。它们掉进了那口寂寞之井,于是我们的叙事者就拿起手电筒进去找它们,像是来到异国的格列佛,旅行到出生的中心,然后从梦中醒来,如果这是一场梦的话,叫出一声电影观众常说的话:"这就是我进来的地方。"[41]

卡夫雷拉·因方特和他的哈瓦那朋友们,一旦脱离青少年时期之后,就"为追求文化而疯狂",他说,而且总是语带双关,"患有受不了的文字游戏病,那不但无药可治而且是传染病……疯狂的模仿语言症"。年岁没有减轻他的病情,卡夫雷拉·因方特继续毫无悔意地乱玩语言游戏,从一种语言跳到另一种语言,像是只踩在好几个滚烫锡皮屋顶上的猫[1]。这些笑话有的实在太糟糕了，显得非常夸大，让古鲁丘·马克斯和裴瑞曼（S. J. Perelman）[2]看来都像是恪遵字典的乖乖牌。"家乡有一把旧锯子常说，'有绿的地方就有草'。那锯子现在一定已经锈了，因为我好久没听到它了"；"左拉要什么，左拉就会得到什么"，"灵活的好色之徒"（lecher de main）[3]，"达盖尔（Daguerre）[4]就是达盖尔"[42]。另外有些笑话则太笨重，刻意塑造得离谱，以致那叽嘎转动的机关噪音盖过了任何发笑的机会。卡夫雷拉·因方特的人物崇拜阿丽达·伐立（Alida Valliy），并遇见了一个长得像她的女孩。这让他得以说，"我的伐立〔音近山谷 valley〕是多么碧绿〔亦有青涩之意〕啊。"[43] 他很喜欢瞥视（glance）和腺体（glans）发音相似这一点，以致提了两次。最近看过英格兰南部沿海地区地图的人，或许能看懂"仪式的走道"[5]，而"a coup de data to abolish chaff"〔为废弃玩笑的一记数据〕是以马拉美的"Un coup de dés jamais n'abolira le hasard"〔掷骰子终究免不了风险〕为本，但只有一半翻成英文（abolish

---

[1] 此处作者也拿了剧作家田纳西·威廉斯（Tennessee Williams）的名著 Cat on a Hot Tin Roof 来开玩笑。

[2] 裴瑞曼（1904-1979），美国幽默作家，以尖锐刻薄的机智和擅用双关语闻名，曾为马克斯兄弟昀电影《恶作剧》和《胡说八道》编写剧本。

[3] Lecher de main 应是出自 legerdemain，意指灵活的手法或骗术，而 lecher 则为"好色之徒"之意。

[4] 法国画家（1789-1851），为银版照相术发明人。达盖尔 Daguerre 与法文"战争"guerre 一词相近，不知殷凡特的双关语是否源自于此。

[5] aisle of Rite 与怀特岛 Isle of Wight 发音相近。

还有些其他的笑话显得非常勉强，拨弄文本，叽哩呱啦地不肯放过那些字句，真的会让人分心。我们为什么会需要想到"微暗之火的洗礼"（baptism of pale fire）[45]，或者把摆荡跟凡士林联想在一起[1]？但有些时候，那些笑话却会出现绝妙而出人意表的道理，于是一下子就天翻地覆了，最好的双关语总是有这种效果："可悲的哥儿们关系"[2]，"比利媚俗"[46]。仿佛是亨伯特·亨伯特（Humbert Humbert）[3]抓住了纳博科夫的所有文字不肯放手。

然而说到头，卡夫雷拉·因方特的作品混合了热情的记忆和静不下来的语言体操，在雪崩似的大量联想中回溯了时光。"我们的作品，"卡洛斯·富恩特斯（Carlos Fuentes）写道，他想到的是卡夫雷拉·因方特和另外一两个当代作家，"必须是无秩序的作品：也就是说，作品中有的是一种可能的秩序，跟现今的秩序相反。"[47]卡夫雷拉·因方特的无秩序是被笑话盖过去

---

[1] 英文 baptism of fire（直译为"火的洗礼"）意指严酷的试炼，此处因方特又给此词加上了纳博科夫的小说《微暗的火》的书名。摆荡 vacillation 跟凡士林 vaseline 发音算是有些接近，另外（如果要再"硬拗"的话……），也或可有一点关于性的联想。

[2] 原文 pathetic fellacy 的 fellacy 一字英文中并不存在，想是 fella（俗语的伙伴、哥儿们）的衍生；此处的双关语出自 pathetic fallacy 一词，意为文学中的感情误置（指赋予无生命物以人的情感）。下一句的 Billy che Kitsch（媚俗），应是源自十九世纪美国西南部著名罪犯的别号"比利小子"（Billy the Kid）。

[3] 纳博科夫著名小说《洛丽塔》中的主角兼叙事者。

的聪明才智,就像酒喝太多冲昏了头;他的可能的秩序是召唤出的过去,那段时期是如此彻底地活了起来,因此如今对它的浪费本身就是对执政权力的评断,是文学对历史做出的,不抱怨恨的,责备。

另一个地狱

臭鼬时刻,在罗伯特·洛威尔(Robert Lowell)那首著名的诗里,指的是一段洒脱的、声名狼藉的叛逆时光。臭鼬们走在中央街上,准备好要接管整座城。它们是食腐肉动物对诗人那弥尔顿式的绝望的回应。"我的头脑不对劲",诗人说,还有"我自己就是地狱"[48]。臭鼬们什么都不说,只管一头栽进垃圾堆里,让头脑和地狱都显得无关紧要,几乎是一种耽溺。然而雷纳多·阿瑞纳斯的长篇小说《白臭鼬的宫殿》(*The Palace of the White Skunks/El palacio de las blanquísimas mofetas*, 1980)中的那些人类臭鼬,则太沮丧、太耗尽了,无法如此蛮干。对他们而言,生存不是叛逆,而是悔过苦修的一部分,是他们被判罪要服的刑责。地狱的酷刑对他们而言不在于其中的痛苦或无秩序,而是它冷硬地永远相同。即使是另一个地狱都会是种安慰,但是没有另一个地狱:

> 另一个地狱,另一个地狱,也许更单调,也许更加令人窒息,也许比这个地狱更恶心、更应受指摘,但至少是另外一个。现在我看出来了,

地狱永远是你不能拒斥的东西。它就是在那里。[49]

然而在这些灾难的书写中有着一种惨白的生命，在仔细描述的种种不幸当中有一种真正的繁茂生机。就好像有人用鲜艳的特艺彩色重拍了古巴版的布努埃尔（Luis Buñuel）《被遗忘者》（*Los Olvidados*）。

雷纳多·阿瑞纳斯 1943 年生在古巴乡间的东方省，于 1990 年 12 月初死于纽约。他十五岁时离家加入卡斯特罗反抗巴蒂斯塔的革命，在革命初期，他的文学才华很快便受到知名作家如勒萨马·利马（Jose Lezama Lima）和皮涅拉（Virgilio Piñera）的赏识。他出版了一部长篇小说，《黎明前的瑟雷斯提诺》（*Celestino before Dawn/Celestino antes del alba*, 1967），后来经过修改，更名为《在井中歌唱》（*Singing from the Well/Cantando en el pozo*, 1982）。他的第二部长篇小说《幻觉》（*Hallucinations/El mundo alucinante*, 1970）无法在古巴印行，因为其中处理到同性恋题材。这本书于 1969 年出现在墨西哥，迅即被翻译为法文、英文、德文、葡萄牙文、荷兰文、意大利文以及日文。这时候，阿瑞纳斯已经是国际名人，但在家乡却没没无闻。他在乌拉圭出版了一本短篇小说集；他在古巴遭到逮捕，罪名是行为不道德以及腐化未成年人，爆发了公开丑闻并犯下其他颇为巴洛克式的罪行，例如表现"放纵"。他从狱中逃出，但又遭到逮捕，被送到一座劳改营关了两年。放出来后，他隐姓埋名住在哈瓦那。1980 年他逃离古巴，得以重写并出版他遭到没收的作品，其中值得注意的是他所计划的五部曲中的又两部,该系列以《在井中歌唱》为首,阿瑞纳斯称之为 pentagonía,也就是 pentagony,苦闷五部曲。长篇小说《白臭鼬的宫殿》是其中的第二部,《向大海告别》(*Farewell to the Sea/Otra vez el mar*, 1982)是第三部。第四部和第五部分别是《夏天的颜色》(*The Color of Summer/El color del verano*)以及《攻击》(*The Assault/El asalto*),在他死的那一年出版了西班牙文版。阿瑞纳斯曾在美国及他处讲学,同时写了一些文章和一部新的长篇小说《门房》(*The Doorman/El portero*, 1987)。他在纽约的西城仍然过着相当贫穷的生活,最后感染了爱滋病,自杀身亡。自他死后,有好几部其他作品也已出版,包括一部自传《夜晚降临之前》(*Before Night Falls/Antes que anochezca*, 1992)。他是个文思丰沛、富有想象力、饱览群籍、令人不安的作家,用他形容他笔下一个人物的话来说,是背叛了沉默的人;他是个要让无声者发声的小说家,而且不只是那些明显的无声者,那些显著的受压制者,还包括其他受苦受害、其苦恼不为我们所见的人,也许是因为他们的人数太多了,或者是因为我们读不懂他们被消音的风格。在阿瑞纳斯的小说中,就连最受到钳制和压抑的心智都被赋予了极佳的流畅度:所有的悲伤都要被掀起。

《老妇罗莎》(*Old Rosa/La vieja Rosa*)由两篇分别写于 1966 及 1971 年的中篇小说组成,被形容成一部分成两个故事的长篇小说,而这也具体而微地说明了阿瑞纳斯所有小说的运作方式:意识从一本书流动到另一本，人物改变、死亡、消失，但故事仍然继续。瑟弗罗·沙杜伊写道，阿瑞纳斯的叙事是"周而复始、音乐性"[50]的，说他的小说作品是一句"未加打断的长句子"[51]，但也坚持不同声音的发挥，每个人物都有他／她自己的修辞、意象和执迷。作者就像腹语术者，将他的生命投射到一部分他者的想象的头脑，但这些头脑是可能性，是一个困境的延伸，而不只是换一个音调的复制。这让人想起加西亚·洛尔卡（Federico García Lorca）在《柏娜达·阿尔巴之家》（*The House of Bernarda Alba*）中所描绘的那一整家绝望的女人；那绝望是她们的也是他的，事实上也一体地表现了整个国家的绝望。阿瑞纳斯说他写的是"古巴人民的秘密历史"，也正是在这层意义上，其作品才不至于像表面上看来那么浮夸。秘密不在于那些事件，而在于那些心态。同样的，当阿瑞纳斯说他的长篇小说《幻觉》是叙述墨西哥僧侣特雷沙·德米耶（Fray Servando Teresa de Mier）修士的一生，"依照它实际的样子，依照它可能的样子，依照我希望它曾是的样子"[52]，他提出这些观点并不是用来做替换的。这三者全都是那本书的目标，也因此，阿瑞纳斯可以说他希望它不是一部历史或传记小说，而就只是一部小说作品。他的苦闷五部曲既是一系列的自传性小说作品，也是一系列的……小说作品。

与书名同名的那篇小说中的老妇罗莎是个地主，对世界逃离她的控制感到严重挫败，于是放火烧了房子和她自己。罗莎个性强硬、虔信宗教，在生下第三个孩子之后就拒绝丈夫的一切求欢,逼得他因而自杀;她就连祈祷听起来也像是在下命令。但如今古巴革命夺走了她的田地和长子;她女儿嫁给一个黑人,住到城市里去了;她最疼爱的小儿子是同性恋。在幻觉中她见到了一个天使,代表着她一生中拒绝的所有欲望、恩惠和快乐,而她如今发现,她的拒绝换来的却是一场空。她想这天使可能其实是来嘲笑她的魔鬼,她感到"她这一辈子都被骗了",并深刻体认到"一种无法度量的孤独"[53]。但接着她认知到,就连她清心寡欲的刻苦也都是僵硬而空洞的,是她的宗教让她如此欺骗自己。那天使是一个比较私密、比较不官方的敌人,就像是亨利·詹姆斯笔下那丛林野兽的天主教版本,事实上只是全然的空洞,是完全没有活过的可怕人生:"但你不是魔鬼,她终于说,现在她的字句似乎因那吓人的答案而跌跌撞撞。你比魔鬼更糟糕。你是虚无。"[54]此时房子开始起火,将罗莎和天使一同烧掉:"他们的身形……再也无法分辨。"

《老妇罗莎》的开头让人很能一窥阿瑞纳斯的风格:

> 最后她走到院子里,整个人几乎浑身都是火,靠在罗望子树上开始哭泣,那些眼泪似乎从来没有开始,而是一向都存在,溢满了她的眼睛,发出吱吱嘎嘎的声音,就像那房子所发出的声音,当火焰使最强壮的柱子摇摇欲坠,闪着火光的屋架发出巨大的爆裂声垮倒下来,像迸发的烟火响

彻夜空。[55]

这里颇有些画蛇添足的部分——烟火使这幅画面的力量减弱而非加强,那"巨大的爆裂声"跟朴素、家常的"吱吱嘎嘎的声音"比起来像是纯粹在轰炸——但那古老的哭泣,以及装成简单明喻的从火移转到泪的吱嘎声,都非常有力,且阿瑞纳斯以一连串条件式的、分支的句子延长了这一幕,让我们同时处在这场景之内与之外。罗莎看起来像是个"她从没读过"的那种故事中的小女孩;如果当时曾有邻居经过,他/她会看到这就是老罗莎;但就算当时罗莎有尖叫,在火声中也没人会听见她。罗莎当时可能会想,我的天,这是地狱;而她也可能会祈祷,但她并没有。这样的效果制造出了瞬间、平行的其他虚构,其他的罗莎;让作者和读者成为罗莎的同路人,但也提醒他们自己跟她是不同的,他们读过那些书,他们自己可能会想到那些事,他们安然处在火场之外。

该书第二篇小说中的阿图罗是罗莎的小儿子,当时被关在古巴的一处同性恋者拘留营里。他试图逃脱的时候被射杀,小说内文以倒述的方式描写他在营内生存的各种策略,并思索权力向弱者要求的那种奇怪同谋。阿图罗在心理上把自己跟其他犯人隔开,隔开他眼中的"他们的世界……他们可憎的人生……他们没完没了的愚蠢对话,充满了夸大、娘娘腔、装模作样、矫揉造作、虚假、粗俗、丑怪的姿势"[56],但这语言本身就透露了这种分隔的脆弱和焦虑,而我们得知阿图罗已经成为模仿各种刻板印象中男同性恋手势的专家,因为他认为"这样在任何地方都容易融入,可以溜进任何现实,只要你不认真看待它,只要你私底下蔑视它"[57]:

> 阿图罗的确也开始使用他们那种装模作样、令人头昏的俚语,开始像任何一般玻璃圈人一样咯咯笑和高声大笑,开始唱歌、摆姿势、涂眼影、染头发……直到他精通了、娴熟了那个监狱中的同性恋世界的所有黑话,每一个典型的动作和特征。[58]

但阿图罗是否蔑视这个世界?他能吗,他应该吗?"他们",即那些其他的囚犯,让他讨厌的地方在于他们灵活地成为这个迫害他们的系统的共犯,有能力"将痛苦大事化小":

> 他们能做任何事、承受任何怖惧、对任何侮辱逆来顺受,然后立刻将其加进他们的民俗、习惯、日常灾难中,是的,他们很有将怖惧转变成熟悉仪式的天分。[59]

对于这种天分,让人真不知道是该敬佩还是该绝望。"花豹闯进殿堂中,"阿瑞纳斯在这里想的或许是卡夫卡所写的这个寓言,"把献祭用壶中的东西喝个精光;这种事情一而再、再而三地发生;到最后此事已可以预先估算,也成了仪式的一部分。"[60]

和罗莎一样,阿图罗也看到一个天使,不过这是一个善意的人形,一个理想的未来伴侣,是有朝一日会拯救日常扭曲生活中一切渣滓和混乱的王子。阿图罗在写作中找到逃避的途径,想象另一个美好的世界,有着灿烂、珍贵的宫殿和喷泉及音乐,还有一排排堂皇的大象;这是一个配得上那天使的居所。但这是逃避之途吗?所有如此的逃避之途不都正是确认了它们所要否定的那监狱?如果不是贫困拮据,人又怎么会梦想出如此的富丽繁华?这些问题都是这篇小说意在提出的。例如说,"现实不是存在于你所感到、所承受的怖惧中,而是存在于压倒并抹去那怖惧的创造之中"[61],这是真的吗?还是牢友饱受酷刑的尸体才是终极、绝对的真实,抹除了所有不太可能实现的幻想和憧憬?时间是否是另一个这种现实,"具侵略性,固定,不退让,难以忍受"[62]?我们无法否认较为严峻的第二种现实,也不可能想要贱卖想象力的力量和自由,就算是受到骚扰,就算是受到囚禁。在被关入监狱之前不久,阿图罗"仍然深信一组符号,一串顿挫有致、完美描述的意象——文字——可以拯救他"[63]。这里用的是过去式,显示他不再如此深信了,但那些符号是他的所有,而在他死的时候他已"到达那壮观的一整排堂皇的王室大象"[64],那排大象框着这整篇小说,像是由阿图罗的写作所形成的带状装饰。也就是说,他死进了他的幻想中;没有被拯救,但也不只是被一笔勾销。

这两篇故事构成一部长篇小说,不只是因为它们叙述同一家庭中两名成员的下场,也不只是因为阿图罗在快要被杀的时候,将管理拘留营的残暴中尉误认成他母亲,以为领头站在那一群开枪射击的人前面的是她。她是"唯一曾爱过他的人"[65],但她在发现他的性倾向时也曾试图要杀他。她是那不可避免的事物,是监狱后的监狱。但在另一个非叙事体的层面上,这部小说也将这两个人物放在一起。他们见到了不同的天使,但代表了相同的绝望、相同的感觉,就是"被迫生活在一个只有挫败有道理而且还占有一席之地的世界里"[66]。

这个世界是有历史背景的,不是某种永恒化的人类处境;但它并不只是二十世纪五十及六十年代的古巴。它是每一个将压迫规律化、将惩罚差别及异常变成例行公事的(有历史背景的)世界。许多阿瑞纳斯的评论家以及书迷,都兴高采烈地坚持他作品中反革命、反进步的倾向,仿佛当一个华丽炫耀的反动派是没关系的,只要反卡斯特罗就好。但在我看来,最值得瞩目的是他书写中颠覆的特质,它拒绝的不是进步、不是革命,而是拒绝一种僵硬的正确性,拒绝滥情和恃强欺弱。这种书写是企图建立,如胡安·果伊提索罗(Juan Goytisolo)所说的,"一个可以居住的心理空间"[67],以对抗政治和道德上的优势。但是这种空间有存在的可能性这一点,就足以让许多人,不管是左派还是右派,都想要入侵它、消灭它。

阿瑞纳斯笔下的臭鼬都在做梦,其中有些做的梦是小说作品,把想象力倾泄在纸上。它们的脑筋不对劲，但它们的世界也不对劲；它们的不快乐本身就是一种抗议。《白臭鼬的宫殿》的中心人物是佛杜纳多，这个男孩跟阿瑞纳斯一样，1958年逃家去加入反抗军。跟阿瑞纳斯一样，佛杜纳多在写作中找到了救赎的希望，但不只是为他自己而已。他"就像是怖惧的避雷针"[68]，他想道，"各种各类的怖惧"，他坚持他曾是他那荒凉家族的所有成员，是他们的歌，他们的孤绝的使者。于是他曾是他那苦涩的祖父，一个从〔西班牙〕加纳利群岛移民到古巴的西班牙人；他那虔信宗教、狂热醉心的祖母；他那结了婚却被丈夫抛弃的姑姑，带着两个要照顾的孩子回到娘家；那两个早熟、行为不端的孩子；他的另一个姑姑，被十三岁时自杀的女儿鬼魂纠缠；还有那个女儿。"很多时候——其实是每时每刻——他曾是他们每一个人，为他们受苦，而也许在他是他们的时候（因为他比他们有想象力，可以超越此时此地），他受的苦比他们还多，在他自己内心深处，在他自己的、不变的怖惧中"[69]。他唯一不曾是也不能是的人，是他那到美国去工作的母亲。她背叛了佛杜纳多，也是他唯一的固定资源；他会愿意爱她，但他的憎恨不容许他这么做。

"其实是每时每刻"是个纳博科夫式的玩笑，提醒我们这些人全都是写出来的，居住在佛杜纳多/阿瑞纳斯的想象之中，他的双重身份是他们唯一的声音：因为要不是有他，他们的痛苦就会没人记录，也因为他们根本就是虚构的。是虚构的，但却不是没有真人对应的，我想他们大部分都是取材自阿瑞纳斯在古巴乡间以及欧尔金镇上度过的童年。就像阿瑞纳斯笔下的那个墨西哥僧侣，佛杜纳多的家人同时在回忆者的脑海之内和之外：依照它实际的样子，依照它可能的样子，也依照他加以改写的样子。在佛杜纳多的使命感中当然也有自私和自欺的成分：他怎么可能受苦得比其他人还多？他太爱他这替罪羔羊的角色了，而他"深处不变的怖惧"似乎也写得过分矫揉造作，尽管那怖惧基本上可能是很真实而持续的。但话说回来，他还年轻，而且阿瑞纳斯对他的写法不是反讽式的。

阿瑞纳斯对这本书任何部分的写法都不是反讽式的，而是抒情式的（"月光无声地染银了百叶窗的边缘，在那些照片上投射出苍白的花纹"[70]），将过度以及琢磨文体的风险变成了一种个人特色。"死亡就在后院里，玩着脚踏车上掉下来的一个车轮。"[71] 这之所以毫无忸怩、只剩下危险，是由于字句中召唤出的现实的强度及细节（那辆曾经常常被骑的、坏掉的脚踏车，而非寓言中手拿大镰刀的死神），以及叙事者对正在发生之事所做的聪敏思索，感觉到有人在用心智试图让一些悲惨破碎的生命有意义，那些饱经贫穷和被扼杀的欲望猛击的生命。"但上帝对他们来说是什么？上帝最首要的是那种能哭出他们的悲叹的可能性，他们唯一真实的可能性。上帝提供给他们不时变成小孩的机会，让他们能够哭嚷抱怨，发泄怒气，痛快流泪，这机会是所有男女都需要的，如果他们要不变成绝对的怪物的话。"[72] 书中也有着阴郁的笑话，比方说，祖母被形容为"尖叫着'我再也受不了了'直到你再也受不了了为止"[73]。阿瑞纳斯一直在读乔伊斯和兰波,此作品中有一整段是幻影的表现,手法如同《尤利西斯》中的《瑟丝》(Circe)一章,另外他也呼应着《启迪集》(*Illuminations*)中的散文诗。他在页面的编排上玩游戏,用不同的字体在小角落插入人物所发表的评语;[31]用电影预告和美容须知;重写二十世纪五十年代的革命公报。

佛杜纳多也有那种我已联结到亨利·詹姆斯的梦魇——"确知在他身上永远不会真正发生任何事情,即使是可怕的事"[74]——他的一个姑姑则渴望有"某种可怕的耻辱、某种糟糕的惨事、某种难以忍受的厄运,带来抚慰"[75]。佛杜纳多/阿瑞纳斯让她的愿望实现,安排她走遍大街小巷徒劳无功地寻找一个男人,然后遭到殴打、抢劫,被彻底地羞辱。阿瑞纳斯也拯救了佛杜纳多免于他的噩梦,让他被巴蒂斯塔的部队逮捕,施以酷刑,得以逃跑,然后再被射杀并吊死。在这里,"所有的余释都停止,"[76]佛杜纳多想。"所有的游戏都消失,所有的飞奔、所有的逃离都撞在一起,融合,爆炸,形成一堵坚硬的砖墙。"[77]但是并没有,至少在小说中不会,在任何愿意记得或想象那些失踪者的人的脑海中也不会。每个人都死许多次,阿瑞纳斯让佛杜纳多和他的年轻表亲在死后有着多话的生命,好让他知道在他身上曾发生某件可怕的事,而且也会继续在他身上发生,因为现在存在以及曾经存在的就只有地狱。就连快乐或美丽的时刻都会助长那种惊恐。"一切都变得金黄,稍纵即逝,光辉灿烂,"叙事者思索着,"让人觉得世界造出来就是为了要失去。"[78] 但然后,在失去之前它又(一再地)被造出来了,阿瑞纳斯的作品让我们看到制造的戏剧性过程以及毁坏的纪录。

《向大海告别》一半是散文,一半是自由体诗,充满了戏仿和幻影;它是勒萨马·利马的小说作品《天堂》(*Paradiso*)的接班人,像是庞德(Ezra Pound)《诗章》(*Cantos*)的古巴表亲,也相当大量援引了乔伊斯的《尤利西斯》。它的能量在于两个主角饱受折磨的意识,也在于其丰沛涌出的语言,严峻而讥嘲地咒念着悲伤和痛苦,以及这个正在失去的世界中的生命。

怯懦、心怀不平的艾克托,曾参与反抗巴蒂斯塔的最后一战,他和他那没有提到名字、充满爱意、感到挫败的妻子,租了海边的小屋准备住一星期。他们八个月大的婴孩也在,他们想远离哈瓦那拥挤、例行公事、无望的生活一阵子。时间是1969年。首先我们透过一段长长的、迂回的内心独白了解到妻子的思绪,其中充满了歪扭的记忆和暴乱,无法令人满足的梦境——有一段是她把《伊利亚特》(*Iliad*)中的一景变成了狂野的杂交狂欢,到处都是英雄的阳具。她也有些突如其来的、逐渐消失的快乐时刻,她的感受被很精准地捕捉住:

> 天空和时间的味道,叶子的味道,干焦土地的味道,它今天也在等待着一场清凉的冲澡,等待着雨水。芬芳。把黑暗当做安慰的树木的味道。海洋和松树的味道,欧洲夹竹桃那难以察觉的香

气，杏树的味道。海洋的味道……[79]

> 但我真正想要保存、想要拥有的，正是那消失的事物——水面上暮色短暂的淡紫，松树最后的微光，一片树叶摇曳落下的那一刻，我母亲的一个我之后再也没看过的微笑。[80]

但这个女人主要感到的是失败、不确定，渴望一份她只有半信半疑的慰藉。"一定有个地方有着更多的东西，不只有这暴力和孤单，这正在杀死我们的愚蠢、懒惰、混乱和麻木。"[81]"可怕的事物，"她的想法中有一句令人难忘，"变成了只是单调。"[82]"真正的灾难永远不是突然而来的，因为它总是在发生。"[83]不过她也了解，在古巴和在其他地方一样，可以将个人的哀伤归咎于公众事件：

> 我们利用这糟糕透顶的局势来避免面对我们自己糟糕透顶的处境……我们唾弃毫不宽容的审查制度，借此不讨论我们自己的沉默。[84]

她和艾克托都不相信字词——"没有字词，没有字词，绝对没有字词"[85]——然而字词却是他们的所有，在他们的孤单中编织出的沉默思绪。

艾克托是个诗人——或者说曾经是，在他失去希望或意志并停止写作之前——书中他的部分满满混杂着韵文和散文，修辞和自我检查。"她想要的，"他想着他的妻子，"就是你想要她。她是那么温柔，那么难以忍受。"[86] 他快乐地和孩子玩,长篇大论痛骂古巴的情势。他在海滩上遇见一个英俊的男孩,之后做出了一个阴郁的、自我伤害的预言:

> 你一辈子都将恳求,哀求全世界原谅一项你没有犯下、甚至根本不存在的罪……在某一方面,你永远会是任何一个时代的——所有时代的安全阀……你会是这世界的羞耻。世界会用你来合理化它的失败并发泄它的愤怒……你的出路只有监狱和劳改营,在那里你会遇到跟你自己一样、但糟得多的人——而你,当然,必须变得跟他们一样。[87]

后来那男孩跳崖自杀了。

艾克托也有比较温和的抒情时刻,通常是跟海有关——"因为大海是某样我们所不能理解的神圣事物的记忆"[88],大海"没有被传说、咒骂或贡品抹黑"[89]——而他也有他令人难忘的句子——"所有并非微不足道的事物都被诅咒"[90]。但他的思绪主要是"冒犯人也被人冒犯的"[91],就如他妻子对他言辞的看法。他的口气常常听来像艾略特笔下普鲁弗洛克的歇斯底里版本,对后者他既引用又戏仿:

> 那么,我们走
> 手牵着手,去
> 散散步,做个鬼脸,胡说些
> 废话,跳着吉格舞

绕着这空虚。[92]

他责难惠特曼（Walt Whitman）那种轻易的希望——

> 啊，惠特曼，啊，惠特曼，
> 你怎么会没看到伪善
> 掩藏在慈悲行为的面具后？……
> 我驳斥你的诗，因为那独独而恒久的失衡
> 在所拥有的和所欲望的之间。[93]

——但他也有比较本地而特定的抱怨，苦涩地列出他称之为古巴现今系统的特权：

> 写一本关于砍甘蔗的书而获得国家诗歌奖；
> 写一本诗集而被送去砍五年的甘蔗……
> 同性恋者专用的集中营……
> 没有歌手的歌谣节庆；
> 孩童作为警察的实验场……
> 把罗望子树砍倒来种罗望子树；
> 背叛我们自己作为唯一的生存之道……[94]

我们要将艾克托和阿瑞纳斯之间的关联拉到多近？我认为阿瑞纳斯要我们注意到艾克托思绪的尖锐刺耳，其中的牢骚语调，他的自怜以及，在条列出他的抱怨之时，他无能区别受伤的皮肉和受伤的虚荣心。

阿瑞纳斯也要我们看出，艾克托在古巴所看到的其中一些事物只是他阴郁地称呼的"这个时代的标准装饰品：炸弹，枪击，争论，吼叫，威胁，酷刑，羞辱，畏惧，饥饿"[95]——不仅限于古巴，但也没在古巴绝迹。至于讲到惠特曼的那一段（"那独独而恒久的失衡"），一段对希腊悲剧中合唱队的优雅戏仿，把部分罪责归咎于人类本身而非政治：

> 人
> 在所有害虫中最令人憎恶，
> 因为深信所有事物
> 都会步向无可逆转的死亡，
> 于是他杀……
> 啊，人
> 一个可疑、可笑的东西
> 值得我们以最怀疑的眼光
> 来观察——既已发明了上帝、哲学，
> 以及其他该罚的罪……[96]

到头来，重点不在于艾克托必须是对的或错的，而是他必须被听见；如果他无法被听见，那么他已经对了不只一半，证明了他自己言过其实的观点。不快乐可能是不公平的，会做出夸大的指控，像是臭鼬所认为的地狱。但我们几乎不可能不感受到它，它是一项反对天堂的无懈可击的论点。

一个晦暗的世界
有着永远无法被完全表达的事物，
在其中你永远不完全是你自己
也不想或不需要是……

——华莱士·史蒂文斯，《隐喻的动机》

就像在戏仿它们自身一样，神学的观念反映在
我们生活中的琐碎微不足道之处。

——米兰·昆德拉，《慢》

4　隐喻的动机

米兰·昆德拉

在《小说的艺术》（The Art of the Novel, 1986）中，米兰·昆德拉说："田园诗"（idyll）一词"在法国很少用到，但在黑格尔（Hegel）、歌德（Goethe）、席勒（Schiller）的作品中却是个很重要的概念：是世界的状况，在第一场冲突发生之前；或者是超越冲突的；或者其中的冲突只是误会，因此是假冲突。"[1]昆德拉认为这是个令人钦佩的观念，但条件是我们不要试图将之实现。一旦我们试图这样做，我们就进入了一个满是可怕欺骗和压迫的国度，实际上是逆转了这个词的意思，因为如此一来我们等于创造出一个尽是冲突的世界，但却是未经承认的、不可接受的冲突。在《笑忘录》（The Book of Laughter and Forgetting, 1979）中，昆德拉把试图要重新创造出一个"有着夜莺鸣唱的花园，一个和谐的国度，其中的世界不会像个陌生人般跟人作对，人也不会跟其他人作对"[2]的这种努力，称

为"田园诗"。而且在那个国度里,任何不喜欢那花园的人就必定是叛徒,必须被关进花园中为数愈来愈多的监狱之一,"像一只昆虫被手指捏住并挤扁"。这个明喻本身——昆虫想必也有居住在伊甸园中的完整权利——暗示了这花园的问题,也暗示了它无知于本身自相矛盾的生态。昆德拉的意思是,1968年的"布拉格之春"就是试图要撤销这个田园诗,要否定并重写此种对伊甸园丑怪而不成熟的领会。

在《不能承受的生命之轻》(*The Unbearable Lightness of Being*, 1984)里,昆德拉检视另一个脉络下的"田园诗"一词,思考它与天堂之间的关联:

> 我们既然是被旧约的神话抚养长大的,或许可以说田园诗是一个留在我们心中的意象,像是一段对天堂的记忆。[3]

而天堂就是面对单调、重复,可以感到快乐而非厌烦的能力。就像动物一样,"因为只有动物没有被驱逐出天堂"[4]。"对天堂的渴望是人不想做人的渴望"[5]。因此天堂并不是渴望重复,而是渴望与重复之间有另一种非人类的关系;在那个世界里除了重复之外没有其他替代选择,对构成我们意识(事实上以及我们肉体)生命最基本条件的那些不可挽回的、只有一次机会的改变也毫无所知。这些改变当然也会发生在动物身上,但(我们假定)它们不像我们一样会对之加以诠释。它们或许会思考,它们会诠释行为;但它们不会注意到改变或时间,或者只有些微的注意,只作为测量连续性和回归的必须方法。天堂是它们的而不能是我们的;人类的堕落不是罪恶的结果,而只是人必有死这一点以及对这一点的意识;宽容的小说家的世界。

在昆德拉看来,小说家做的不只是宽容原谅。他记得,但既不依恋伊甸园也不依恋它的对立物。他发现面临危险的"存在的面向"[6],那些面向在忙碌进步的世界中被埋藏或被放逐。他首度化身为拉伯雷和塞万提斯(Miguel de Cervantes),而且他几乎总是欧洲人,虽然北美人和墨西哥人也能作为非居民的贡献者(昆德拉对欧洲人的定义是:"对欧洲有怀旧之情的人[有乡愁之人]"[7])。既然小说作品是"奠基于人类之事的相对性及暧昧性,小说作品与极权主义的宇宙是不相容的"[8]。在极权政府下没有小说作品写出吗?有的,但在昆德拉的意义上它们不是小说作品,因为"它们无能参与那对我而言组成小说史的一系列发现"[9](楷体字表示的强调为昆德拉所加,原文为斜体。——译者)。"小说作品的精神是复杂性的精神。"[10] 它"必然是一项反讽的艺术"[11]。昆德拉以宛如菲利普·锡德尼(Philip Sidney)[1]的口吻说,在小说作品中"没有人肯定"[12]。"一旦成为小说的一部分,想法就改变了它的本质:教条式的想法变成了假设性的。"[13] 小说作品将"不同的情绪空间并置"[14],并创造出一个"迷人的

---

[1] 英国文艺复兴时期最杰出的诗人之一(1554—1586),著有《阿卡迪亚》《诗辩》和《爱星者与星星》等诗作。

国度，其中没有人拥有真理，每个人都有权被了解"[15]。这听起来难道不开始有点像田园诗了吗？冲突在哪里，甚至教条在哪里，能够让这地方不只是一个知识分子放任主义的天国，能够测验被如此快乐赞美的宽容？

在稍晚直接以法文写成的一本文集《被背叛的遗嘱》(*Testaments Betrayed*, 1993) 中，昆德拉说，"将道德判断悬而不论不是小说作品的不道德，而是它的道德 (morality)"[16]——或者它的道德寓意 (moral)，或者它的品行 (morale)，因为法文原文用的那个字是 morale。小说作品里没有仇恨容身的空间，小说作品是——昆德拉这里说的是鲁西迪的《撒旦诗篇》(*Satanic Verses*) ——一场"相对性的盛大嘉年华"[17]。再一次，小说作品永远是反讽的、非肯定性的：

> 反讽意味着：小说作品中找到的肯定说法没有一个是可以单独接受的，每一个都复杂而矛盾地与其他的断言、其他的情境、其他的表示、其他的看法、其他的事件并列在一起。[18]

这听来全都很耳熟，像是重复发明了莱昂内尔·特里林的《自由主义的想象力》(*Liberal Imagination*)；考虑到昆德拉在极权世界的经历，这是完全可以理解的，但除了对言论自由做出某种寓言之外，并没有谈到更远。然而另两个更进一步的想法，会给此一论点增加敏锐度，并将之带到一个有趣的新疆域，那就是位于文学和哲学之间某处的一道文化地带，其存在无可争辩，但对它的定义却很不足。

第一个想法是，此种意义上的小说作品不只是垂死而已，在东方和西方皆然，而是已经死了我们却没注意到，就像上帝在尼采那个关于疯子的寓言中的死亡：

> 小说作品之死不只是胡思乱想而已，而是已经发生了。现在我们知道小说作品是怎么死的：它不是消失，而是落到它的历史之外。它的死亡发生得很安静，没有人注意到，也没有人因此义愤填膺。[19]

这种说法卢卡奇和艾略特也会很熟悉。小说作品还是有的，但它们不是小说作品。它们没有达到小说作品过去曾是或者可能达到的境界；而且这是我们的错。但昆德拉并不相信小说作品真的死了，他只是想要吓我们：

> 如果小说作品真的要消失，那不会是因为它已经穷尽了它的力量，而是因为它存在于一个变得与它不相容的世界里。[20]

我们得到了，或者将会得到，我们活该应得的非小说作品。

而这并不只是因为，如同昆德拉一再断言的，我们不够有容人之心或者不够反讽，而且失去了幽默感。

原因在于，对昆德拉所定义的小说作品的一项真正有趣的任务，我们已经变得充耳不闻，而事实上，大部分当代的小说故事都专注于制造意外、惊异和神秘，无法为我们做到这一项任务。自福楼拜以来，小说作品都拒绝戏剧性，要唤起的是"陈腐、平凡、司空见惯"[21]的事物，是"随机的，或仅只是氛围"。如果小说作品的存在是要提醒我们那些我们所忘记的事情，这是我们最会忘记的。在当下这一刻流逝之际我们并不知道，只有等它已经过去之后才会知道。然后我们记得的是别的东西。"当下这一刻跟对之的记忆是不同的。记忆不是健忘的否定。记得是一种忘记的形式。"[22]在此一脉络中，小说的目的、小说的"本体论任务"[23]，在于为我们重新找回昆德拉漂亮地称之为"生命的散文"[24]的东西："没有任何事物像生命的散文如此彻头彻尾有争议。"昆德拉认为小说作品可以做到这一点，而且不需用到十九世纪写实主义的老机关，也不需向纯粹的心理层面俯首称臣：

> 但请了解：如果我把自己放在所谓的心理小说作品范围之外，这并不表示我想剥夺我人物的内心世界。这只表示我的小说作品主要追寻的是其他的谜、其他的问题。[25]

如果小说作品有本体论的任务，它是否变成了哲学呢？昆德拉认为在此提到哲学是"不适恰的"："哲学是在一个抽象的国度发展它的思考，没有人物，没有情境。"[26]但是在《被背叛的遗嘱》中和其他地方,他对尼采的讨论让哲学听来正像是一部小说作品。昆德拉说他寻找特定的字词（温柔,晕眩）,将它们颠来倒去,以它们跟他的人物的关系来加以定义：温柔是"因成年而渗入的畏惧",于是创造出"一个人工的小空间,在其中双方同意我们彼此以孩童相待"[27]；晕眩是"弱者的陶醉"[28]。他称研究字词（以及人物和情境）这件事为"沉思的质问"或"质问的沉思"[29]。听起来比较像哲学而不像许多好小说作品。昆德拉继续说他对叙事/言辞的"定义"是："既非社会学的也非美学的也非心理学的"[30]。访问他的人提出"现象学的"作为可能的建议,昆德拉礼貌地说这用词不错,但还是拒绝了。

这样一来,我想,剩下的就是在某种意义上必定是哲学性的、但又不肯自称如此的小说。昆德拉认为赫尔曼·布洛赫（Hermann Broch）发展出了"明确地小说式的散文的一种新艺术……假设性的,好玩的,或反讽的"[31]（楷体字为昆德拉所作的强调。——译者）。语调在这个脉络中很重要——昆德拉说他自己的语调是好玩而反讽的,就像布洛赫一样,然后又加上"挑衅的,实验性的,或追根究底的"[32]。《不能承受的生命之轻》第六部分他那篇关于媚俗的文章,他说,不只是那部小说的一部分,而且放在小说作品之外是"不可想象的"："它背后含有大量的思索、经验、研究,甚至热情,但语调始终不是严肃的。"[33] 严肃是什么?昆德拉在他的剧作《雅克与他的主人》（*Jacques and*

His Master)的引言中表示，严肃是文学评论者不能没有的，少了这个成分会让他们惊慌失措。但小说，在昆德拉的讲法中，不可能是严肃的。"一个相信他使别人相信的东西的人是严肃的。"[34] 在这种意义上，一个严肃的小说家是很糟糕的："没有一部值得被称为小说作品的小说作品是严肃看待世界的。"[35] 昆德拉对作家（writer）和小说家（novelist）所做的区分，虽然在详细严密的阐释之下可能会站不住脚，但在此能提供帮助。作家，他说，有着"原创的观念和模仿不来的声音"[36]。他可能会写小说作品，但不管他写什么，重要的是那些观念和那个声音。小说家则"不对他的观念大鸣大放"[37]，他感兴趣的也不是他的声音，而是形式与任何他急于探索的存在面向之间的交互作用。在此一理论中，卢梭、歌德、夏多布里昂（René de Chateaubriand）、纪德、加缪（Albert Camus）是作家。菲尔丁（Henry Fielding）、斯特恩（Laurence Sterne）、福楼拜、普鲁斯特、福克纳、卡尔维诺则是小说家，我们也知道该把昆德拉归在哪一类，虽然卡尔维诺开始滑出这个范围了，尽管昆德拉把他放在这里。这其中的引人之处和挑战性，根据昆德拉想到穆齐尔和布洛赫的说法，在于"不是要把小说作品变成哲学"[38]，而是要在小说作品中引入"具有统御地位而光芒四射的聪慧"。这或许会让我们想到穆齐尔所说的"散文家"，这既是人格类型也是可能的作家：

> 他们的疆域位于宗教和知识之间，实例和教

义之间，智性之爱（amor intellectualis）和诗之间，他们是有也没有宗教的圣人，也有时候他们只是出发前去探险而迷了路的人。[39]

在收录于《小说的艺术》中一篇1983年的访谈里，昆德拉透露了许多他作品制作的秘密：对人物采取的态度，省略和对位法的使用，据说能以勋伯格（Schoenberg）[1]的音阶方式发挥作用的主题，喜欢将结构分成七部分，以及喜欢提早宣布主要人物的死亡。那番谈话似乎是在对小说作一番分析式的道别。说话的人一定是准备要出家、回头搞音乐，或全心投入文学批评了吧。在知道这些事情之后，还能有什么创意？事实上，当时他刚完成《不能承受的生命之轻》，而且正准备写下一部小说作品，并大剌剌地采用与前一本作品相同的原则架构来进行，充满了省略、对位法、重复出现的主题字词，早在离结尾还远的地方就宣布了一个人物的死亡，并且将全书分成七部分。其成品就是《不朽》（*Immortality*, 1991），除了其中偶尔有些过度可爱的地方，以及沾染了一两处浅薄的大众社会学之外，这是一本杰出的作品，证明了小说家不需要严守他们写作的秘密。或者说，自觉意识不见得一定会绊手绊脚，跟意识到别人正好相反。

昆德拉作品中的人物有他们的心理和过去，但他

---

[1] 奥地利作曲家，于1923年完成了十二音体系（twelve-tone system）作曲法，被视为二十世纪影响最深远的音乐革新之一。

们的功能一开始是，继续也是，主要是作为意象，引人思考：一个男人盯着一堵墙看，或者重复说着一句话；一个女人在争论，戴上眼镜，摇着头；一个女孩坐在一条干道中央，车流飞驰而过。这些意象并不是在描绘已经形成的想法，但也不只是片段的小说式行为。它们是人与观念之间的相遇，或者说得更精确一点，是此种相遇的书面的、重新创造的、发明出来的纪录。"我想着托马斯已经想了很多年。但只有在这些思绪的光亮中我才清楚地看见他。我看见他站在公寓的窗边。"[40] 一个正要离开泳池的年长女人做出了年轻女人的道别手势：

> 她的手臂带着迷人的轻松态度抬起来，仿佛是在好玩地将一个色彩鲜艳的球抛向她的情人……在她转身、微笑、挥手的那一刻……她对她的年龄浑然不觉。她不受时间影响的魅力的本质，在那手势之中显露出了一秒，让我目眩神迷。我感到奇怪地感动。然后阿涅丝这个词进入了我的脑海。阿涅丝。我没有认识过叫这个名字的女人。[41]

阿涅丝和托马斯是谁？"我"又是谁？嗯，"我"是米兰·昆德拉在文本中的版本，他是这本我们正在读的小说的作者，也写了其他有被提到的小说作品——比方说《生活在别处》(*Life Is Elsewhere*, 1973)。当然他不是正在我们眼前写作，也不是在报道他写作的方式。他是在用默剧方式表现小说作品的艺术，让我们看到他对人物感到的是何种兴趣；不是在拆解小说，而是让我们看到小说是怎么编织成的，为什么他在乎以及为什么我们可能也会在乎。宣称我们不可能为明知是捏造出来的人物哭泣，这是一项古老的写实主义偏见，这策略如今已用烂了，也被认为是不必要的。不管在小说里或小说外，人物最重要的地方在于他们的需要是否真实，我们是否能够想象他们的人生。

阿涅丝和托马斯不只是昆德拉的投射、分身或面具，尽管他说他小说作品中的人物是他自己"未实现的可能性"："人物是……虚构的存在。是实验性的自我。"[42] 昆德拉这段讨论的其他部分清楚表示，这实验所涉及的自我不只是作家本人的，它还带着同理心猜测其他人的脑中和心中有何变化。阿涅丝和托马斯也不只是昆德拉所认识的人的综合；也并不是纯粹的虚构（不管这是什么意思）。他们摆明指出了小说作品中的人物向来所暗示的：他们是不同的行事和了解方式，在一个故事中被聚在一起，并取上名字。如同昆德拉也表示过的，他们是行为的可能性，但他们不只是可能性，因为这个词可能暗指着耽溺于漂浮不定的猜测，变成纯粹轻佻的不可承受之轻。我们也需要为轻佻说几句话，而这些话昆德拉都说得很好；但我们不应该在这一点上贱卖了小说（虚构）。像所有令人难忘的小说作品人物一样，阿涅丝和托马斯是历史的片段，是真实的也是想象的，搜集起来用语言重新组构。他们像我们见过的人，而且更好的是，也像我们还没见过的人。

昆德拉，或者说"昆德拉"，在《不朽》中详细阐述了一套关于人物的理论，很合适地包裹在反讽和靠不住的脉络中，但仍然非常有力。他区别出拉丁文的理由（ratio, raison, ragione）——此词的观念与理性牢不可分——跟德文的 Grund（根据、基础）之间的差异。昆德拉的意思是，我们的行动有理由，我们会探究动机和起因，但我们也有根据，也就是更深层的、非理性的铭刻，主宰了我们的许多行为。弗洛伊德派会纳闷昆德拉为何要规避无意识这个观念，而这部小说中有好几个关于雅克·拉康（Jacques Lacan）的笑话，暗示这种规避是有意为之的。我想，答案在于根据是可以用直觉来了解的——比方在小说里——而分析则永远脱不出理由的范围，不管乍看之下那些理由埋藏得有多深。"我是在试着，"小说家昆德拉说，"要抓住藏在我每一个人物心底的 Grund，而我也愈来愈深信，它有着隐喻的性质。"[43] 他的同伴，身材圆胖、不按牌理出牌的阿弗纳琉斯教授，说"我不懂你的意思"，昆德拉则回答说，"太不幸了。这是我有史以来最重要的想法。"

这里的手法是双重的虚张声势，带有复杂的变化。这不可能是昆德拉有史以来最重要的想法，就算"昆德拉"也不可能，而且无论如何，说自己的想法很重要是很荒谬的，尤其当它看来只是个聪明的念头，连一点引伸发展都还没有。然而这戏剧化的言外之意，不是说这念头不重要，而是说昆德拉，颇为理所当然地，不知道它有多重要。在此一论点中，隐喻是了解的方式，而非装饰或逃避；也许是我们仅有的唯一方式。这是小说家出于私心的宣称，为他的行当辩护，但它并不自私自利。它说明了，我认为是正确地说明了，如果我们无法想象其他人（"想象我，"《洛丽塔》中的亨伯特·亨伯特向他的读者呼喊道，"如果你不想象我，我就不会存在了"[44]），如果我们在日常生活中不多多少少是某种小说家（或许是历史小说家），我们是无法了解多少东西的。

比方说，昆德拉想象那个坐在路中央的女孩是感觉到别人都没有听见她，于是急于要在这个拒绝承认她的世界上确立她的存在。

> 或者另一个意象：她在牙医诊所，坐在拥挤的候诊室里；又一个病人进来，走向她坐的那张沙发，坐在她的大腿上；他不是故意这么做的，他只是看到沙发上有空位而已；女孩抗议着，试着把他推开，喊道："先生！你看不见吗？这位子有人坐了！我坐在这里！"但那人没有听见她的话，他舒舒服服地坐在她身上，愉快地跟另一个等候的病人聊天。[45]

当理查德·罗蒂（Richard Rorty）[1]写到哲学的转向

---

[1] 美国当今最具影响力的哲学家之一，著有《哲学与自然之镜》《偶然、反讽与团结》等书。

叙事以及想象力，要我们透过"想象的能力，将陌生人看成同是受苦者"[46]，并借此来创造团结，他的意思必然很接近小说家对这个孤单女孩的想象。这是个很慷慨的方案，甚至是很"重要"的。但我们必须看出，正如昆德拉很清楚地看见的，它也是很不牢靠的。猜测那女孩的感觉，总比对她毫无感觉要好。但万一我们得知她的感觉根本不是那样呢？有些小说作家会说那不重要，但大部分的人会尝试另一种隐喻。

托马斯是《不能承受的生命之轻》里的人物，阿涅丝则出自《不朽》。这两部小说之间有着强烈的关联，这点可以从后者所开的一个细致、多层的玩笑窥见一斑。昆德拉告诉阿弗纳琉斯说他正在写一部新小说（就是这本小说），并宣布了下一段将会发生什么事（的确发生了）。阿弗纳琉斯认为这部小说听来颇为无聊，但他不想失礼，"用和蔼的声音"问书名要叫什么。昆德拉毫不犹豫：

> "《不能承受的生命之轻》"
> "我想那本书已经有人写过了。"
> "就是我！但我当时把书名取错了。那书名应该是属于我现在在写的这本小说。"[47]

在较早的那部小说中，昆德拉邀我们跟尼采一同去寻思，如果我们所做的一切都会被重复，都充满了回归的重量，那么我们会如何行事。在后面这本书里，我们要想的是：延长成为不朽的手势，就像字词、句子和动作落进了富内斯（Funes）那无垠无涯的记忆中，那是博尔赫斯一篇著名短篇小说中的情节[48]。我们会全都重做一次吗？有什么是我们不想重做的？我们是否会——难题在这里——愿意跟即使是我们所爱的人待在一起？阿涅丝爱丈夫保罗和女儿布丽姬，但不及她爱已故父亲的回忆以及她在工作、家庭、日常生活之外某些地方能找到的安宁。她对婚姻或二十世纪八十年代的法国没有不满，但她不会愿意永远守着它们。这部小说中最为一针见血、最为暧昧美丽的时刻之一，是阿涅丝之死，混合了惊恐、浪费和一种优美。阿涅丝在车祸中受重伤而死（车祸是由那个坐在路中央的女孩引起的，她自己则毫发无伤地走开了）。急着要赶到她病床边的丈夫，则受到表面看来付之阙如的情节中一个荒谬主义式的转折所延迟：阿弗纳琉斯为了表达对世界趋向秩序与压抑的反抗，热衷于在晚上随意划破车轮胎，正好让保罗的车动弹不得。保罗赶到的时候已经太迟了，在哀伤中困惑地看见死去的阿涅丝脸上带着一个"陌生的微笑"[49]："那是为了一个他不认识的人笑的，说着一件他不明白的事。"那不是为任何人而笑的，保罗所不能了解的正是这一点。阿涅丝不想要任何人看见她死去，也不想死进任何人的世界。她渴望一个没有脸孔的国度，在死时相信她找到了。她似乎听到了一句话，"没有，在那里他们没有脸孔。"[50] 她的微笑反映出她的感激或她的幻觉；这是个幸福的结局，只有对被排除在外的保罗而言是不幸的。

这部小说中其他担心不朽之事的人包括了歌德和

贝蒂娜·阿尼姆（Bettina von Arnim），他们之间的关系以想象的手法重新创造出来并加以分析；拿破仑，他为后人摆出姿势，仿佛我们的摄影师已经在那里了；贝多芬，拒绝向女皇举帽致意；海明威，在死后世界跟歌德谈天；还有，最重要的是，在当代巴黎的一群虚构人物：阿涅丝和保罗；阿涅丝的妹妹萝拉和她的情人贝尔纳，贝尔纳是一名时髦又自觉的电台节目主持人；阿涅丝的情人鲁本斯，这个外号嘲弄着他放弃的艺术抱负。小说的中心也是最有趣的人物是阿涅丝和萝拉，她们是多情、聪明、常常心烦意乱的女人，既相像也不像，都是从那名离开泳池的老妇的年轻手势中诞生的。"这手势没有透露任何那女人的本质，反而可以说是那女人向我透露了一个手势的魔力"[51]，昆德拉后来将此一手势比拟为"一件完成的艺术品"。他将这手势提供给阿涅丝，他说她是从她父亲的秘书那里学来的。萝拉则是学阿涅丝的，但泳池边的那名老妇不是跟任何我们或昆德拉所知的人学来的，因此这手势独立存在，代表了世界上许多的举止和动作，创造出一种表演的社群，一份匿名的不朽，逃离了时间和错误，成为持续的身体的优美。当然不优美的手势也是有的，因此就连这份不朽都不保险。"所有的手势，"昆德拉在他的小说作品《慢》（*Slowness*, 1995）中说，"都有一种超越做手势者的意图的意义。"[52]

昆德拉自己一定也对永恒的考验感到焦虑——他是否愿意永永远远写小说作品，或者说写这些小说作品？——也很有意思地被他的人物反咬了一口。他创造出阿涅丝和保罗,然后,在很久以后,见到了喝醉酒、有点口出恶言的保罗,令人失望但如今已无法打发掉了。阿弗纳琉斯教授在两个世界间自由来往,跟昆德拉一起吃午饭,但也(大概有)跟萝拉上床。坐在公路上的那个女孩也有着类似的双重生活:她的新闻在昆德拉(也可能是我们)收听的广播中出现,然后被纳入他正在写、我们正在读的这部小说里。在某个意义上,她是这本书中最重要的角色:我们对她了解最少,她却造成了最多的破坏,可以作为理由之局限的意象。

昆德拉把玩不朽,其中没有任何形上学或唯心论的成分:这是一个向必有一死的人问的问题,不是一种慰藉或一套神智学。他对非理性和隐喻性的事物感兴趣,但在许多方面仍是一个完全没有经过重建的理性主义者。我认为,《不朽》中的新意,是既身为人物又身为作者的小说家经过了某种精练。他比较没那么生气勃勃,不过仍然妙语如珠("拿破仑是个真正的法国人,因为他不满足于把十万百万的人派去送死,还渴望受到作家的景仰"[53])。他对他的人物比较仁慈,比较担心他们是如何疼痛。他依然想知道人要的是什么,为什么他们对自己说那么多的谎。他的答案,在他能够回答的范围之内,常常是因为他们想要逃离——他的人物,他说,全都"用某种方式在退出世界"[54]——想要卸下的不是生命而是生活的重担。"生活:拖着痛苦的自己走过世界。"[55]或者,"生命中难以忍受的不是存在,而是身为自己而存在"[56]。他比以前都更清楚地表示出,他们最多也只能开始撤退而已,通常他们甚至不明白自己的需要,因为他们困在情绪和人格的梦中,对虚荣的礼赞,要扬名立万的重大职责,这与现代欧洲文化之间似乎有共同的空间,不管是东欧还是西欧。

有些昆德拉最精彩的章节,不管在此书还是在较早的作品中,是专注于对他称之为感情用事之人(homo sentimentalis)进行一本正经、带有阴郁喜感的解构。"感情用事之人不能定义为有感情的人(因为我们每个人都有感情),而是把感情提高成为一种价值观的人。"[57]这就是媚俗的世界,在这世界中我们崇拜情感,然后崇拜我们对情感的崇拜,为我们自己眼泪的精致感到着迷。"在媚俗的国度,心的独裁政权是至高无上的主宰。"[58]在这方面,陀思妥耶夫斯基是昆德拉的试金石,关于受苦的权威他是伟大而危险的老师;而马勒(Gustav Mahler)则是最后一个"天真而直接地"[59]想要感动我们的伟大欧洲作曲家:

> 我思故我在,是一个低估牙痛的知识分子的声明。我感觉故我在,是一项更为放诸四海皆准的真理……受苦是自我中心的大学。[60]

这个严苛的笑话相当复杂。我们是在被嘲弄,昆德拉要我们思考的不是受苦的尊严或现实,而是我们在面对受苦时如何自贬身份。喜爱马勒和陀思妥耶夫斯基都会有清明和自毁的方式。在《不能承受的生命之轻》中，笛卡儿因为否认动物有灵魂而遭到攻击，而尼采在最后发疯之前，于都灵抱住一匹被鞭打的马，则令人难忘地被说成是在"试着为笛卡儿向那匹马道歉"[61]。在《不朽》中，笛卡儿对牙痛想必的忽略，看来不但是注重智力的，而且是流行的，是一刻的光亮，之后欧洲就一头栽进自夸受苦的狂欢之中。这种转变是很好的例子，说明了昆德拉的宣称，即小说作品中的哲学必然是好玩的，以及教条必须变成假设。哲学家本身也变成了人物，有着变换的角色：这里的"笛卡儿"不是勒内·笛卡儿（René Descartes）那个人，也不是那具身体，也不是笛卡儿哲学作品的范围，甚至也不是笛卡儿一般的名声。他是两句有名的话以及其所召唤出的意象；是阿涅丝和托马斯的小型同侪。

昆德拉的幽默常常苦行化得几乎难以察觉。就像博尔赫斯的作品一样，很容易将他拿哲学来玩的游戏误认为是哲学本身，我们也已经可以想象到各种学院作品将重新照字面解释他的揣测，模糊了脉络并遗漏了其中的反讽。昆德拉谨慎地假意掉书袋，将巧合加以归类（无言的、诗意的、对位的、能制造出故事的、病态的），建立起一整套对不朽的分类法（小型的、大型的，还有可笑的——这最后一类包括了第谷·布拉艾〔Tycho Brahe〕，他不肯从皇家宴会中起身去上厕所；罗伯特·穆齐尔，举杠铃的时候一命呜呼；还有吉米·卡特〔Jimmy Carter〕也险些加入，差一点点就以慢跑者而非总统的身份进入不朽）。另外有些时候，仿佛是为了弥补那些笑话的严苛和狡黠，昆德拉的笔法变得忸怩又笨重——《不朽》中海明威与歌德的对话就是一例。有些关于西方世界以影像为主宰的态度，以及关于法国记者兴起的段落，读来像是大惊小怪的半吊子社会评论，仿佛是马歇尔·麦克卢汉（Marshall McLuhan）到得晚了一点，或者该说是，麦克卢汉走了之后昆德拉才来。

然而，在诸如"我们这个充满乐观主义及屠杀的世纪"[62]这样的句子中，有着可怕而美丽的随意，而昆德拉对巧合的概略之论，也显得既轻盈又深沉。巧合在日常生活中随处可见，但在小说中是不可能发生的，只能被模仿。当巧合被模仿（或质问）得好的时候，它们表面看来的微不足道可能会绽放成一种苦痛。巧合是两个或更多不相关的故事的交错，是一连串的因果关系。如果一个完全沉浸在自己的孤单和苦恼中的女孩，在一条繁忙的公路上坐下并导致了三组人的死亡，这就是我们所称的意外事件。如果这女孩是在一部小说中这么做，这意外就是一个隐喻，不是人物的 Grund，而是我们经历生命中的秩序和失序的方式的 Grund。正如小说作品中细密安排的情节事件一般，它意味着没有人是一座孤岛；同时也意味着小说作品较少暗示的一点，即这项事实是危险的，是我们这拥挤、现代化的星球上一项难以操纵的新特征。我们似乎遇到了一种狂乱而声名狼藉的命运的形式，一个最后的、反讽的、不可能的大叙事。

马可波罗描述一座桥，一块石头一块石头地仔细诉说。

"到底哪一块才是支撑桥梁的石头呢？"忽必烈大汗问。

"这座桥不是由这块或那块石头支撑的，"马可波罗回答，"而是由它们所形成的桥拱支撑。"

忽必烈大汗沉默不语，沉思。然后他说："为什么你跟我说这些石头呢？我所关心的只有桥拱。"

马可波罗回答："没有石头就没有桥拱了。"

——伊塔洛·卡尔维诺，《看不见的城市》

5 应许之地

伊塔洛·卡尔维诺

沉默的命运

马可波罗和忽必烈汗在大汗的空中花园里交谈，在喷泉和木兰树之间。一开始这个威尼斯人不会说大汗的语言，要描述他在帝国之内的旅行，只能用手势、跳跃、喊声，以及展示他带回来的各式物品。他也用上了哑剧：

> 有一座城市是以逃离鸬鹚的大嘴，却掉进网中的鱼的跳跃来描述；另一座城市则以一个裸身过火，却未灼伤的人来说明；第三座城市则用一个牙齿长满青霉，紧咬着一颗又圆又白的珍珠的骷髅头为代表。大汗——释明这些符号，但是这些符号与地方之间的关联还是不清楚。他永远不晓得，马可波罗是否想要演出在旅途中遭遇的惊险、城市创建者的功勋、占星家的预言、一个暗

示了某个名字的画谜或比手画脚的字谜。不过，不管是隐晦或明显，马可波罗所展现的每件事物，都具有象征的力量，一旦见过了，就不会忘记或混淆。[1]

不久，马可波罗学会了鞑靼语（或者是皇帝开始听懂意大利文了），于是对话进行得更为精确。但接着却出现了某种对那象征的怀念："可以说他们之间的沟通，不再像以前那么快乐了。"[2]

这些遭逢和此番陷入语言的状况，是发生在伊塔洛·卡尔维诺的《看不见的城市》（*Invisible Cities/Le città invisibili*, 1972）里，在此作家似乎想着卢梭《论语言的起源》（*Essay on the Origin of Languages*）中的一段，谈到象征的表达能力胜过有特定意义但贫乏的言说。但对沉默话语的关注，则是非常卡尔维诺的。在《命运交叉的城堡》（*The Castle of Crossed Destinies/Il castello dei destini incrociati*, 1973）的两个框架故事中，一群旅人被某种没有明言的可怕经验给惊得变哑了，每个人都只能用指向或排列某几张塔罗牌的方式来讲述自己的故事。

在某种意义上，这个情境只是一个框架，一个为了"阅读"图画而找的借口，所以我们不该给它加诸太多意义。但我们也不该只把它看成是一种安排手法，因为它微妙、间接地为我们提出了一个显然对卡尔维诺很重要的叙事隐喻。相较于有着日常实用性功能的字词，图像的吸引力在于它们是丰富而模棱两可的：它们讲述或者说暗示许多故事，但从不确切地讲述任何单一的故事。然而我们若要避免语言那种过度而虚幻的清晰，似乎只有透过某种灾难才能做到，如这本书中的人物，或者转移到我们自己的语言疆界之外，如马可波罗的中国之旅（或罗兰·巴特的日本经验，他在《符号帝国》〔Empire of Signs〕中将其描绘成一个每样事物都有某种意义，然而无一意义被了解的地方）。卡尔维诺在《命运交叉的城堡》中加强了这一点言外之意，方式是保留旅人周遭所有的声音——"汤匙的敲打声，高脚杯和陶器的叮当声……咀嚼声和咽嘴吞下葡萄酒的声音"[3]——让我们了解失去的是言说而非声音。我们可以说这些人不是没有语言，而是没有某一语言，没有他们认为是他们自己的那种语言，没有我们通常认为是语言的东西。

在某一处我们读到，塔罗牌"隐含着比它们所述更多的事物"[4]，但它们讲述得还是很多，那些旅人急于拿到牌，来显示并叙述他们自己的历险：

> 一旦有一张牌说得更多［比它似乎如此说得更多，比某张看来中立的牌说得更多？］，其他人的手就会立即试图把牌拉往他们的方向，摆进不同的故事中。有人也许开始独自讲着一个故事，拿着看来只属于他的牌，突然之间结局迅速出现，在那些同样的灾难性画面中，与其他故事的结局重叠。[5]

"把牌拉往他们的方向"当然是指在桌上实际做出的动作,但也是这些故事进行方式的隐喻。就算没有了语言,想讲故事的迫切愿望依然存在,并且会找到它自己的语言。牌上图像的模棱两可是一个机会,不只是弥补或代替了失去的言说,而且是一个新领域,故事在其中闪闪发光、相互混合,这是用其他模式所做不到的。"每一个故事都闯进另一个故事里"[6],卡尔维诺说,而且"同样的牌,用不同的顺序排出时,通常意义也会改变"[7]。如"世界"这张塔罗牌画面上那座被包围的城市,就既是巴黎也是特洛伊,在另一个故事中是天上的城市,在还有一个故事中则是地底的城市。

塔罗牌广泛使用在算命占卜上,在《荒原》(*The Waste Land*)中也被不太仔细地运用了("我对塔罗牌的详细组成不是很清楚,"[8]艾略特说),一副牌中共有二十一张图像牌,再加上四种不同花色(圣杯、钱币、宝剑、权杖)各一组。其中也有一张叫做"愚者"的牌,等于普通扑克牌中的鬼牌。图像牌又称阿尔卡那(Arcana),包括了艾略特笔下的吊者、魔鬼、死神、力量、节制、世界、月亮、隐者、颓圮之塔,以及最神秘的是,一名女教皇(或者是教皇的妻子)。这副牌,卡尔维诺说,是"一台建造故事的机器"[9],他让牌的画面来发言,而非任何神秘学派的意义。比方说,交叉的权杖在牌面上看起来浓密的时候,他就会想到森林,而宝剑国王后面跟着宝剑十,则制造出这样绝妙的效果:

我们的眼睛似乎旋即被漫漫一片的战场尘沙遮蔽:我们听到号角声,长矛已断裂而四处飞散;马阵互相遭遇,七彩的唾沫濡湿了辔口;剑与剑以钝口或锐口彼此相击。[10]

卡尔维诺用的是两副不同版本的塔罗牌:一副是由本伯(Bonifacio Bembo)绘制的华丽的维斯康蒂(Visconti)版,一副是相当普通的马赛版,在任何像样的神秘学店铺里都可买到。用第一副的时候,他想象旅人住在一座城堡里,或者也许是一家客栈——那地方说是客栈有点太豪华,说是城堡又有点太没秩序。他们的故事包括了一个不忠实的情人,一个未遭制裁的盗墓者,还有一个遇到了魔鬼的新娘的男人。我们也听闻了关于浮士德以及阿里奥斯托(Lodovico Ariosto)笔下的罗兰(Roland)。对那些展示出来的牌,叙事者的诠释很有自信,但也摆明了是纯属揣测,用来表达的字句诸如"我们的同席旅客大概是想告诉我们"[11],"这一列牌……一定是要宣称"[12],以及"我们只能大胆做些猜测"[13];而当他需要阿斯托佛,也就是阿里奥斯托笔下为罗兰恢复神智的那名英国骑士的故事时,他似乎只消用上一位"说不定就是那位英国骑士"[14]的同席旅客。叙事者没有告诉我们他自己的故事,但他说它就在那里,埋在桌面上好几个相互交叉的故事所形成的图案中。讲得更明确一点,他说他的故事就在那里,但他"再也说不上来究竟是哪一个"[15],

过了一会儿又宣布他已经"失去"了他的故事,"混杂在那些故事的尘沙之中,与它分离了"[16]。其中的暗示或许带着点博尔赫斯的回音,是说每个人都有个故事,但那些讲许多故事的人就失去了自己的故事,不是因为它被埋藏或被压抑,而是因为它被分散了,分散在各种比喻性的或替代性的形式之中。"一个人,"博尔赫斯写道,

> 给自己定下了描绘世界的任务。多年下来他居住在一个有着各种意象的空间里,省郡、王国、山脉、港湾、船只、岛屿、鱼类、房间、器具、星辰、马匹,以及人物的意象。死前不久,他发现这座耐心的线条迷宫勾勒出了他脸孔的意象。[17]

用第二副牌的时候,卡尔维诺想象出另一组沉默的旅人,但这次似乎比较清楚的是在一间客栈里,正符合这副牌本身比较没那么贵族气的性质,而不知怎么的,用这副牌演绎出的故事似乎生动、有创意得多了。其中包括了一名织工的故事,一段在牌中不断碰上不可能的选择的叙事,还有浮士德(再一次)、帕西法尔、哈姆雷特、麦克白、李尔王等人的故事。有一处卡尔维诺决定将"教皇"牌解读成代表着一个拉丁化的弗洛伊德,"伟大的灵魂牧者以及解梦人,温多邦纳的西及斯蒙〔Sigismund,即弗洛伊德的名字〕"[18],然后在牌中开始寻找,当然也很快就找到伊底帕斯的故事,"根据〔西及斯蒙的〕学说,那个故事藏在所

有故事的反常心理之中。"[19] 在这副牌中，作者的确挖出了他自己的故事，但那是一个关于书写的故事，而非世间冒险或情事秘密的告白。他用的牌包括了"恶魔"，因为"写作的原料"[20] 就是"毛茸茸的爪子浮上表面，野狗似的搔抓，山羊的角戳，在黑暗中摸索的压抑的暴力"，还有"杂耍者"这张牌，这类人"在市集的摊位上排列一些物品然后将之移动、连接、交换，达到一些效果"。他的模特儿包括斯丹达尔和萨德侯爵，因为"在书写中，说出的就是被压抑的"[21]。如果我们运气好的话。卡尔维诺有一点担心其中某些部分会盛气凌人——"我不会太像主教高僧（troppo edificante）了吗？"[22]——他让他的叙事者一边说话一边又同时拆自己的台。"简言之，写作的底土是属于人类的，或至少是属于文明的，或至少是属于某种收入等级的。"[23]

以这样的观点，或说以这样的收入等级来看，塔罗牌不仅是一台建造故事的机器，更是一座世上所有故事都可在其中找到的迷宫。但故事是需要被找出来的，而找到了它们似乎也不会干扰到这座迷宫本身无穷的神秘，卡尔维诺说，这迷宫的组织是围绕着"事物的混乱之心，牌的方阵以及世界的中心，所有可能秩序的交会点"[24]。卡尔维诺短暂（而精彩）的实验用同样的方式"阅读"其他图片——例如著名的圣杰罗姆和圣乔治的油画——他说他想过要在《命运交叉的城堡》（维斯康蒂版的那副牌）和《命运交叉的酒馆》（马赛版的那副牌）之后接续一篇《命运交叉的汽车旅馆》,让一场不知名大灾难后哑掉的幸存者指着一张烧焦的报纸的漫画版,用不同格的漫画来讲他们的故事。

在《命运交叉的城堡》的最后一章中,卡尔维诺"发现"了哈姆雷特、麦克白和李尔王的故事,他称之为"疯狂与毁灭的三个故事",藏在已经摆出来、已经用来讲其他故事的塔罗牌里。当然,要做到这一点,必须他和我们都愿意相信几乎任何故事都可以在那副塔罗牌中找到,而且我们必须已经知道这些故事了,因此在这里阅读的概念出现了有趣的转折。牌的图像不再是暗示着我们不知道且必须加以拼凑的故事,或者是我们经历过并希望传达给其他人的故事,而是我们运用一点创意便可在眼前图像中认出来的故事:我们是名副其实地发现了,或者说重新发现了,这些故事。

这些故事是由命运交叉的酒馆中那群人的不同成员所"说"的,一开始他们被描述为"一名年轻人""一位女士",以及"一名老人",稍后我们知道他们分别是哈姆雷特、麦克白夫人,以及李尔王。把麦克白的故事归为麦克白夫人所有——思索那些女巫的预言、看见班克的鬼魂的人是她,被那些女巫乱搞的是她比她丈夫清明的人生——是很巧妙的转移,符合这些叙事以疯狂为焦点的原则。"颓圮之塔"牌是艾西诺城堡,是它夜里闹鬼的城垛;是登席南城堡,博南的树林朝着它前进;是李尔王的城堡,他从那里被驱逐出来,"像一桶垃圾被从墙头倒掉"[25]——牌的画面中有人跌落,塔顶上有一顶倾斜的皇冠,一道羽毛擦过颓圮的塔身,或许是代表闪电,或许是象征毁灭力量的进行方式可以显得那般轻盈。"月亮"牌是哈姆雷特父王鬼魂出现的那一夜;是女巫们出现并行事的那一夜;那残破的景象是李尔王仅存的所有物。"隐士"牌是躲在挂毯后的波隆涅斯,是班克的鬼魂,或者甚至也许是麦克白自己,他"谋杀了睡眠"[26],在自己城堡的客房间悄悄走过;也是荒原上的李尔王,只有"愚人"(另一张牌)是他的"唯一支柱和照见他疯狂的镜子"[27]。"星辰"牌上画着一组星辰和一个赤裸的女子从两只壶里倒水出来,代表的是发疯的奥菲莉亚;是麦克白夫人拼命要洗去那怎么也去除不了的血迹;也是(卡尔维诺在这里即兴地给故事加上了,或者说是在牌里找到了一段)被放逐的蔻迪莉亚,"喝着沟渠中的水"[28],靠鸟儿给她食物吃。最后,"战车"则是前来清理一片狼藉的艾西诺的佛廷布拉;是前来名正言顺登上苏格兰王位的马尔康;也是蔻迪莉亚的丈夫,法国国王,跨海来拯救疯狂的李尔王和他被杀害的女儿,但慢了一步。

有些牌是在三个故事的其中之二重复——哈姆雷特假扮愚人,也对着愚人的头骨沉思;"节制"画的是另一名拿着水壶的女子,这次是把水从一个壶倒进另一个壶,代表的既是奥菲莉亚也是李尔王所失去的美德,也或许是他因缺少那项美德而失去的那个女儿——还有些牌只在一个故事中出现。这整个安排是卡尔维诺大师功力的施展,身手轻盈,充满了淘气和兴味。哈姆雷特的方式在他的疯狂中变成了:"如果这是精神官能症,其中有方式存在,而在每一个方式中,又有着精神官能症"[29]。哈姆雷特和李尔王都被视为探讨代沟问题的剧作,老人的权威纠缠着年轻人不放,年轻人拒绝埋藏起来的所有事物则围攻着老人。"面对女儿,父亲不管做什么都是错的:无论是权威式或放任式,父母永远得不到感谢。"麦克白的婚姻是两个地位平等者的结合:"他们有如一对忠实夫妇般地分享角色,婚姻是两个自我本位的遭逢,彼此相互磨挤,文明社会基础的裂痕由此而延伸开来。"[31]这暗示着无政府主义,暗示着二十世纪的俗气偷偷侵袭着这些令人敬畏的老故事,温和地嘲弄我们自以为能驯服并了解如此的狂野。我们找到了这些故事,这些是我们所知的故事;但我们对它们是何种意义上的所知?

然而这里最大的暗示是——而卡尔维诺将这材料放在书末,也有重要的意义——这些以这种方式找到的故事,将我们的阅读带到一个我们之前可能从未有过的深度,更深入阅读的本质。此一主张之中有两个要素看来特别重要。首先,卡尔维诺的解读并非只是强加到这些牌上的——并不是随便哪张牌都可以用在随便哪个故事里——但也不只是直接从牌中得来的。这故事已经为我们所熟悉,但仍然需要被找出来,而寻找本身就是一个我们现在要多玩味一下的观念。在特定一张牌中发现奥菲莉亚和麦克白夫人跟水之间(很不相同的)关联,就像卡尔维诺另外在梅花国王[1]

---

[1] 此处疑为作者笔误,普通扑克牌中的梅花(clubs)在塔罗牌中应是权杖(staves)才对。

那张牌中发现了作家的代表一样（在马赛版的那副牌中，他的确是拿着一枝看来像圆珠笔的东西），并不是根据某个指派好的意图来阅读这些牌，而是要做出联想，不管是跟舞台剧和莎士比亚还是跟科技和二十世纪有关。这些联想可能有制造玩笑的功能，比方那支圆珠笔，或者延伸了隐喻宇宙的范围，比方"星辰"牌中的水。

这里具有一种奇特、双关语的意义，有着小说和小说之间，或者小说和事实之间的交叉，就像是在一部加西亚·马尔克斯的小说中遇到了科塔萨尔或富恩特斯的人物，或者当我们读到都柏林那间绅士服装店，在乔伊斯书中和在历史中都叫做"亨利与詹姆斯"。在后面这个例子里，亨利和詹姆斯都是很普通的名字，没有什么神秘之处；但一时之间，都柏林看来似乎是淘气地在指一位有名的作家，在开一个文学玩笑，而乔伊斯也没有错过它。相反的，他为我们把它精确地记录下来，因为那间店已经不在了，但他的文本依然留存。关于已有的和另外做出的联想之间的交互作用，在品钦的《万有引力之虹》中有一个比较复杂的例子。德文里，字母 V 的发音是 fau（与 how 押韵），因此 v-1 和 v-2 飞弹的名字听来像是德文的孔雀 Pfau；孔雀开屏时有着彩虹般的色彩，形状既像彩虹也像那些飞弹从德国北部飞向英国时的弹道：万有引力之虹。不管是小说家还是评论家，要蓄意建立起这么一大套联想都会是在可笑地卖弄学问。对这一点赋予太多沉思冥想，也会是够卖弄的。但这里一定会有一种诡异的小小震惊，仿佛我们无意间发现了一套我们从没想到存在、也不属于我们的秩序。德文，或者一个在德文而非其他语言里面才有的双关语，似乎将飞弹和孔雀连结在一起，并因此将自然的和科技的形状与色彩结合起来。相似的，乔伊斯发现的那个玩笑，是都柏林而非乔伊斯所开的。

然而，当然还是要有乔伊斯或某人把它给找出来。我在这里想要表示的，亦即我在这些阅读的意象里所读到的，是书写和阅读这两件事的指涉范围，远超过我们对沟通的狭窄观念所允许的；而将阅读理解成找到一个世界的碎片——不同于想象出所有的世界，组合的、拆解的、重新组合的——其中自有一种独具的丰富性。当然，我们不能抛掉想象力——没有想象力就没有阅读，也没有多少生命——但我们也不能把所有的光荣都只归给它。这世界本身也有惊奇在等待着我们：就像华莱士·史蒂文斯（Wallace Stevens）所说的，强加并非发现。[32]

其次，一张牌可以有这么多不同的读法，这点很重要。同样的，也不是说可以有无数的读法，我们在谈的仍然是阅读而非做白日梦。在此，我将卡尔维诺解读为是在表示——我把他的文本解读为容许我们这样想——塔罗牌的图像不只可以提醒我们所有被口说语言压扁和遗漏的东西，也不只是在邀请我们接续图像与言说之间的对话，那对话极美地呈现在马可波罗对大汗的棋盘的阅读中，这点我稍后会再谈到。那些图像也可以为我们描绘出语言本身最普通的意思：字词是像什么样子。它们不只是被我们呼来唤去的苍白而饱受烦扰的仆人，被我们用来获取东西，问路，要求食物或爱。字词，即使是最小的、最不起眼的、最被滥用的，都是生活的图画：它们有历史、有复杂性、有多重用法。当你说"塔"的时候，你指的可能是塔罗牌其中的一张，或者是巴黎、黑池（Blackpool）或伦敦的一座建筑物；正如那张牌可以代表艾西诺或登席南或李尔王失去的城堡。字词是牌，你可以把它们当成实用性的句子，可以用它们来算命或讲故事；你可以在其中读到故事，在这个脉络中指的尤其是，那些躲在或伴随着表面上正在被讲的故事的故事。"在书写中，说出的就是被压抑的。"我们不必将卡尔维诺钉死在这句话上，仿佛这是一项信念的宣言。但这里的"书写"或可视为一个从德里达那里借来的隐喻。书写，无论是白纸黑字，还是用讲的，还是在心里想的，都是在注视字词，以求在其中看见图像，在它们被用来讲述的故事之外也瞥见其他可能的故事。

大汗和马可波罗所使用的语言的问题，提醒了我们《命运交叉的城堡》中四处潜伏的反讽：我们并不是在塔罗牌上阅读那些故事，我们甚至不跟正在阅读那些故事的叙事者处在同一个房间里。叙事者已经把塔罗牌无言的话翻译成了意大利文，卡尔维诺也已经把他的活动以书面方式报道出来——而且我们从头到尾都是用英文读的。牌的沉默在书页的沉默和我们在其中阅读的房间（也许）的沉默中重复。但那些牌的图像暧昧性，它们那些充满可能性的世界，已经变成了一句接一句的、合乎文法的语言。对象征的礼赞必须把象征的国度抛在身后，不能没有最熟悉的意义之下的语言的线索和标记来辅助。换言之，在意象的丰富性和言说或书写的直接性之间进行着对话，重要的正是这对话，而非那丰富性或直接性单独的本身。或者我们需要图像来提醒我们所有被语言简化或遗漏的东西，我们也可以相信一个记得这一点的语言会是不一样的、更新的语言。但能够开口说话的语言能记得这一点吗？在《看不见的城市》中，商人和皇帝的例子刚开始并不怎么教人鼓舞。

被说出的城市

"可以说他们之间的沟通，不再像以前那么快乐了。"当马可波罗和大汗从手势转移到字词，他们最主要的感觉却是失落。当然，字词比较精确，"比物品或手势有用，在列出每一省、每一市最重要的东西方面"[33]，但马可波罗发现他无法将那些地方的日常生活用字词来形容，于是回过头去使用"手势、表情、眼神"。

因此，在以精确的字眼说明了每个城市的基本资料后，接着就是无言的评论，他举起手，掌心向前，向后，或向侧，笔直地或歪斜地，断续地或缓慢地移动着。一种新的对话建立起来了：大汗戴满戒指的白皙双手，以威严的动作回答商人结实、敏捷的双手。[34]

但后来这种语言也变得稳定、因袭、封闭。"回到这种沟通的乐趣,对两人而言,也逐渐减弱了;在他们的对话里,大部分时候,他们静默不动。"[35]

我们必须小心,不要太照字面上的意思来阅读这个情境。对话的衰退,是《看不见的城市》中整个挽歌式的、思索性质的美丽动态的一部分,书的一开始是大汗把他广袤的帝国看做是华丽、堕落的废墟,然后带我们愈来愈深入他的忧郁,他的"空虚感"[36]和失落。书中一再引我们疑心,疑心我们所读到的内容是否有任何真的发生过,即使是在小说的世界里。大汗和马可波罗这两个已经完全在作家脑海中被重新想象的历史人物,在这故事中是否真的有和彼此沟通,或者他们只是梦到了他们在沟通?"异邦人学会了说皇帝的语言,或者,皇帝已经能够理解异邦人的语言。"[37]这是说他们改用字词了,但是没有说用的是谁的字词。而那据称有过的沟通,经常是更公然地在人物的脑海里进行:"马可波罗想象他在回答(或者忽必烈大汗想象他的回答)"[38];"忽必烈大汗打断了他,或者在想象中打断了他,或者是马可波罗想象自己被打断"[39];"马可波罗可以解释,或想象自己在解释,或者被想象是在解释,或者,最终是对自己解释"。人物想象他们自己在进行对话,也就是说,我们必须想象他们在进行,而我们所想象的对话才是这里的重点。书中进一步让人怀疑说话者的(在小说中的)真实性,并让他们哲学式地质疑他们是什么人,他们又在哪里。"也许,"马可波罗说,"这座花园只存在于我们垂下的眼帘里,而我们从未停步:你一直在战场上掀起尘沙;而我在遥远的市集上,为了成袋的胡椒讨价还价。""也许,"忽必烈汗回答,"我们之间的对话,是发生在两个绰号叫忽必烈汗和马可波罗的乞丐之间;他们正在垃圾堆里挑拣,囤积生锈的破烂东西、破布、废纸,啜饮几口劣酒之后,他们醉了,见到东方的所有宝物,在他们四周闪烁。"[40]

这里有着神奇的城市,是建筑的梦想,是难以想象的旅程的难以忘怀的终点。每一个城市都是一个故事——"再讲一个城市给我听,"[41]大汗对马可波罗说过这么一句。有错综复杂记忆的城市——"对一个在九月的晚上到达这里的人而言,这个城市的特质……旅人会嫉妒那些此刻相信自己曾经活在同样的夜晚里,认为自己当时满心快乐的人"[42]——欲望的城市,符号的城市,生者与死者的城市。有一个城市是你无法到达的,你只能在朝之接近的路上看到它;有一个城市"只知道出发"[43];还有一个城市全是边缘地带,没有一个任何人能到达的中心。

有些城市看来很环保,或者说看来是在戏仿环保。里昂尼亚扔的垃圾之多,使得该城四周满是垃圾堆成的山。他们的垃圾会蔓延全球,要不是其他城市的做法也都跟里昂尼亚一样的话。"也许,在里昂尼亚的疆界之外,整个世界都是垃圾火山口,每个都环绕着一个不断喷发的大都会。这些陌生而敌对的城市之间的疆界,是受到病菌感染的壁垒,彼此的碎屑相互支撑、重叠与混杂。"[44]情况很是危险:"一个锡罐,一个旧轮胎,一个松脱了的酒瓶,如果朝着里昂尼亚滚去,都足以牵动一场山崩,配不成对的鞋子、陈年的旧月历、枯萎的花等等都倾泄而下,将城市埋葬在自己的过去底下。"[45]

普罗寇皮亚的人口爆炸非常严重,以致旅人每一次来到这里,他客栈外的景致就愈来愈充满了脸孔,一、三、六、十六、二十九、四十七,直到最后窗外除了脸孔之外什么也看不到。客栈里面也舒服不到哪里去:

> 有二十六个我,住在房间里:为了移动我的脚,我必须打扰那些蹲在地板上的人,我推挤穿过那些坐在五斗柜上的人的膝盖,以及那些轮流倚在床上的人的手肘:幸好,他们都是很和善的人。[46]

更重要的是,还有城市中的城市,在第二个世界之中或之侧暗含的,或看不见的,或不为人知的第二个世界,是梦中之梦。例如伐德拉达城是建在湖岸上,旅人总是同时看见城市和它丝毫不差的倒影。"在其中一个伐德拉达里存在或发生的事物,必定会在另一个伐德拉达重复,因为这座城市的建造方式,乃是每一点都会映照在水镜里。"[47]当这座湖畔之城的居民做爱或相互谋杀时,这些动作都会在湖中被重复,"他们的交合或谋杀的重要性，还不如镜中清澈且冰冷的影像的交合或谋杀"[48]。当然，这镜像不是完全相同，而是上下左右颠倒的。"两座伐德拉达为了彼此而存活，它们的眼睛互相锁定；但是它们之间没有情爱。"[49]另一座双重城市让马可波罗（和卡尔维诺）开了一个轻巧而恰到好处的玩笑，其中的逆转很简单，但却出人意表。"索芙罗尼亚由两个半边城市组成"[50]：一个游乐场的城市，有云霄飞车、摩天轮、马戏团帐篷；另一个是"石块、大理石和水泥"的坚实城市，有银行、工厂、宫殿、屠宰场、学校。

> 其中半边城市是永久的，另一半是暂时性的，当停留期满，他们就将它连根拔起、拆卸，然后带走，移植到另一个半边城市的空地上。
>
> 因此，每年总有那么一天，工人移除大理石的山形墙，卸下石墙、水泥塔门，拆除部会大楼、纪念碑、码头、炼油厂和医院，将它们装上拖车。[51]

比席巴那个城市的情形则比较复杂。那里的居民相信他们这座地上的城市上面还有一个空中的城市，他们所有"最崇高的德性和感情"[52]都位居在那里，底下也有一个地底的城市，"容纳所有发生在他们身上的低下卑劣的事物"。关于另外有两座城市这一点他们说对了，但在对它们的区分上却是错的：那座应该是天堂的城市实际上是地狱，只受到"一股要填满自身的空洞的阴郁狂热"所驱使;那座应该是地狱的城市,那个充满了废弃和疏漏和拒绝的地方,才是真正的天堂之城,代表了比席巴"仅有的慷慨放纵的时刻"[53],这个城市"只有在拉屎的时候,才不吝啬、算计与贪婪"。与此类似、尽管状态不同的,是充满悲哀的莱莎城,它认不出那些四散的快乐时刻也是它结构中的一部分,那是一条"看不见的线,将一个人同另一个人绑在一起一会儿,然后解开,然后又再次在移动的各点间伸展,画出了新颖又迅速的样式,因此,在每个时刻里,这座不快乐的城市,都包含了一座没有察觉到本身存在的快乐城市"[54]。

还有派林西亚,天文学家依照星座各种最有利的组合来设计这座城,却眼见这地方发展成充满了各式各样的畸形和惊恐:

> 派林西亚的天文学家,面临了困难的抉择。他们必须承认他们的计算完全错误,他们的图形无法描绘天象,或者,他们必须揭露,天神的秩序已经丝毫不差地反映在这座怪物之城里。[55]

还有安德利亚,也是按照天象的样式建造的。旅人认定它的居民是住在一个不会改变的世界里,优雅地反映着天国那"精细的运转"。关于反映这一点他说对了,但该城的居民很震惊他居然认为那地方不会改变。他们指出城市里不断有变迁和新建筑。

但这样要如何与星辰相应呢?"我们的城市和天

空的对应十分完美,"他们回答,"安德利亚的任何变化,都牵涉了星宿之间的某种变化。"[56] 在每次安德利亚有所变化之后,天文学家就瞧瞧他们的望远镜,然后报告一颗新星的爆炸,或是天象上某个遥远地点,由橘色变为黄色,某个星云扩张了,银河的某个漩涡星云弯曲了。每一个变化都意味着一连串其他的变化,这在安德利亚和在星空中皆然:城市和天空永远不会是一个样子。所以安德利亚的居民都非常自信和审慎。"他们相信城市里的每样创新,都会影响天空的样子,所以,在做任何决定之前,他们都会计算他们自己、这座城市,以及全世界的利害。"[57]

在尤多西亚城里,这个地方的镜像和秘密设计可以在一张地毯上找到。乍看之下这很令人意外,因为该城充满了"弯曲的巷道,死胡同",拒绝直线和对称:

> 看第一眼时,地毯的设计一点也不像尤多西亚……但是如果你稍事停留,仔细地检查,你就会相信地毯的每一处都相应了城市的某个地方,城市里包容的每样事物,都包含在图案里,而且根据它们的真实关系来安排,由于匆忙、人多和拥挤,你的目光受到干扰,平常无法看清这些关系。[58]

星辰也是这城市自我感觉的一部分。他们就地毯和城市之间的相似之处请教神谕,神谕说这两者的其中之一有着"诸神赋予星空与这个世界的周转轨道的形式"[59]，另一个则是"一个近似的模仿，就像所有人类的创造物一样"。有好一段时间解读神谕的人都确信，反映诸神之作是那张地毯，而城市则再现了人类的劳动。

> 但是，你同样可以推测相反的结论：宇宙的真正地图是尤多西亚城，就像这座城市一样，有些四处扩展、没有定形的污渍，弯曲的街道，黑暗里，在一阵烟尘、火光、水流中，房屋相互推挤，一一崩毁。[60]

似乎没有一座城市可以没有某种对于完美的折射，作为它的对立面或模型或回音。这点在马可波罗描述的最后两座城市中显示得最为清楚。西奥多拉放逐、毁灭了整个动物王国，除了人类之外没有留下任何其他物种。如果有人想知道关于旧日动物的事，必须到西奥多拉藏书众多的图书馆里去查。但尽管如此，动物还是回来了：不是以往的动物，而是书中最狂野的动物，从图书馆的书页里跃出，盘踞在居民睡梦的边缘。"狮身人面、半狮半鹫、喷火兽、龙、九头蛇、人头怪鸟、独角兽、化人为石的怪蛇，正在重新占据他们的城市。"[61]贝瑞尼斯被描述为"不义的城市"，但其中包含了一个正义的城市，是明日的希望。然而那个城市也会包含与之相反的种子，在正义本身的中心有不义在扰动着。但是这些城市并非相继而来的：

> 从我的话里，你可以得到这样的结论：真实的贝瑞尼斯，是不同城市在时序上的承继，正义与不义交替轮流。但是，我要警告你的是另外一件事情：一切未来的贝瑞尼斯，都已经在此刻出现了，包裹在彼此之中，拘限、填塞在一起，无法脱开。[62]

马可波罗的警告预示了此书美丽的结语。大汗认为这番对城市的追寻最后仍是无望的。完美的城市永远无法找到，就连用所有城市的片段组成某种理想城市也行不通。真正的城市，"那最后的着陆地点"[63]，"只能是地狱"。马可波罗没有表示反对，但提出较为有力且实际的对抗地狱的建议，取代了所有这些关于天堂的隐忧。地狱，他说，如果真的存在的话，那就是我们每天生活其间的这个地方，"是已经在这儿存在了"：这就是地狱啊，我们也没置身其外，如马娄（Christopher Marlowe）笔下的梅菲斯托所言。要逃离地狱的苦难有两条路，马可波罗建议：

> 第一条路对很多人而言比较容易：接受地狱，成为它的一部分，直到你再也看不到它。第二条路比较冒险，而且需要时时戒慎忧虑：在地狱里头，寻找并学会辨识哪些人，以及哪些事物不是地狱，然后，让他们继续存活，给他们空间。[64]

我们不知道它们是什么意思

但即使我们小心翼翼地不把《看不见的城市》的语言问题太按照字面上的意义来看待,我们仍然需要注意那不平凡的一刻,当马可波罗以"阅读"大汗的棋盘的方式,拯救了他的帝国免于落入荒寂而无药可救的抽象。这情境预示了《命运交叉的城堡》中的情境,但之后又将图像与言说的诠释之间的对话往前带了好几步。

> 最后一次出使回来后,马可波罗发现大汗坐在一个棋盘上等他。他示意邀请威尼斯人坐在他的对面,并且只借助棋子来描述他曾经到访的城市。马可波罗并不灰心。大汗的棋子由巨大磨光的象牙制成:在棋盘上排列森然的城堡、阴沉的武士、成群列队的兵卒,画出像是皇后行进的笔直或偏斜大道,马可波罗重新创造了在月光辉照的夜里,黑白城市的景象与空间。
>
> 现在,忽必烈大汗不必再派遣马可波罗从事遥远的探险了:他要他不停地下棋。[65]

帝国变成了一局棋戏;棋戏就是帝国。但棋戏是什么?"每盘棋最终都有输赢,"大汗想,"但是输赢了什么东西?真正的赌注是什么?"

> 借由将他的征讨抽象化,将之化约到最为本

质的部分，忽必烈抵达了最极端的军事行动：确定不移的征服，相形之下，帝国各式各样的宝藏，只是宛如幻影一般的外壳。这种征服被化约为棋盘上的一块方格：空无。[67]

在这里，也是全书中唯一的一次，语言情境被非常清楚地表示出来：马可波罗说大汗的语言说得很流利。但令皇帝惊异的不是流利度，而是那种流利度所能允许的东西：非凡地结合了幻影和清晰的口述。没有那幻影，就没有什么可说的；没有那清晰的口述，这幻影儿乎完全不能被召唤出来，因为它是不在（absence）的幻影，是图像所不能显示的。当然，图像可以显示不在的人和事物的痕迹，但阅读这些痕迹需要有一套句法，一套超越并列或顺序出示之视觉效果的逻辑。这点在电影和在塔罗牌或图画上都一样重要，还有任何其他我们喜欢拿来无言地责难嘈杂的语言的东西。就连在普桑（Nicholas Poussin）那幅美丽的《瑟伐勒斯与曙光女神》（*Cephalus and Aurora*）中，那年轻男子不在场的妻子也由一张她的图片代表：以在场的一份复制品来表现出她实体上的缺席。

说得更精确一点，马可波罗在棋盘上看到的不是不在，而是充满了其他的、较老的存在的存在（presence），是现状的过去，在棋盘变成如今的模样之前存在那里（这里）的东西：

"陛下，您的棋盘镶了两种木料：黑檀木和枫木。您领悟的目光所凝视的方格,是从在早年生长的树干年轮上切下来的:您见到它的纤维是怎么排列的吗?……这里有一个较深的细孔:也许那曾是一只幼虫的巢穴;这不是一只蛀虫,因为若是蛀虫,一长大就会开始啃了,所以它应该是啃噬树叶的一只毛毛虫,那也正是这棵树被选定砍伐的原因……这个边缘曾被木雕师用他的半圆凿刻挖过,才能和旁边比较突出的方格合拢……"

从一小块平滑且空乏的木块,能读出那么多事情,令忽必烈兴起难以抗拒的感动;马可波罗已经开始谈黑檀木森林,谈着载满圆木的木筏顺流而下,谈着船坞,谈着窗边的女人。[68]

在演讲集《未来千年文学备忘录》(*Six Memos for the Next Millennium*, 1988)中,卡尔维诺这样谈及《看不见的城市》,"我想我在那本书中设法说出了最多"[69]。我希望我的这番讨论已经显示出,他做到了这一点,他是在最一丝不苟的难以说出任何事物的这个意义上,做到了这一点——不同于,比如说,只是断言或宣布事物,或者假装你已经把它说出来了。卡尔维诺热爱、怀疑、移动语言;将语言逼迫到其局限并超越了局限;为它设计了试验和挫败。他深信语言通常是一种失败而非成功,我认为不严肃看待这一点会是个错误。"当你动手杀人,你总是会杀错人。"[70] 在《命运交叉的城堡》中他对哈姆雷特的故事下了如此的注脚。哈姆雷特并非"没有能力杀人"[71]:"这可是他唯一做成功的事情哪！"首先是波隆涅斯，然后是罗森克兰兹和吉登史腾，然后是雷特斯，最后是克劳狄斯。杀克劳狄斯是杀错了人吗？唉，就算他是该杀的那一个，前面也已经死了不少人了。卡尔维诺的小说，头晕目眩地也令人目眩神迷地暗指着可见世界的更浓密的意义，纪念着文学中最重要的半真半假的陈述之一。当你动手写书，你总是会写错书；书背叛沉默，苦于书就是书的此一简单事实。当然，要让这句话有任何有趣的意思，你的写作功力得相当好才行，而那另一半的真实在于写错的书可能正是该写的那本书。就算失败也有不同种类。有些失败得来容易，起因于我们的懒惰。有些太困难了，根本是不可能之事所扮的。而有些则是成功的微妙形式。

卡尔维诺的失败是丰实而出于自身意愿的，谨慎而精细地标点着沉默：

> 其实，沉默也可以视为一种言语，因为它乃是拒绝其他人运用字词表达的方式；但是这种沉默话语的意义，依存于说话中偶尔的停顿，并将意义赋予未说的部分。[72]

卡尔维诺的《帕洛玛尔》(*Mr. Palomar/Palomar*, 1983)的中心人物，"总是希望沉默包含了比语言所能诉说的还要多些"[73]，但他也自问，"万一语言正是一切存在事物朝向的目标呢？"帕洛玛尔先生购物的时候，希望那些美味的食物对他说话："他期盼这些装在盘中的鸭肉和兔肉馅饼,能够表露出它们喜欢他胜于其他人……不,没有东西在晃动……也许,尽管他如此真挚地热爱果冻,果冻却不爱他。"[74] 如果一切存在的事物真的都朝向语言,那也不会是一种要被说出或书写的语言,跟充满在我们的言谈、书本、文件中的惯用语相当不同。

尽管如此,在《未来千年文学备忘录》中,卡尔维诺也可以将文学说成"应许之地,语言在其中变成了它真正应该是的样子"[75]。我想,这意思是文学始终是一种应许而非实践,是书写所寻求的,但也许只是可望而不可及的目标。事实上,卡尔维诺稍后也说,"唯有我们为自己定下无法计量的、毫无希望能达成的目标,文学才能继续活下去"[76]。但这意思也是:所有的语言,不管是书写或口说,其中都难以捉摸地继承了一片应许之地,一个想象中的天堂,就像科塔萨尔的《跳房子》游戏最后要到达的天国;而这也正呼应了卡尔维诺对"字词运用"的理解:"作为对事物的永久追求,对事物无限多样性的永久调适"[77]。仅是对应许之地的追寻行动本身,就能带我们远离看得见却不能讲述,或者因为不知如何讲述而无法看见的那种不幸境地。你可以看着棋盘上的镶嵌、纤维、刻痕而不需任何字词——尽管你可能需要字词才能学到某些可以帮助你看得够仔细的东西。但没有字词你无法阅读出棋盘的丰富,也无法清楚表示出你的阅读是一种阅读。只有用字词你才能讲到那"早年生长的树干",和一只早就死了的毛毛虫以及一个可能也死了的木雕师,还有过去的筏子、圆木、船坞,还有脑海中窗边站着的那些想象的女人。

帕洛玛尔先生想从未经解释的世界中学到一两课。但当然,如我们所看到的,在仔细观看之下,最简单的事物和生物也都闪烁着复杂性。如果你是想回归自然的话,那么被马可波罗视为这世界的丰富性和重建性的事物,就会像是富侵略性的人类历史,或是自觉意识造成的掠夺蹂躏。在该书的第一页,我们是这样跟帕洛玛尔先生见面的:

> 海面几乎没有波纹,微浪拍击着沙岸。帕洛玛尔先生站在岸边,看着一个波浪。他并未对着海浪冥想而失神。他没有失神,因为他很清楚自己在做什么:他想要观看一个海浪,而他现在正在看。他并没有冥想,因为冥想需要合适的气氛、合适的心情,以及外在环境的适当配合……最后,他想看的不是"海浪",而只是"一个海浪"。[78]

卡尔维诺说帕洛玛尔先生"踌躇很长的时间",这名人物在书页上的生命也的确充满了冗长、费劲的踌躇。但卡尔维诺对帕洛玛尔先生那种友善的卖弄抱持耐心的态度——或者该说卡尔维诺反讽地创造出帕洛玛尔和迂腐,并以精确而舒缓的散文来描述——制造出极佳的效果。那单独的一道波浪没有了,但接着而来的是一段不直接的、出人意表的对大海美丽的描述:

> 因此，这道海浪继续成长壮大，直到和相反方向的海浪撞击，因而逐渐减弱消失，或者，相互缠扭，混合成为拍打海岸的许多斜向海浪王朝之一。[79]

帕洛玛尔先生游了趟泳，思考海滩上裸露的胸脯——如果避而不看，是否是偏见的迹象？他听着一对画眉的叫声，心想不知它们的示意方式与他跟他妻子之间的对话是否有很大的不同。"人与画眉的相同哨音，对他而言宛如横越深渊的桥梁。"[80] 一只有白化症的大猩猩，迷失在它生理的孤单中，抱住了一只橡胶轮胎，仿佛知道符号是什么。这，帕洛玛尔先生认为，就是人类寻求逃离的方法，逃离"生活的惊慌：将自己投注在事物中，在符号之中照见自己"[81]。

白化症的大猩猩是大自然所制造出来、但并不偏好的一个种类，是"世界上独一无二的白猩猩，这并非出于它自己的选择或喜好"[82]；就连它的伴侣和下一代也都是黑色的，跟其他的大猩猩一样。"帕洛玛尔先生觉得他能够完全了解那只大猩猩"[83]，卡尔维诺这样告诉我们，引我们对他书中主角的自以为是会心一笑；但很可能帕洛玛尔先生真的了解，如果不是大猩猩本身，那么就是大猩猩那状况的某些部分，是一条无人选择之路的夸张的残余物：一项实现了一次，也只实现了一次的可能性。与可能性的这番奇怪的对话，让帕洛玛尔先生来到了巴黎植物园中的爬虫室。例如鬣蜥蜴看起来像是"动物王国甚至还有其他王国的各种可能形状的样品箱,一只动物身上长着这么多东西,实在是太沉重了"[84]。如果说那只大猩猩(几乎)谁也不是,那么鬣蜥蜴就谁都是。整间爬虫室让帕洛玛尔先生感觉到"既没有风格,也没有计划的形式大搬弄,在这里什么都有可能"[85]。但只有某些形式——"也许正好是最难以置信的几种"[86]——最后变得固定,可以在自然历史中辨识出来,可以在动物园中加以分类。它们就是自然历史,是"世界的秩序"[87],帕洛玛尔先生所喜欢的,可能是"世界在人类出现以前,或是人类消亡以后的样子";他认为这是一个"向人类以外世界窥视"的机会。但当然,动物园里的每一个样本,都是被剥夺了原本自然的生活方式,安置在人造的环境里。这一点也不是人类出现以前或消亡以后的世界秩序,而正是人类所造的秩序,在这里,世界是我们的再现和假设。此时,帕洛玛尔先生觉得爬虫室的味道变得令人无法忍受,他放弃思索鬣蜥蜴的引人之处何在。取代它们的(在他眼前,以及在他脑海里的动物故事集中)是一群描述精彩、莫测高深的鳄鱼。

> 是它们的耐心没有限度呢?还是他们的绝望永无止境?它们在等待什么呢?或者它们已经放弃等待什么了?它们沉浸其中的是什么样的时间呢?是只有整个物种的时间,脱离了个体由出生到死亡的竞赛历程吗?或者,是属于大陆漂移,以及地壳凝固浮出的地质学纪年时间吗?或者,是属于太阳光线逐渐冷却的时间?思索这些超越

我们经验的时间,真是令人难以忍受。帕洛玛尔先生快步走出爬虫馆。[88]

帕洛玛尔先生把自己带到人类事物的边缘,在那里发现了太多人性,然后面对了一种更黑暗、更令人恐惧的意识,即没有我们的世界。一方面我们是逃不开人类的,另一方面我们也无法忍受想到逃离它;后者是前者的原因,也许。对卡尔维诺而言,知识意味着看见我们对这世界做了什么,看见它是如何布满了我们的决定和诠释;但知识也意味着放弃我们对这个世界的领会,转而对坚持存留在我们的诠释之外和之下的事物发展出一种忠诚。这种倔强的东西不见得会是空白、未经诠释、纯粹自然的——事实上很难看出这种想法会是什么意思,因为自然的概念本身就是古老且不断增生的设想的产物。但它会躲开我们的诠释,有许多大大小小的完整宇宙,能提醒我们沉默是满盈而非空虚的。

《帕洛玛尔》中最深刻也最好笑的时刻,或许是发生在我们的主角到墨西哥的图拉(Tula)去参观一处西班牙统治时期之前的遗迹。他的墨西哥友人是个"充满热忱而善于言辞的专家"[89],熟知各种关于克札寇阿(Quetzalcoatl)的故事,那是〔阿兹特克传说中〕以有羽毛的蛇形象现身的神王;还有许多草原狼及美洲豹的故事。"帕洛玛尔先生的朋友在每块石刻前都留步,将它转译为一个创世故事,一个预言,一个道德教训。"同时有一群小学生正在老师的导览下参观遗迹。在每一块石头、每一座金字塔，或每一尊雕像前，他们的老师都会提供大量的事实细节——日期，文明，建材——然后每一次都会加上一句："我们不知道它有什么含意。"帕洛玛尔先生"着迷于他朋友丰富的神话学素养：诠释解说的搬演，以及饶富寓意的阅读，在他看来都是心灵的绝妙运作"[91]。但心灵也有谦逊的部分，帕洛玛尔先生也受到他想是那老师所采取的立场的吸引，"拒绝去理解这些石头没有展示给我们的东西"[92]，而这"也许是表明尊重石头秘密的唯一方式"。

老师将学生们带到美丽的"蛇壁"旁。"这是蛇壁。每条蛇嘴里都含着一个人头骨。我们不知道它们有什么含意。"[93]帕洛玛尔先生的朋友再也受不了了，喊道，"不，我们当然知道！它们表示生命与死亡的延续；蛇代表生命，头盖骨代表死亡。生命之所以是生命，是因为它包含了死亡，而死亡之所以为死亡，是因为没有死亡就没有生命。"学生听着，大为吃惊。帕洛玛尔先生认为，他朋友的诠释仍然需要诠释（"对古托尔特克人〔Toltecs〕而言，什么是死亡、生命、延续、通过的意义？"），但他也知道："正如不可能禁止思考，我们也不可能不进行诠释。"这是说，对我们而言是不可能的。那群学生一转过拐角，老师就说："No es verdad〔不对〕，那位先生说得不对。我们不知道它们有什么含意。"

我们不知道；我们的确知道；我们无法忍受不去知道，所有的知识都与无知摩肩接踵，架在空缺或更进一步的问题之上。"我习于将文学视为对知识的追寻，"[94]卡尔维诺在演讲集的其中一篇里说道，而帕洛玛尔先生就是这种状况的小说化体现；他不完全像我先前所称的是一个人物，但也不完全是一个抽象。比较像是一个会走动的假设，一个有妻子儿女和古怪习惯的理论。就像是瓦雷里（Paul Valéry）笔下的泰斯特（Monsieur Teste）先生那个孤立无援的才子之梦，再加上塔帝（Jacques Tati）所扮演的于洛先生（Monsieur Hulot）的步伐和姿势[1]。"为什么这样的一个人是不可能的？"[95]瓦雷里问道，但他不指望得到答案。这问题把我们变成了泰斯特先生，然后他颇为惊人地说。瓦雷里又说，泰斯特是可能性的恶魔（il n'est point autre que le démon méme de la possibilité）；而小说的伟大美德之一，就是它经常让我们自问，我们对什么是可能的这个观念做了什么。

---

[1] 瓦雷里（1871—1945），法国象征派诗人、批评家和散文家，《泰斯特先生》是他最著名的散文代表作。塔帝是法国著名的喜剧演员，于洛先生则是《于洛先生的假期》一片里的滑稽主角，该片在二十世纪五十年代的法国甚为风行。

其他时光

它属于现在的时间；属于历史；超出
生者的碰触和控制。

——维吉妮亚·伍尔芙,《奥兰朵》

6 后现代主义的罗曼史
加布里埃尔·加西亚·马尔克斯

时光飞逝

在现代主义的众多特性中，其中之一是它与时间及历史有着古怪焦虑的争执。现代主义者对现在感到不安；致力于拒斥距今最近的过去，以及导向该过去的线性时间；就算他们真的思索时间，也宁愿将之视为循环性的，或者破碎不规则的，像是季节或回音或预言；而不是时钟或一天或一年。时间本身就是一种堕落；若对文化记忆做缜密的筛选，就有了一半重回天堂的希望。

当然，跟时间进行争执并非一定就是怀旧。加布里埃尔·加西亚·马尔克斯的《百年孤独》(*One Hundred Years of Solitude/Cien Años de Soledad*, 1967)模仿某种怀旧之情的用意，就在于将之舍却，引我们重新思考拉丁美洲的历史，以便复苏一个更吸引人、更活跃的现在，挣脱对孤单自夸自赞的牢笼。但现代主义所关注的这些问题，都很清楚地出现在这部小说以及加西亚·马尔克斯后来的作品中，然而其中却也结合了其他的东西。

我们对加西亚·马尔克斯所阅读的书颇有了解，也知道其中英美现代主义者扮演了何种角色，但引述一两段话，或可帮助这些笼统的概念变得更具体一点。例如加西亚·马尔克斯自己说过，《达洛卫夫人》（*Mrs. Dalloway*）中的一句话"完全改变了"[1]他的"时间感"。他与皮里尼欧·阿普雷尤·门多萨（Plinio Apuleyo Mendoza）的对话，迷人地为我们描绘出作家二十岁时的模样，在哥伦比亚的瓜席拉（Goajira）卖百科全书，晚上坐在低级旅馆里，"打蚊子，热得要死"[2]；同时他读着关于邦德街（Bond Street），以及某个神秘名人在那里走过。这种情境本身就反映了伍尔芙（Virginia Woolf）作品中令加西亚·马尔克斯极为喜爱的错置和不协调特质。那句话深印在他脑海中，至今他仍能背出来，让伍尔芙成了早期版本的梅齐亚德斯，后者是《百年孤独》中睿智的魔术师，写了份神秘、预言性的手稿。"在那电光石火的一刻，"加西亚·马尔克斯说，"我看见了马孔多整个瓦解的过程以及它的最终命运"[3]：

> 但无疑有伟大的人物……隐藏着，沿着邦德街一路经过，就在凡夫俗子伸手可及之处，此时他们可能是第一次也是最后一次跟英国的权威离得这么近，那是国家的持久象征，未来好奇的古

董商会知道它，他们在时间的废墟中精挑细选，那时候伦敦将已是荒草掩径，而此刻在这样一个星期三早上匆忙来去的行人也将只是一堆枯骨，在尘土中混杂着几只结婚戒指，还有无数腐烂的牙齿中的金质填充物。[4]

这段文字一开始似乎颇有伍尔芙的味道，但博尔赫斯（或者哈罗德·布鲁姆〔Harold Bloom〕）一定会说，加西亚·马尔克斯的特色显示在"星期三早上"，它是如此妥帖地穿插在千年的历史之间，还有那镶金烂牙的细节。我们或可再补充一点，伍尔芙的确认为坐在那辆车子里的那人的身份，最终是会真相大白的。没人知道那是女王、王子还是首相，但当伦敦变得荒草掩径时，伍尔芙接下来的句子说，"在车里的那张脸将会……被得知"[5]。在这方面，加西亚·马尔克斯比她更是个现代主义者，而关于马孔多，我们只知道记忆和想象所能设计出来的内容。对历史的回答，不在于最终揭晓真相，而在于尽小说之力所能企及之处。

再引述一段话：

> 昆廷就是这么长大的；名字本身是可以互换的，几乎可说是有无数个。他的童年充满了名字；他的身体就是一座空荡荡的大厅，有响亮、挫败的名字在回荡；他不是一个存有、一个实体，而是一个邦联。他是一座充满了顽固、向后看的鬼

魂的营房,他们即使是在经过四十三年之后,仍然尚未从治好了疾病的那场发烧中完全康复,还在从那场发烧中醒来,甚至不知他们一直在对抗的是那发烧而非那疾病,带着顽固反抗的态度向后看,越过那场发烧,事实上是带着遗憾看进那场疾病,虽因发烧而衰弱,却摆脱了疾病,而他们甚至没有意识到这样的自由是无能的自由。[6]

这段文字很需要加以注解,但那会让我们离题太远,不过且让我们至少注意到那些可以互换的名字,以及那特定的时间感(四十三年——而我们刚刚得知,当下是 1909 年)同时却又是奇怪地扁平的,是一整块挥之不去的过去感。我们也注意到知识——对无能、疾病、历史的知识——对某人而言是可及的,或许是作者、读者、无名的意识,但对那人物则否。这段文本也是梅齐亚德斯手稿的一种版本。

或者它预示了《族长的秋天》(*Autumn of the Patriarch/El otoño del patriarca*, 1975)中的文本编织:

他注定只能知道另一面的生活,注定要解读接缝,要抚平现实之幻象挂毯的经线和纬线,毫不疑心,连太迟的疑心都没有,疑心唯一可过的生活是展示出来的,是我们在这一面、而非他那一面所看到的将军先生,穷人的这一面散落着厄运的罗曼史的黄叶,有着我们无法掌握的快乐时刻,在这里爱被死亡的种子污染但是是完全的爱将军先生,而你自己只是透过火车的落满尘埃的窥视孔所看到的、模糊不清的一双可怜的眼睛。[7]

"注定"意味着一名有着阴沉智慧的作者或先知,他知道那人物毫不疑心的事,甚至连"太迟的"疑心都没有;尽管这声音迅速而高明地转换,从有点庄重的第三人称变成饶舌、抱怨的第一人称复数。"他用不同声音扮演警方"[8],这是艾略特曾尝试给《荒原》下的标题。加西亚·马尔克斯扮演了独裁者、独裁者之母、人民,以及文学小说家。

当然除此之外还有许多;更多的相同之处。加西亚·马尔克斯与现代主义传统之间的关系复杂而丰富。但另外也有许多不一样之处。到目前为止,我所做的讨论中显然少了什么,是在现代主义者中找不到的一种语调、一种声响、一种口音、一套用语。现代主义者常常可以写出很好笑的东西——尤其我认为伍尔芙作品中的喜剧性未受到足够的重视——但他们并不常抱着好玩的态度,更几乎从来不是随意的。例如时间就是一项太重要的主题、一个太大的敌人,让他们无法拿它来开玩笑;因此加西亚·马尔克斯对时间的玩笑便是很有趣的一项指标,标示着这要不就是出于他独特的个人风格,要不就是来自一个较晚的历史时期,那个老敌人已经变得熟悉:仍然一样吓人、一样挥之不去,但已经不足以获得昔日的尊敬。或者两者皆是:既是个人特色,也是历史痕迹。《百年孤独》中有一段精彩的对话不断重复,每一次都是有一个人物在过去看来似乎是不会改变的地方，吃惊地看到改变。"不然你以为呢，"另一个人物说，"时间是会过去的。""是会，"第一个人物同意，"但没那么多"（Así es, pero no tanto）[9]。或者再回到《族长的秋天》，那个似乎不会死的暴君庆祝在位一百年时，说了一句类似"好像才是昨天的事情而已"："已经一百年了，该死的，已经一百年了，时间过得可真快。"[10]

时光飞逝。如今我们身处的国度不再与时间或历史争执，而是充满了熟悉的陈腔滥调，那种我们每天都会听到（也会说）的话。如果我们对这些事情不多加思索，或许会认为陈腔滥调只是一种坏习惯，是一种受过教育的、聪明的人——尤其是作家——不会用的东西。稍加思索（以及带一点谦逊）我们便会了解到，我们每一个人几乎随时随地都在用陈腔滥调，棘手的问题不在于用不用，而是在于用哪一个。当代许多最优秀的作品都有这项特点，即不只了解这项关于陈腔滥调的事实，而且还对之感到很自在。有一个悲哀得近于过火的故事，说福楼拜在晚年看着一个他一辈子都在痛责的那种安定的资产阶级家庭，说："他们过得对（Ill sont dans le vrai）。"这对福楼拜而言是个可怕的时刻，就像是一笔勾销自己的主张。如果我们能想象，这同样的洞见被以同样的懊悔但多了一点温暖和一点欢迎的态度接受了，我们就能对当代的作家有更多了解，也更能了解我们对于时间的态度的转变。"要革新"（Make it new）[11]，这是现代主义的口号，要让陈腔滥调难以留存；要让旧的东西普遍难以留存；只保留过去之中我们决定要加以复苏的那些新的／旧的片段。我们或许可以说，陈腔滥调是属于昨天和今天的。现代主义者主要感兴趣的是前天和后天。

这大致上是一种前进的过程。福楼拜是陈腔滥调的伟大收藏家；乔伊斯是以艺术手法使用它们的大师——好比说，就像斯特拉文斯基运用爵士乐；纳博科夫是使用面目全非的陈腔滥调的魔术师，像恶魔一样挖出所有我们以为妥善埋好了的陈腔滥调。但加西亚·马尔克斯，以及比如说雷蒙·格诺和马努埃·普伊格（Manuel Puig），还有安吉拉·卡特（以及约翰·阿什伯利〔John Ashbery〕，不过方式不同），都是陈腔滥调的朋友，事实上很喜欢它们，很乐意与它们为伍，正如我们都必须与它们为伍。

在加西亚·马尔克斯的作品中也有一种动态，重复了部分我以上描述的前进过程。这动态不是按照时间顺序，而可以说是从高到低、从文学到大众罗曼史，同时也是从现代主义到另外的东西。《族长的秋天》将陈腔滥调运用得漂亮而有创意，但是是以现代主义的高姿态，作为一波种种不同声音中的一部分，是腹语师的精彩表演。腹语师／作者与正在使用的语言之间保持了一段距离，就像乔伊斯在他的多种风格及声音后面保持躲藏甚至疏远的态度。加西亚·马尔克斯说，"从文学的观点而言"，这是他"最重要的"[12]一本书，而也的确如此；是一项比《百年孤独》"重要得多的文学成就"。但我们或许可以看出加西亚·马尔克斯当时（1982年）所没有看出的，即"文学成就"一语中有着一点点局限的感觉。

加西亚·马尔克斯告诉皮里尼欧·阿普雷尤·门多萨，《百年孤独》本身"像是一支波丽露舞曲"[13]："在崇高与鄙俗之间的刀锋边缘。"就像在《霍乱时期的爱情》(*Love in the Time of Cholera/El amor en los tiempos del cólera*, 1985) 中开始流行的波丽露舞曲："那时候那些正刚开始让人心碎（astillar corazones）的最早期的波丽露。"[14]astillar corazones 字面上的意思是"让心裂成碎片"，本身就像是波丽露的歌词；但加西亚·马尔克斯用到此语的时候并没有框上引号，没有加以标记、变化，而是作为他自己文体的一部分。

阿普雷尤·门多萨对波丽露的描述在此很有帮助。它是：

> 最道地的拉丁美洲音乐。它看来似乎过于感伤滥情，但同时也是反讽的，其中的夸张带着幽默以及一种"别太全信字面上的意思"，这显然是只有我们拉丁美洲人能了解的。就像博尔赫斯所用的形容词一样。[15]

我不确定这种联结会让博尔赫斯或潘裘斯三重唱（Trio Los Panchos）[1]很高兴。这段形容中我最喜欢的是那句"同时也是"。乍看之下阿普雷尤·门多萨似乎是说，波丽露看来感伤其实不然，其实是反讽的。但他

---

[1] 当代极受欢迎的拉丁音乐三重唱。

真正说的，如果我的阅读没错的话，是波丽露看来感伤，也的确是如此；而它同时也是好笑的，不能太全信字面上的意思。这是种很有趣的混合，也让我们能对加西亚·马尔克斯的作品了解得更深入。《百年孤独》比《族长的秋天》跟陈腔滥调更为亲近，但它的语调中仍有一种距离、一种否认，加西亚·马尔克斯那句关于崇高及鄙俗的话也有这样的意味。《霍乱时期的爱情》的整个文字推动力，在于暗示我们认为鄙俗的常常是崇高的，或者鄙俗事实上并不存在，只是一些人脑海中的幻想，他们认为它是他们所不是的东西。

阅读炫目

加西亚·马尔克斯最随意的读者，会注意到他喜欢用数字。一百年的孤独，而在有那个名字的那本小说里，马孔多整整下了四年十一个月又两天的大雨，一名旅人环绕地球六十五圈。胃口奇大的食客的早餐内容包括八夸脱咖啡、三十个生蛋，还有用四十个柳橙榨出来的汁。这些数字造成一种传说的氛围，一种轻微讥嘲着准确的准确。但数字也可以表示耐心，表示与缓慢渗流的时间的亲近。跟《霍乱时期的爱情》的数字味道较为接近的，是《没有人写信给他的上校》（*No One Writes to the Colonel/El coronel no tiene quien le escriba*, 1961）中那个悲哀而长期受苦的主角，我们读到，他需要他那七十五年生命中的每一分钟[16]，才能到达那个总结了既是他的挫败也是他的尊严的简单世界，他拒绝接受不可接受之事物的态度。他是一个文雅、老式的男人，先前斥责过一群出口成脏的当地年轻人。然而到最后，只有粗鲁的愤怒才管用。这个简单的世界是狗屎（Mierda）。

《霍乱时期的爱情》的结语较为温和，但有着相似的意涵，同样反映出固执和专注的一种算术。一名船长问他的船可以在某条热带河流上上下下航行多久，而他得到的答案已经被思索了"五十三年七个月又十一个日夜"[17]。这是一个既向前看也向后看的答案："永远"（Toda la vida）。

读者也得花一点时间才到得了那里，而在我第一次读这部小说的时候，我发现自己不时会数算页数，就像书中人物数算年月一样。托玛斯·曼说，好故事最好要慢慢说[18]，但好东西也可能太多，而在这项目标上，托玛斯·曼可能不是最理想的证人。我想加西亚·马尔克斯是真的需要他所设定的那种蜗牛般的速度，但我们需要一点耐心才能了解他的需要。或者我们其中有些人是了解的：这本书大为畅销，暗示着缓慢的说故事方式又卷土重来了。

这本书是以一具尸体开始的，还有显示由氰化物致死的杏仁气味。"这是不可避免的，"检视尸体的医生想，"苦杏仁的气味总是让他想到单相思苦恋的命运。"[19] 不可避免，命运，爱情：我们才刚读到这本书的第一句，似乎已经深陷在老式的浪漫小说作品当中了。的确是的，但我们也是掉进了加西亚·马尔克斯的第一道叙事陷阱。不可避免的不是情人一定会服氰化物而死,而是那医生会对这样的死有这种看法。事实上,这是他记忆中第一桩跟爱情没有关系的氰化物致死病例,不管是不是单相思。这不是用例外来证明规则,而是一个规则之外的事件,让我们纳闷自己是否知道这葫芦里卖的是什么药。医生本人不幸没有太多纳闷的时间,因为他在当天稍后便死于一件可笑的意外事故,当时他试着要抓住一只飞掉的鹦鹉。而这是我们已经糊里糊涂掉进去的第二道叙事陷阱。在书一开始的部分,我们所听到的漫长的故事并不是关于那个死人的,像起初的情节似乎显示的那样,而是关于医生、他所居住的城市,和他的一天。在这本书接下来的所有内容中,我们很少再听到关于那个死人或其生前的事情,却听到了很多关于医生的事,还有他的妻子/遗孀,还有那个百折不挠、执迷不悟地爱着她的人,他爱她的时间就是在"永远"那句话之前那笔如此仔细列出的数字。那个死人是杰瑞麦亚·圣爱,他是个改行做摄影师的逃犯,在六十岁的时候自杀,因为他很早以前就决定不要活超过这个岁数。悲哀的是,到最后他发现自己对这个决心感到后悔,但无法想象改变它——"随着日期愈来愈近,他逐渐陷入绝望,仿佛他的死不是他自己的决定,而是不可阻挡的命运。"[20] 这是很重要的一句话。《霍乱时期的爱情》跟加西亚·马尔克斯其他的小说作品一样,是对命运的探索,但它是这种命运:是我们发明出来、将其错置、对之畏惧,并绝望地达成或为其而死的那种。

这部小说的背景是在拉丁美洲加勒比海沿岸的一

个古老城市,是昔日新格拉纳达(New Granada)[1]的总督们喜爱的住处。书里没有说这城市叫什么名字,但加西亚·马尔克斯说过,它是卡达赫纳(Cartagena)、圣塔玛达(Santa Marta)和巴兰齐亚(Baranquilla)的混合体,他早年在哥伦比亚的这三个地方度过很长一段时间。这个城市里有一座大教堂,一个原先是奴隶区的地方,一座阴森的殖民式建筑,过去是宗教法庭所在地,如今(这个细节或许是在向布努埃尔致意)则是一所严厉遵行天主教义的女子学校。这地方跟海地和古巴相像,因为靠海、天气热、位于热带、有港都的生活方式;它也跟气候较冷、多高山的拉丁美洲相连,有着相同的语言以及关于帝国、独立、内战的历史。人们常常谈论在河流上航行,谈论在玛达雷纳河(Magdalena)泥泞的河岸上出没的海牛和宽吻鳄,还有经过此地前往新奥尔良的船只,以及被英国海盗击沉的棒极了的大帆船,这种事近至十八世纪初还有发生。其中提到约瑟夫·康拉德参与过一桩武器交易;那医生在巴黎念书时和阿德里安·普鲁斯特医师是同学,也就是小说家普鲁斯特的父亲。我们听说了德雷福斯(Alfred Dreyfus)、约翰·斯特劳斯(Johann Strauss)新作的圆舞曲、《霍夫曼故事》(*The Tales of Hoffmam*)的首演,还有放映一部名为《卡比莉亚》(*Cabiria*)的电影。

---

[1] 格拉纳达是西班牙的一个省,殖民者给地方命名的逻辑显然都一样:美国的新英格兰、澳洲的新南威尔士……

书中也没有提及国名，但该地跟哥伦比亚一样有自由党和保守党（一个人物用类似《百年孤独》中奥雷里亚诺·布恩迪亚上校的口气说，自由党总统和保守党总统的唯一差别，在于前者穿衣服不如后者讲究[21]），有那场发生在1899到1902年的千日战争，还有许多我们应该可以在哥伦比亚实际的地图上找得到的城镇与河流。此书甚至预示了哥伦比亚自1947年以来恶名昭彰的、可怕的和平时期暴力，由恶人、游击队、警方、军队进行混乱而不分青红皂白的谋杀，这屠杀行为连个内战的历史名称都没有，但却不因此而稍减其真实性。当这场暴力（这是人们对之简单而不足的称呼）多少受到一点控制之后，在1962年每个月仍然有大约两百名平民死亡。在这里，此事出现得阴森、随意，几乎是沉默的，就像在加西亚·马尔克斯的其他作品中一样，这次是以在河上顺流而下漂向海洋的浮尸的形式呈现，这是个无法解释的奇怪景象，"因为现在不再有战争或大流行的疾病了"[22]。跟这本书中以及它所唤起的拉丁美洲历史中许多其他的字句一样，这句话既是真的，也是骗人的。现在不再有大流行的疾病，我们也已到了书的尾声。但霍乱仍然存在，就算只限于某些地方，因此霍乱蔓延的时代确是在继续。当下正在发生的事情没有真正可以称为战争的，除非我们坚持那些"政府决心以心烦意乱的法令加以掩盖的战争的幼虫"[23]。但随便杀人的事情仍然存在，这是同样致命的瘟疫。

这部小说的时代背景是十九世纪末、二十世纪初。

书中一个近期的事件是电影《西线无战事》的放映，该片于1930年发行，但出现在拉丁美洲的时间可能稍晚。说得更准确一点，这部小说的现在是设在二十世纪三十年代的不到两年之间，所有的主要人物都相当老了，比杰瑞麦亚·圣爱老得多，也没想过要采用他的观点；书中有大量的倒叙，告诉我们这些人的年轻岁月、出身背景，以及长长的一生。有人将此书比拟为一部自然主义的小说以及一本相簿。后者比前者像得多，但我们或许可以暂停一下，想象一部精致世故的、温柔亲切的自然主义小说，唤起那个肮脏、僵硬的老世界是为了它其中悲哀、迷人的部分，而不是要做任何阴森的展示。在这个地方，老式的母亲甚至可以申斥她媳妇睡眠的内容："正经的女人不可能做那种梦。"[24]在欧洲待了很长一段时间的医生回来后，尽管恨这个脏乱落后、充满老鼠和疾病的城市，但对它的爱意仍然足以使他保持不偏颇的观点：

> "这城市一定是非常高贵，"他会说，"因为我们已经花了四百年的时间试图把它解决掉，但到现在还是没有成功。"[25]

从贫民公墓，可以俯视

> 这整座历史古城，破裂的屋顶和蛀蚀的墙壁，有刺灌木之间堡垒倾圮的瓦砾，港湾中的一列小岛，沼泽地四周穷人的小屋，无垠无涯的加

勒比海。[26]

这不是浪漫的景象，但一个人想到家的时候可能就是这样子。

有各式各样的悬疑，加西亚·马尔克斯都运用自如，成为他自己的特色。其中包括先说出结局，然后让读者去猜想那是怎么达成的。这一招典型的手法是去除大多数说得通的叙事道具，让我们头晕目眩地纳闷那已经达成的结局是否真的可能达成。这是另一种玩弄命运的方式。自由度悄悄潜入人的空间，就连已经发生的事情看来都令人怀疑，就连后见之明这种最万无一失的预言都变得有风险。因此在这部小说中我们知道，我先前提到的那一对男女并不是在年轻时结婚的，因为我们第一次看到他们是在她丈夫、也就是那医生，荒唐可笑的死去之后。追求者如今七十六岁了，女人则是七十二。从她第一次拒绝他开始，他就一直在等，等了"五十一年九个月又四天"[27]——比我们已经看到的最后计算少了不到两年。我们读到他们的恋爱，他的众多花心事迹，她与医生的婚姻，医生唯一一次、害怕不已的出轨，这对恋人快乐、迟来、傻气的和好，他们的老骨头还是能够跳舞，也还是会被自己的感情吓到——尽管我们接着读到一个出色的句子，说他们纳闷自己"离年轻岁月这么远"[28]是在做什么，又说他们的关系已经"超越了爱情"，因为它"超越了激情的圈套，超越了希望的残酷讥嘲，以及幻灭的幻影（desengaño）"[29]，这个伟大的西班牙语单词我们可以在巴洛克风的诗里找到，现代的街道名称里也有，此处再次被捕捉到对世界感到怀疑的古老修辞中。我们所不能想象、必须一页接着一页读的，是这整件事情怎么能够发生，障碍是怎么被移除，人们是怎么说出、做出那些必然该说该做的事，才能确保事情发展一如已经描述的那样。在这里，加西亚·马尔克斯的正式用语无懈可击，本身就是一个缓慢的玩笑。比方说，他几乎总是连全名带头衔地称呼那医生：胡本纳·乌比诺医师。提到他妻子时总是包括了名字和娘家姓，费米娜·达萨；她顽固的情人则是名字和姓，弗罗连提诺·阿里萨。没有现代的亲密称呼。

文本并不庄重，其中有狡黠的玩笑、奇幻的意象，以及突兀的暴力：一群依照教皇之名而命名的兄弟（里奥十二世、庇护五世等等）；一个被装在鸟笼里带来带去的婴孩；一个被捉奸在床的妻子被丈夫一个字也没说地杀死；一个在河岸上招手的鬼魂；一个沉默、诡异地不断长大的黑色娃娃，它的洋装和鞋子都穿不下了；一个为爱自杀的人（但用的是鸦片酊，再次对医生的理论造成打击）。但其文体则平静无波，似乎没有注意到任何不对劲的事情。当然，这是风格化的举动，但这举动最主要的特征在于它的谨慎。在这句话中，那几乎看不见的幽默、怀疑论的味道，若用反讽一词来形容则太过强烈："他是个完美的丈夫：他从不动手捡起掉在地上的任何东西，或关灯，或关门。"[30] 这样的丈夫是完美的，因为在他而言完全符合神话（myth）中的形象。

既已结束也尚未结束的霍乱蔓延的时代,是浪漫爱情的时代。书中数次告诉我们,爱情就像霍乱——就连生理症状都可能是一样的,包括头昏、反胃、发烧等等。爱情像霍乱一样会致命,是排他的(因为它使我们跟世界隔离)也是一视同仁的(因为它不在乎受害者是什么人)。加西亚·马尔克斯喜欢告诉访问他的人说,他第一次离开哥伦比亚到欧洲去时,随身带的书是笛福(Daniel Defoe)的《瘟疫之年日志》(*Journal of the Plague Year*)——这故事除了无疑是真的之外,还显不出他对注定因疾病被隔绝的社群感兴趣。此处的社群是那座热闹的加勒比海岸城市,而不是偏远的马孔多,但它也是拉丁美洲和其他地方的、所有或许对爱情的病态隐喻太过热切的人。在这本书里,爱情是一种疾病,而这是一部浪漫的小说;但这疾病是出自我欺骗的顽固意志,是神话和固执的产物,而不是任何不容我们掌握的命运。事实上,这个词本身也变成了一种创造性的解体或散布的对象。它首先是、也最主要是被用来指称那种独有的、演戏似的、哭哭啼啼的激情,被连续剧和连续剧之前的作品没完没了地当做主题,是那种会逼得人服氰化物自杀的东西,然后它逐渐附着在相当多样化的人类活动与情感上:例如一段长久的婚姻,一开始没有爱情,然后找到了它、又失去了它、又找到了它;在妓院里叫卖的那种"紧急的爱"[31]、"速战速决的爱"[32];绝望之人的"无爱之爱"[33];对一座城市的爱,如我们前面已经看到的:爱孩子,爱吃,爱生命。弗罗连提诺·阿里萨众多情妇中的第一个教导他,"只要有助于使爱情长存,在床上做的任何事都不算是不道德的"[34]。弗罗连提诺·阿里萨自己则曾想到,"我心里的房间比妓院里的还多"[35],这是对据说有着许多大宅邸的天国做了一番俗世的曲解。心:有着感情和梦想和怀旧,但也有着更不稳定、难以预料的情绪,生命本身总是可以在此让我们意外。爱情这名字里有着吸引人的和声名狼藉的冲动,也有高贵的着迷和幻想,我们用那些 engaños〔欺骗虚假〕和 encantos〔宝贝甜心〕来妆点我们这不够浪漫的时代。如果爱情一直都是也只是一种疾病,这只可能是因为生命也是如此。这一点许多作家都曾表达过,但其中不包括加西亚·马尔克斯。

加西亚·马尔克斯在接受各方访问时,用来描述《霍乱时期的爱情》的比喻不是波丽露,而是"其实就像纸上电影[1],像连续剧",还有十九世纪的 feuilleton,这种连载长篇小说等于是连续剧在文学上的前辈。很重要的是,加西亚·马尔克斯的这部小说并不是这些文类的混合物,更不是戏仿。它对这些文类并没有采取批评或纡尊降贵的态度,而是在寻找,如史蒂芬·明塔(Stephen Minta)精辟的说法,"感情生活的真相……这些是……牢牢嵌在大众想象的语言中的"[36]。但尽管如此。陈腔滥调就是陈腔滥调,不管我们对之感到多自在。我们该拿这样的话语怎么办?它不动声色,但又

---

[1] telenovela 在南美洲报章杂志上颇为普遍,以图片配上文字对白的方式连载,其故事内容和诉求的读者群都与电视连续剧很接近。

没那么面无表情；说是反讽又还没到那种地步；它绝对不是象征性的，事实上它花了很大的功夫仔细重建出一个有历史背景的世界，但仍然不是完全贴合事实的。

我想，在这部小说本身的人物行动中，就提供了一个答案，但首先我们需要把加西亚·马尔克斯不着痕迹的风格，以及他跟那些连续剧式的来源之间的关系看得更仔细一点。在这本书里，有许多地方讨论到阅读，讨论到医生的欧洲文化素养（他热爱洛蒂〔Pierre Loti〔和安纳托·法朗士〕Anatole France〕[1]），讨论到诗文比赛，以及尤其讨论到感伤滥情的罗曼史和诗，许许多多的人就是在这些文字里过着他们想象中的生活——"诗句以及哭哭啼啼的连载爱情故事"（versos y folletines de lágrimas）[37]。弗罗连提诺·阿里萨沉浸在书本中，从荷马到最差劲的当地诗人无所不读：

> 但他丝毫不加挑选：他碰上什么就读什么，仿佛那是命中注定的，而尽管他读了这么多年的书，他仍然无法判定在他读的这么一大堆当中哪些是、哪些不是好作品。他唯一清楚的是他喜欢韵文胜过散文，在韵文中他则最喜欢情诗。[38]

我想，加西亚·马尔克斯的言外之意并不是说这是

---

[1] 洛蒂（1850—1923），法国浪漫派小说家，以《冰岛渔夫》闻名；法朗士（1884—1924），法国小说家、诗人、文学批评家及剧作家，曾获1921年诺贝尔文学奖。

最理想的读者,而是比这更糟的读者所在多有,而且严肃的、评论的读者常常是最糟糕的。

于是这本书本身的语言,是充满了命运、心碎、永远的激情;有着"哀伤的迷雾"[39]和"流沙"[40]般的老年;有着"私密的地狱"[41]和"失眠的……荒原"[42];有着在血管中澎湃的血液和"黑暗大海之上永远的夜晚"[43]。但它造成的效果,如我所提出的,不是那些文类的混合或直接模仿,而是一种向大众文学致敬的形式,友善地一瞥大众文学中常常很蹩脚的文体。而尽管有我上面所引用的那些句子,这本书的文体本身却并不蹩脚,而是堂皇雍容,优雅地将各种老调谱写成一首交响乐。这部小说和它不断在暗指的那些感伤滥情作品之间的差别,不在于反讽或距离,而在于它始终具有某种澄澈清明。这不是哭哭啼啼的文本,它只是一丝不苟地忠于那些哭哭啼啼的故事,偶尔喃喃说着"谬误"和"幻影"之类的词句。如果它的步调再快一些,它就会必须做出概括的评判,必须处理议题,也很难避免用到反讽的手法。以它现在的样子,时间以及我们的耐心会让事件和人物各得其所。

例如年轻时候的费米娜·达萨,突然确信她原先以为是爱的东西根本大谬不然。她看着那个有一阵子没见面的追求者,感觉到的不是她一直勤恳培育的激情,而只有"幻灭的深渊"(desencanto)[44],这又是一个描述欲望受骗的伟大的西班牙语单词。究竟她的想法是对的,还是她的幻灭感只是普通的失望,是恋人在一阵子没见面之后常常会感觉到的?她八成是错的,而隔了很久之后，文本也暗示她错了。但此时此刻，她确信她是对的，于是依照感觉行事，使她的情人注定一辈子活在绝望之中；而且由于她是个不肯承认错误的人，因此她自有一套永远是对的准则，不管有什么感情变化发生在这部小说所称的她的心里。当加西亚·马尔克斯写到她体认到那种"真相的揭示"，以及做出"正确的"决定时[45]，他用的字词简单明了，但其中却堆积着数种意义。其中一种意义指出，这种信念是会改变现实的，然后用那改变来证明该信念是正确合理的。是一种命运。反过来说，弗罗连提诺·阿里萨认为他自己是坚持忠于他唯一的爱情，尽管他跟几百个其他女人上过床（他有加以记录的是六百二十二个，但还有其他更随便、不值一提的露水姻缘），而且甚至还爱过其中一些人。他的忠实就像她的确信，在本人看来非常清楚，在别人看来则颇有疑问。他所谓的忠实是他无法忘怀或用别人来取代他的初恋，同时又能够确保他看来不忠的种种行为不会传到她耳朵里。

事实上，这些人物比叙事者更能带我们找到意义；他们更擅于阅读他们的世界，并更能教导我们阅读。跟加西亚·马尔克斯早期小说作品中的人物一样，事实上是跟我们大家一样，他们随时可能碰上厄运。我们哪一个人都可能在试着救一只鹦鹉的时候从梯子上掉下摔死。但这些人物不是命运的受害者，不是作者计划的因犯。他们自己写台词，自己选择如何诠释别人的台词；而且他们对这两方面都很精通。

弗罗连提诺·阿里萨十八岁的时候，送了第一封情书给费米娜·达萨。当时她坐在家门外的树下做女红，以下就是那一幕的描述：

> 他把信从外套内口袋中拿出来递到她面前，正在刺绣的困窘的她仍然不敢看他。她看到蓝色的信封在一只吓得发白的手中颤抖，她举起刺绣的框子让他可以把信放在上面，因为她无法承认她注意到了他的手指在发抖。然后事情发生了[Entonces occurió]：一只鸟在杏树的枝叶间抖了抖身子，鸟粪不偏不倚落在刺绣上。费米娜·达萨把刺绣框移开藏到椅子后面，好让他不注意到发生了什么事[lo que había pasado]，然后满脸通红地第一次看着他。弗罗连提诺·阿里萨手里拿着信，仿佛浑然不觉地说，"那是好兆头。"她第一次露出微笑谢谢他，几乎是用抢的把信从他手中拿过来。[46]

如果这是福楼拜作品中的一段，那鸟粪就会是对生命和爱情的评论，像是视觉的警句；如果这是纸上电影，鸟粪根本不会出现，会被删除，或者一开始就没被想到过。有趣之处在于，福楼拜和连续剧都同意鸟粪和罗曼史是不相容的，而加西亚·马尔克斯的叙事者在他那不祥的叙事讯号中（"然后事情发生了"）似乎也将表示同意。但人物毫无闪失地将鸟粪纳入了罗曼史里，就这样给叙事者和我们好好上了关于事物相不相容的一课。

全书中都在邀我们用跟人物相同的眼光去阅读语言（以及手势的语言）；但我不知道这一点我们能做到多少。弗罗连提诺向费米娜示爱——在等了五十一年之后，宣示他对她"永远的忠实和不渝的爱"[47]——但在他开口前，他将帽子按在心上，或者说得更精确一点，是按在他心脏的位置上（en el sitio del corazón）。我们无法对此手势发笑，也无法摆出优越的态度说他古怪或可爱；但我们知道这手势本身是空洞的，是一种古老的礼节形式，它之所以动人是因为那疯狂、没有形式的激情借用了它的脸。弗罗连提诺的整个外貌是这样的：

> 他就是他看起来的那个样子：一个有用而严肃的老人。他瘦骨嶙峋，身体挺得直直的，皮肤黝黑，胡子刮得很干净，银框圆眼镜后的眼睛充满渴望，留着一撮浪漫、有点太老式［un poco tardío para la época］的小胡子，尖端抹了蜡。他把太阳穴旁最后的头发往上梳，用美发油贴在光亮的头壳中央，以解决全面秃顶的问题。他天生的骑士风度和无精打采的态度让人马上就觉得喜欢，但同时这些特质在一名确定单身的男人身上也有点启人疑窦。他花了很多金钱、创意和意志力，来掩饰他今年三月就已满七十六岁的年纪，而在他孤独的灵魂中，他确信自己已经沉默地爱了很长一段时间，远超过世上任何人。[48]

这一段结束在一团陈腔滥调之中，它必然再现了（而且是忠实地再现了，就像乔伊斯在《尤利西斯》第十三章中再现葛蒂·麦道威的意识一般）弗罗连提诺对自己的看法。我们在脑海中看见的是过时的小胡子和那赢不了秃头的战争。如果罗密欧活到七十六岁并搬到哥伦比亚，他看来是否就会是这模样？在这段文字的第一句中，也有着一种奇怪、不妥协的直接："他就是他看起来的那个样子：一个有用而严肃的老人（un anciano servicial y serio）。"把这直截了当的言语、老式的风格，以及浪漫的自我意识加在一起，结果是什么？我想是某种相当崇高的事物，但也相当迂回间接，尽管一开始说得那么直接。就像是当他宣称他仍保持童贞时的那种荒谬（但真实）的崇高，这点我稍后还会再谈到。我们喜欢他的风格，但不是根据那风格自我呈现的方式。我们接受他，但不是根据他对自己的评价。而且，怪的是，也不是根据叙事者的评价，因为叙事者的声音变成了其中的一分子，而非总括全书的摘要。这人是个 anciano servicial y serio，没错，但他同时也不只是如此。

这两个人物认真看待彼此，但并非总是照字面上的解释；他们知道陈腔滥调是什么意思，但不总是能够说得上来。当弗罗连提诺和费米娜在小说结尾相聚时，她表示很惊讶在他们分离的这么长的一段时间之中——五十三年七个月又十一天——竟从没传出过他曾跟哪个女人在一起，而且这个城市里的闲言闲语是什么都知道的，"甚至在事情发生之前"[49]。这么好的机会不容错过,必须要让波丽露在此发挥。"我为你保持了童贞"(Es que me he conservado virgen para ti)[50],弗罗连提诺说。对作家而言,此处可能的选择似乎是要不就来上一段泪眼汪汪的小提琴,要不就对读者心照不宣地眨眨眼:多愁善感或反讽。加西亚·马尔克斯让我们看到的则是女主角的怀疑。还有她的相信。这同时使我们对这两个人物都有种复杂的、意在言外的尊敬。费米娜不认为那句荒谬的话是真的,而且我们也知道不是真的,因为我们已经读到了弗罗连提诺跟多少女人睡过,但她喜欢他的风格,"他说这句话那种大胆的方式"(el coraje con que lo dijo)[51]。

费米娜并没有被那句虚华的宣言感动,但她知道弗罗连提诺的感情是深刻真挚的,尽管那句话陈腐而不真实。她喜欢他这样脸不红气不喘地采用罗曼史的语言,那种没人相信也没人需要相信的小说,因为它的功用不在于传达某个宣称的意义,而是让某些感觉和无畏的态度能藉之表达。事实上,正是因为费米娜了解这种功用,才使她怀疑弗罗连提诺的宣言不是真的——她并不知道读者所知道的那些消息。"总之,反正她怎么也不可能会相信的,就算那句话是真的也一样,因为他的情书也是充满了这种字句,它们的意义没有其亮眼的光彩来得重要"(que no valían por su sentido sino por su poder de des lumbramiento)[52]。也就是它们的炫目。她没有因此目眩神迷,但她喜欢那种炫目;她能够阅读那种炫目。我想到乔姆斯基(Noam Chomsky)的一句话,他很惊讶语言学(或任何人)会把传达讯息当成语言的典型功能。"人类的语言可以用来告知或误导，澄清自己的想法或者展现自己的聪明，或者只是用来好玩。"[53]而且远不止于此。

此处的言外之意逆转了现代主义关于语言的一大主张，并用乐观也民主得多的东西加以代替。将贬值或陈腐的语言跟贬值或陈腐的想法连结在一起，这点庞德表示得相当明白，大部分的现代主义者也都暗含这种态度。其中最仁慈的选择是一种不自在的同情。当我们读到《尤利西斯》中葛蒂·麦道威那一章多愁善感的文体时，我们或许会为她感到遗憾，她除了读来的那些蹩脚用语之外没有更好的方式来表达她的渴望，我们几乎完全感觉不出她有表达出她的渴望，更不觉得这些蹩脚的用语有可能会适恰或生动地表达那些渴望。但这正是加西亚·马尔克斯所提议的，而怪的是，这样的手法让他跟亨利·詹姆斯很接近，这是他没有提到、可能也没有读过的作家。詹姆斯把他的聪明借给他的人物，方式跟加西亚·马尔克斯一模一样；不是因为他比较聪明，而是因为他的聪明是不一样的，会形成比较有对话性的文字。他跟读者说同样的语言，而人物则只说他们自己的语言。或者讲得更明白一点，费米娜不需要花哨的字词或任何字词，来帮助她了解语言是如何运作的——她只需要知道如何根据她的了解来采取行动。然而她的了解是很微妙的；而这也暗示着，许多表面上看来不够世故、公然文诌诌的人，他们的了解也是如此。作家需要尽他/她一切可能的微妙敏锐（以及好眼力），才有可能接近那种境地。

加西亚·马尔克斯的作品中有两种时间——至少两种。一种是奇幻的、停滞的、现代主义的时间，似乎一动也不动；另一种则是蓄积的、具有吞没力量的时间，总是在流逝。这两种时间都不断在作用——就像《百年孤独》中那车轮与轮轴的著名意象，车轮以似乎是反覆循环的时间在转动，而车轴则是依照直线顺序逐渐磨损——但两者并非总是受到相同的强调。比方说布恩迪亚家族的时间，跟没人写信给他的上校的时间就恰成对比。

《霍乱时期的爱情》的时间是上校的时间，但没有他那种绝望和终极的愤怒。我们不能说在这本书中时间是被接受的，或者书中人物对时间采取消极认命的态度。我们只需想想弗罗连提诺的发型，想想费米娜满是皱纹的肩膀、下垂的乳房，想想这两个基本上满有喜剧性的老恋人，对他们重新开始的罗曼史就感到迷惑。他们的年龄是他们感人的原因之一，并不可笑但总是在接近可笑的边缘——这点他们自己也相当清楚。时间是真实的、令人遗憾的——但并不是个灾难。时间是罗曼史上沾到的那坨鸟粪，但罗曼史可以容得下它。对待时间，只需用许多当代作家对待陈腔滥调的方式即可——就把它当做陈腔滥调来对待。如果现代主义者能做到这一点，他们的鬼魂——昆廷·康普森的那些南方人，那个就连太迟也不知道他遗漏了什么的独裁者，还有许多其他人——就不会是被安葬而是会得到自由，从他们那狭窄的出没之处解放出来。那样天堂就既不会被失落，也不会被重拾，而是被遗弃，任由它自生自灭。亚伦·怀尔德（Alan Wilde）就是用这个隐喻来描述从现代主义到后现代主义的转变，他说后者解放了前者的人性："曾经失去的天堂，现在则是被遗弃了。"[54] 换言之，由于失落而激起怜悯的因素现在已经被遗弃了，我们跟日常生活中的失（以及得）和平相处。在这样的观点下，如果现代主义者留下来并逃过了他们昔日的那些苦痛，他们会学到先前因为对时间的焦虑而完全不察的一课：我们驯化时间、与时间达成协议的方式，不是使之神话化，而是要数算它；不是像《喧哗与骚动》（The Sound and the Fury）中的昆廷·康普森那样扯掉手表上的指针，而是要稳稳地看着指针绕圈子。一圈又一圈。

任何东西。任何说得出来的东西。

——塞缪尔·贝克特,《看错说错》

7　心智之山

托妮·莫里森

> 每个星期……一张报纸暴露出某个破碎女人的骨头。男手杀妻。八个被控强暴的人遭释放。妇人和女孩受害于。女子自杀。攻击的白人被起诉。五名女子被捕。女人说男人打。男人妒火攻心。

这段坏消息集锦出自托妮·莫里森的长篇小说《爵士乐》(*Jazz*, 1992)。这些破碎的女人只是受害者吗?"自然的猎物?容易下手的对象?……我不认为如此,"莫里森的人物重复说着,边读边思索这段新闻。无疑有些人的确是的,这部小说就告诉我们其中一人的故事,这个女孩喜欢把别人逼到"吓人的状态"[2],后来她遭到一个被她逼得过火的男人开枪射击,就让自己这么死去。但其他黑人女性正在身体上和心理上武装自己,在这当中她们捕捉到了一股时代的潮流,一种不总是看得见的愤慨。那愤慨说事情总有一个限度，在新形式的抗议和政治组织中可以看见，在爵士乐的自由和悲哀和饥饿中可以听见这部小说中有大量的倒叙，但它主要的"时代"是二十世纪二十年代，或者该说是莫里森从1917年开始起算的一个时期，那年在东圣路易斯（East Saint Louis）有大型暴动，在纽约有一场纪念性的游行。这部小说中最私密、暴力的事件发生在1926年1月。在爵士年代的背后还有一个爵士年代。

最简单的公众事件，那种会上报的，是从复杂的私人故事中产生的，而这种故事，将突兀或苦涩的事实与其谜题般的脉络或历史联结在一起，一直都是莫里森作为小说家所处理的题材。而且不只是以小说家的身份。在一本关于安妮塔·希尔/克拉伦斯·托马斯（Anita Hill/Clarence Thomas）案件的论文集中，莫里森在导言里区分了"事件"（what took place）和"发生的事情"（what happened），前者可以简短加以陈述，后者则是我们经过耐心思考以及相当的调查之后，或许可能真正了解到的东西。我们生活在一个被《爵士乐》的叙事者称为"一种扭曲的哀悼"[4]的世界里，这句话也能让我们更进一步了解莫里森的道德宇宙。

哀悼通常是一种对于突然且无可否认的事件所感到的哀伤：枪击，强暴，孩童被杀。扭曲的成分存在于发生过，也一直在发生的事情里，也是富有想象力的作家的专属领域之一。在《在黑暗中玩耍》（*Playing in the Dark*, 1992）里，莫里森说到一些地方，在那里,"想象力破坏了它自己,锁上了自己的大门,污染了自己的视界"[5],她的小说主要便是描绘这样的地方以及其(可能的)救赎。对莫里森而言,心智总有可能与我们为友,但通常都是我们的敌人,比如《宠儿》(*Beloved*, 1987)便是如此,书中一名逃脱的奴隶被囚禁在记忆的惊恐里,就连充满折磨的地方都带着一点家的味道:

> 她左右摇头,认命地接受了她造反的大脑的摆布。它为什么什么都不拒绝?难道没有任何苦难、任何遗憾、任何可恨的画面是恶劣到难以接受的吗?像个贪婪的孩子,它紧紧抓住所有的东西。[6]

乡间世界的美丽景色使这问题更加复杂,掩饰了记忆中奴隶农庄的痛苦和屈辱:"它看起来永远没有实际上那么糟糕,这让她想到不知地狱是否也是个美丽的地方。"[7]当然,历史上有这么多残酷的事实记录是件可怕的事,而且尽管有这么多记录我们还是会忘掉其中一半;而或许同样可怕的是,这类历史造成的长久遗产,是一种通常专注于自我破坏的想象力,连哀悼的能力都没有,除了以扭曲的方式之外。

莫里森明晰而富表现力的第一部小说《最蓝的眼睛》(*The Bluest Eye*, 1970),描述一个贫穷的黑人家庭,住在俄亥俄州洛雷恩市(Lorain)一间破败的店面里。莫里森的叙事者坚称,住在那里和待在那里之间是有着重要的差别的:

> 他们住在那里，因为他们是贫穷的黑人，而他们待在那里是因为他们相信他们很丑。尽管他们的贫穷是代代相传的，令人变得迟钝，但却并不独特。看着他们，你会纳闷他们为什么那么丑；看得更仔细一点，你找不出它的来源。然后你明白到那丑是来自于确信，他们的确信。仿佛有某个神秘、全知的主子给了他们每人一件丑的外套要他们穿，他们每个人也都毫无疑问地接受了。[8]

这家庭里的每个人对自己的丑各有不同的诠释和实行方式，但他们都不了解那个全知的主子不是上帝，只是历史和习惯；他们变得麻木不仁，变成美与丑的神话的共犯，这使得他们遭受压迫的程度更甚于他们本来就已受到无情压迫的社会处境。在莫里森的小说作品中——包括前面已经提到的那些，也包括《苏拉》(*Sula*, 1973)、《所罗门之歌》(*Song of Solomon*, 1977)、《沥青宝宝》(*Tar Baby*, 1981)——有许多受困、茫然的人物努力对抗类似的神话，那些神话诱人地告诉他们身为黑人或女人或穷人或自由或值得尊敬或南方人是什么意思。他们奋力、尊严地对抗着，但通常徒劳无功。他们得到的最好结果是从痛苦或挥之不去的事物中解脱出来，或者对他们即将失去的生命有所了解。

这些小说作品中最强而有力的时刻，再现了我们或可称为扭曲特质的吊诡：强暴成了一种弥留的爱情形式；杀害儿女变成母爱最深刻的表达方式。上述那个丑陋家庭的丑陋父亲强暴了他女儿,但至少,叙述者黯淡地说,他"爱她的程度足以愿意碰她"[9]。对《宠儿》的主角而言,用杀死她宝宝作为拯救她免于再度沦为奴隶的方式,是既简单又不可原谅的,既是她必须做的事,也是她无法忘记的事,是一段畸形历史的直接结果。"如果我不杀了她,"她说,"她会死"[10];这纠结的思绪正显示出她心中与脑海中的纠结。如此尖锐描写出的这种扭曲,是温柔、可怕、激情、暴力的,莫里森因此能够一方面严厉地显示出压迫造成的影响,一方面不至于使被压迫的受害者看来只是受害者、不是有血有肉的人,正如压迫者喜欢把他们想象成的那种被动的低等生物。

在《爵士乐》中,莫里森的小说里第一次出现了真正能逃离那扭曲和破坏的途径,出现了神话被打败,而莫里森自己似乎不太知道该怎么形容发生的事情——即使她很清楚此一事件为何。或许莫里森只是在模仿紊乱,而在某种意义上,她必然是如此。她让该书的叙述者对人物的行为表示惊讶,仿佛他们逃离了她,仿佛他们没有经过她准许便擅自达成了幸福的结局。"我本来是那么确定,而他们跳着舞把我整个踩在脚下。他们可忙得很,忙着原创、多变——有人性,我想你会说。"[11]我想我们还是不要这么说,而当然我们也不能在这老比喻上逗留太久。当作家(或他们的代言人)说他们的人物有了自己的生命时,我们会纳闷他们葫芦里卖的究竟是什么药,以及他们为什么要使用这个隐喻。但当莫里森的叙事者正在为她的人物感伤的时候（原创和多变是有人性的，但是，唉，目光褊狭和单调无趣也同样是人性），还有别的事情也在发生，为了要看见那是什么，我们需要回到这部小说的"事实"层面，回到1926年1月报纸可能对雷诺克斯大道一带做过的报道。

中年男子开枪射杀一名十八岁女孩，报纸可能会说。其妻试图用刀割那女孩尸体的脸。崔斯夫妇——乔和紫罗兰，自1906年从弗吉尼亚州来到纽约市之后，就一直快乐地住在这里，（起初）快乐得超出他们原先的预期。他们先前听说了许多关于巴尔的摩的事，至少紫罗兰很怕纽约可能会"比较不可爱"：

> 乔相信它会很完美。当他们提着一只装着他们全部家当的手提箱来到这里的时候，两人都立刻知道完美不是适当的形容词。这里比完美还要好。[12]

叙事者是一个饶舌、聪明、我们不知其名的哈林区当地人（"啧，我认识那个女人"[13]，是她的开场白），以同样兴奋惊奇的眼光看这个（永远很热切加以大写的）城市的种种刺激。"我爱死这个城市了"[14]，她说。"我喜欢这个城市让人觉得他们可以随心所欲而且不受制裁"[15]；她喜欢这个城市让人变成"比较新的自己：他们那更强壮、更冒险的自己"[16]：

> 这城市在这点上很聪明：闻起来香，看起来

淫乱；把秘密讯息装成公众标志送出去：由此去，此处开门，危险出租限有色人种单身男子出售女人征求私人房间停止狗在此处绝对没有钱下去新鲜鸡肉免费送货快速。[17]

这城市是这部小说中的主角之一，这个带着奇怪的兴高采烈的都市，有着莫里森在她其他小说作品里的乡间世界所颂扬的"野性"。"当我看到这野性在一个人身上消失了，"她在一次访谈中说，"那是很悲哀的。"[18] 野性是一种"限制的特别欠缺"，在那些一生都充满限制的人身上，这显然是项美德。在《爵士乐》中，也的确有一个乡间的野性地区，在崔斯夫妇抛弃但并未遗忘的弗吉尼亚州。

但当然，要变成你那更冒险的自己就必须冒险，而就连你那更强壮的自己也不一定够强壮。乔和紫罗兰各以不同的方式迷失在这城市的种种迷人之处中。他们的快乐逐渐流失变成老化，他们很少跟对方讲话。紫罗兰开始想她不曾生育过的小孩，以及她母亲很久以前的自杀意义何在。叙事者称为"裂缝"的东西开始出现在紫罗兰的意识中，"白昼光球上的黑暗裂隙"[19]，在这些时刻她失去字词和意义。而乔则比较传统地出现男性的中年危机，在一个年轻女孩身上寻找他的青春；但同时，或许这是太小说式的歪曲，他似乎也在那女孩身上看到了他从未见过的母亲。那女孩找到一个跟她年龄相仿、英俊傲慢的男友，笨拙地甩了乔，乔杀了她，不知道他是在试图抹去或重新排列自己生命中的哪一个片段。他没有被捕,甚至没有被指控,"因为没有人真的看见他动手,而那死去女孩的阿姨不想把钱浪费在没用的律师和大笑的警察身上,她知道花那些钱也证明不了任何事"[20]。乔和紫罗兰继续生活在一起,悲惨、沉默、困惑。

这些都很符合叙述者的预期。同时她一直在想象这些人和其他人的生活,编造他们的过去,给他们声音;乔,紫罗兰,他们在弗吉尼亚的恋爱和生活;那个女孩朵卡斯,父母在东圣路易斯的暴动中身亡;朵卡斯的阿姨艾莉斯·曼弗瑞,在侄女死后跟紫罗兰建立起奇怪的严谨朴素而温柔的友谊;朵卡斯的朋友费丽斯,她结识并喜欢上崔斯夫妇,尽管他们奇怪而悲伤。但这些都是或大多是叙事者想象出来的,她是小说内的小说家。她对自己的表现相当满意,也不吝赞美自己:

> 试着揣摩任何人的心态是很冒险的,我说。但是值得费这番功夫,如果你跟我一样的话——好奇、有创意、消息灵通……要想象出事情的来龙去脉并不难。[21]

要想象是不难,但要猜对就很难了,我们这位得到教训的叙事者在小说结尾学到了这一点。但在那之前,她已经改变了两三次她的人格(或至少她的风格),还一度突然变成像是福克纳式的回忆录作者之类。在这里,文体变得令人担心地接近戏仿,也明白显示是换了个档,转向更宏大的文类——或者也许是显示作者需要做如此转向的自由。那个说"我完全知道她是什么感觉"[22]和"祝好运,保持联络"[23]的聒噪叙事者,变成了一个说"我必须是那祝他顺遂的、说出他名字的语言"[24]的理论家。然后开始发明出这种句子:

> 当他停下那辆四轮轻便马车,下车去把马拴好,在雨中走回来,也许因为躺在湿杂草间那个难看的东西是他所不是的一切,也是他的止痛药,保护他对抗他相信他父亲所是的事物,因此就是(如果它能够控制、被辨识的话)——他自己。[25]

"他"是紫罗兰从祖母那里听说的一个黑白混血年轻人。他(从他的白人母亲那里)得知他父亲是黑人,于是出发去找他。他在途中遇到的那个"东西"是一个怀孕的年轻黑人女性,可能是也可能不是乔·崔斯的母亲。叙事者讲这响亮丰盈的一大套讲得很过瘾,但她自己的确似乎陷入了莫里森一直试着把她的人物从中弄出来的神话:种族之为创伤,人物承受这伤痛,但讲故事的人对之则有种古怪的津津有味。在这里,以及在《所罗门之歌》和《沥青宝宝》中的一些地方(但就我眼力所及,她其他的小说作品中则没有),莫里森语言的某种多话性质反映了她思想中的抽象部分,变成一种图示的移动,而非仔细走过特定的、充满疑问的个人经验。

所幸这些图示持续的时间从来不长,而那多话的部分被某种像是它的反转的东西回应：小说家愿意栖息在语言里，让语言自己说话，看见它本然的样子，是一种装载历史的形式，而非只是用来发表声明的方法。《爵士乐》中的人物把语言当成"精细复杂的、具有可塑性的玩具，是设计来给他们玩的"[26]，而进入一部托妮·莫里森的小说，就是进入了一个字词与用语彼此戏弄的地方，没说出的话比说出的话意义更加丰富。所以她不需要让她的叙事者宣布"我要变成那语言"之类的。当《所罗门之歌》中的一个人物保证他要"从慈悲飞走"，他真的是说他要试着从慈悲医院的屋顶上飞走，那医院所在的城市我想是底特律；但我们不会看不出他这计划有着自杀性的悲哀，而慈悲正是这部小说中其他人物所渴望、歌颂，并（鲜少）找到的东西。莫里森笔下人物的名字本身就标记了他们的历史[27]，在奴隶制度之内和之外的，而他们用名字所开的玩笑，是一种记得并对抗那历史的方式。"他们从渴望、手势、缺失、事件、错误、软弱中得到的名字，"我们在《所罗门之歌》中读到，"作为见证的名字。"[28]接下来是一串名字，从小说中开始，然后移往公共文件记录：梅肯死、第一批哥林斯人死、铁路汤米、帝国大厦、冰人、泥水、果冻卷、丁骨、洗衣板、大门口、蹒跚李，其他还有许多。《爵士乐》中的乔·崔斯给自己取名字，根据的是他听到关于他父母"毫无痕迹"[29]地消失的故事：他决定他就是他们消失时所没有留下的"痕迹"（trace）[1]。

叙事者在做出结论的流畅、个人的语言中，表达了她对于自己知道和不知道之事所新学到的谦逊，但她发现这一点并不是在语言里。她明白到的不只是她的人物逃脱了她的预期，还有他们一直是，也将继续是以她需要更了解的方式在生活；不只是他们逃离了她，还有他们比她仁慈、有智慧、有韧性。"我在我自己的脑海里生活了很久，也许太久了"[30]，她早先这么说，但她并不是在道歉。她的故事是曲解的，并不是因为她生活在她的脑海里，而是因为她在那里生活的方式；因为她的心智有着她未曾详加思考的胃口。"痛苦，"她最后终于说，"我似乎特别偏好它，就像偏爱吃甜食之类的。雷电交加……我在想，没有几滴鲜艳的血供我思考的话，我不知道会是什么样子？没有那作痛的字词，定下目标然后错失？"[31] 莫里森的叙事者就像纳博科夫《普宁》（Pnin）中的叙事者一样，认为伤害是常态，不幸的结局是真实的，也是我们想要的。她认为她的人物是"奇异的"（exotic）和"被驱使的"[32]，这是说，作为人物而言：

> 我本来确信一个会杀了另一个［她说的是乔和紫罗兰］。我等这件事等了好久，简直可以把那情形都描述出来。我非常确定这一定会发生。过去是一张坏掉的唱片，毫无选择地只能在裂缝处

---

[1] trace 音译即为崔斯。

跳针重复。[33]

莫里森知道，也在她的小说作品中显示出，过去对许多人而言都是这样的一张唱片，他们的现在只是过去的跳针重复。但乔和紫罗兰最终脱离了悲惨和悔恨，进入了一种平凡、安稳的幸福和感情，一种"低语的、旧时的爱"[34]。透过这样的发展，透过叙事者的认错，透过她那听来颇说得通、尽管有点太幸灾乐祸的叙事预测的失败，莫里森要说的是，原谅是（只是）可能的，自我原谅亦然。我们无法矫正扭曲的事物，但我们可以在经历过它之后存活下来，并将之抛在脑后。当然这机会并不大；在小说中就很渺茫，在现实中更糟。但机会还是存在的，伤害并不是一切。《宠儿》讲的是痛苦以及记住和遗忘的必要；《爵士乐》讲的是记住所有我们能记住的，但同时也知道什么时候该换张唱片。

在凶杀案发生后一段时间，紫罗兰·崔斯在跟朵卡斯的朋友费丽斯交谈的时候问："如果不能照你想要的方式弥补世界，那这个世界是干什么用的？"[35]她无法完全弥补，但她可以从头来过，而她也了解到心智可能是你的敌人，也可能是你的朋友。紫罗兰认为她到目前为止把人生弄得一团糟，是因为她"忘了"：

"忘了？"［费丽斯问］
"忘了它是我的。我的人生。我只是在街上跑来跑去，一心希望我是别人。"

"谁？你想要变成谁？"

"没有那么详细。白人。轻盈。再次变得年轻。"

"现在你不想了？"

"现在我想做一个我母亲活得不够久、来不及看到的女人。那个人。那个她会喜欢而我以前也喜欢的人。"[36]

做那个她母亲会喜欢的女人：这看起来是个不过分的目标，但莫里森较早的人物鲜少达到的正是这个目标。《宠儿》中一个被释放的老奴隶问："如果我母亲认识我，她会喜欢我吗？"[37] 我们必须听得出这样一个问题——这样一个问题会被问出来的可能性——中的失落，才能够了解紫罗兰这种新自信中的力量，以及叙事者（和我们）可以从她身上学到什么。

在《在黑暗中玩耍》里，莫里森忆及玛莉·卡迪诺（Marie Cardinal）自传性的《用来说它的话》(*The Words to Say It*) 中的一段，身为主角的白人女性在路易斯·阿姆斯特朗（Louis Armstrong）的音乐会上突然焦虑发作。莫里森说她读到这段时笑了[38]，一方面是因为欣赏描写那段音乐经验的明晰文字，一方面是因为她（淘气地）纳闷阿姆斯特朗当时是演奏了什么，竟会造成这么剧烈的效果（"一想到可能死在阵阵痉挛、猛跺的脚，以及狂喊的人群中，我就大为恐慌，像着魔一般跑到街上"[39]）。当然，莫里森接着提出，而卡迪诺的语调也清楚表示，造成焦虑的不是阿姆斯特朗或那首乐曲，而是爵士乐与即兴演奏所表达出的一种隐匿的他者神话。"换成伊迪丝·皮雅芙（Edith Piaf）的演唱会或德沃夏克（Antonin Dvorak）的乐曲，会有相同的效果吗？"[40]莫里森同意可能会。但事实上并没有，她的感觉必然没错，阿姆斯特朗的肤色以及爵士乐的黑人渊源，跟这个版本的神话是有关的。

莫里森称为非洲主义（Africanism）的东西是一种"比喻"和一种"病毒"[41]，白种美国人用这种方式接管并神话化那些他们既不能接受也不能忽视的"动荡不安也使人不安的人"[42]的生活。因此几乎消失在白人文学中的作为历史受害者的美国奴隶，又重新出现，作为"思考人类自由问题的代理自我"[43]，美国文学中有着"响如雷鸣的、戏剧化的黑人代理的存在"[44]，一代代的评论者却都有办法视而不见。

> 一个人谈到营利、经济、劳动、进步、妇女参政的主张、基督教、边界、新州的形成、新土地的取得、教育、交通（货运及客运）、邻里、军队——几乎是一个国家所关注的所有事情——怎么能够不以非裔人及其子孙作为参考点，作为论述的中心，作为定义的中心？[45]

此处莫里森的态度并不是如一些人认为的那样愤怒偏颇，而是全球性的、有一点点一厢情愿。"非洲主义是美国之为美国（Americanness）的定义中纠结难解的一部分。"[46]她说。应该是如此的，对历史责任的伪装接受总胜过空白的拒绝。但它是否是纠结难解的？

这说法假定关于奴隶制度的被封闭的思绪正如其应该笼罩在白人脑海中,同时美国黑人从祖先的苦难中衍生出一种秘密的力量。这是一个高贵的故事,但莫里森在任何一部小说中都没有说这个故事。

她在《爵士乐》中真正说的故事具有类似的慷慨,但其中的细微和复杂则是《在黑暗中玩耍》所没有的。这不只是因为连最聪明的论文所能说的都不及好小说来得多。那故事本身就不一样。它谈的不是白人脑海中挥之不去的黑人,而是黑人的心智从黑人和白人的压迫中、从与那全知的丑之主子的共谋关系中,缓慢而困难地解放出来。莫里森对此一动态的最主要隐喻,就是这本书的书名。这本小说不是谈爵士乐或以爵士乐为根据的,而我认为书评家对其中文字的即兴特质所做的评论,低估了这部作品感觉起来像是仔细的预先设想的部分。我猜想莫里森会说,爵士乐本身靠的就是一种迟延的预先设想,或至少是形式与自由之间的一种交互作用。例如从第二章开始,每章都从前一章中取出一个意象或其他的暗示,将之带入新的疆域:笼中鸟,热天气,一顶帽子,城市里的春季,"心理状态"这个词,一个眼神,一个人,心或痛苦这些字词。这是音乐性而优雅的,仿佛一段曲调即将变成新的改编曲,但它向爵士乐借来的是一种奔放和变化的感觉,而非只是从规则中解放出来。

这部小说是献给爵士乐的味道与氛围,献给爵士乐对喜爱它的人所说的话。这本书里的人都不会在路易斯·阿姆斯特朗的音乐会上焦虑发作,这是说就算他们去到音乐会上的话。爵士乐曾被称为"种族音乐"[47],这里也有一个人物这么称呼过它一次,它是可辨识的欲望的音乐,是这个社群的希望和危险之声。爵士乐是冒险性的,就像那城市一样,但它的风险就是它的迷人之处。朵卡斯严厉的阿姨听到"其中有一种复杂的愤怒",但也有一种"胃口",一种"漫不经心的饥饿"[48]。"来吧,"她听见它在说,"来做坏事吧。"[49]在书中较后面的部分,叙事者听着哈林区屋顶上年轻男人演奏小喇叭和单簧管,感到的是不同的、较为轻松的感觉:"听他们那样演奏,你简直会以为一切都已得到原谅。"[50]你简直会以为:只是一种印象,也许是一种幻象,但也是爵士乐给我们的真实礼物之一。小说和原谅再次结合了。

在一个人说和没说的话之间，无法加以二元划分。

——米歇尔·福柯，《性经验史》

8　虎与镜

安吉拉·卡特

你常上电影院吗？

"我喜欢所有会闪烁的东西。"[1]安吉拉·卡特说。她指的是老电影和歌舞杂耍表演那种不确定的光线；是那失去的、舞台式的生命，她最后两部小说《马戏团之夜》（*Nights at the Circus*, 1984）和《明智的孩子》（*Wise Children*, 1991），便是充满爱意地题献给它。但这意象也用在她的第一部小说《影子之舞》（*Shadow Dance*, 1966）中——"亨利·格拉斯走起路来似乎在闪烁，像一部默片，仿佛他的连续性有问题"[2]——因此这种喜好是蛮久以前便有了的，而这句子也能显示出卡特文字风格的一些特征。在她笔下，稳定仿佛等同于死亡，她的语调总是闪闪烁烁，意在使之不安；她的遣词用字总是在戏仿（和自我戏仿）的边缘，因为它是那么细致地贴切那个意识到己身之迟（its lateness）的世界。流行时尚，无论是在文学、家具、建筑、服装或年轻人的文化上,都是我们进来的那个地方;我们已经来过了。"那酒吧是个实物大模型,"同一本小说的开头写道,"是赝品,是假货;是广告人疯狂梦境中的西班牙式天井。"[3] "他唯一能说抱歉的方法,"关于这本书中的一个人物我们读到,"是假装成另一个抱歉的人。"[4] 一栋美丽的、现在是精神病院的帕拉第奥(Palladian)[1]式建筑,让卡特的小说作品《爱》(Love, 1971)中的一个人物印象深刻,"因为它的富丽堂皇很诙谐地与它的目的毫无关联"[5]。那栋建筑无意要表现诙谐。时间和历史将原本可能是激起怜悯的因素以一个优雅的笑话取而代之:过去的虚荣做作不是化为尘土,而是变成疯狂的无助装饰品。

卡特被视为女性的萨尔曼·鲁西迪、英国的伊塔洛·卡尔维诺,证明了魔幻写实是本土的产物,证明了童话故事没有死在十八世纪的法国或十九世纪的德国。她很喜爱童话故事,但她的风格与其说是魔幻写实,不如说是用小说来写日常生活的精神病理学。她的闪烁感将她指向的不是现实的奇幻本质,而是许多幻想中那持久的、阴惨的现实:不稳定,但也无法杀死。她说她喜欢故事(tale)——"哥特式的故事,残酷的故事,惊奇的故事,怖惧的故事"[6]——因为故事可以"直接处理无意识的意象"。"故事不像短篇小说那样记录日常经验,而是用埋藏在日常经验背后的区域衍生而成的意象系统来诠释日常经验。"[7]在这个意

---

[1] 十六世纪意大利建筑家。

义上，卡特所有的短篇小说都是故事，而她较长的作品则是延伸的故事，或者是心中有着故事的长篇小说。

卡特早期小说作品的主要背景是在一个没有说出地名、跟布里斯托（Bristol）很像的城市；很大但是在乡下地方，是个大学城，美丽，有一点点衰败。她的人物住在城市生活的各种边缘或缝隙，出没于酒馆、咖啡店、荒废的公寓。他们是流浪汉、妓女、不得志的画家和作家、想要当古董商的人；或者他们在医院或办公室或学校里工作。二十世纪六十年代活跃的英国（主要是活跃的伦敦和利物浦）毫不相干地从他们身边经过，除了他们有时候会在音乐中找到自己，而他们混杂的穿着打扮看来像是诡异地预言着庞克的出现。"在1969年，"卡特稍后是这样说《爱》中一个暴力的、近乎精神病的人物，"巴兹仍在等待他的历史性时刻……他根本是在等着庞克发生。"[8]卡特也写到，她想要在这部小说中感受到的，是"具穿透力的不快乐气味"[9]，而这气味奇怪地接合着一种生动活泼、文字中带着明显的快乐的文体，这就是她所有早期作品的特点。疯狂和死亡、伤害和罪疚，是它偏执的主题；但文字看来则像是在跳舞。主要的舞伴是疯狂的女孩和漂亮得令人忧虑的男孩。

《影子之舞》的开场是一个曾经很美、现在满是可怕疤痕的女孩出现在一家酒馆里，结局是她死在一种仪式游戏里——仿佛疤痕只是涂画上去的，而死亡只是一幅由人扮演的静止画面（tableau）。在这一头一尾之间，几个跟她上过床的男人带着罪恶感一闪而过，另一个女人自杀,还有几个比较坚强的女人想办法继续活下去。高高地居于这一切之上的、这个边缘王国的君王,是那个诱人、性别暧昧、完全与道德无涉的蜜兀鹰,当初就是他把那女孩割得遍体鳞伤,最后还杀了她。他自有他的一套方式,能吓坏每个人,并让一切看来都没问题,就像一个其危险性被其魅力隐藏了的孩子。或者,也许他的魅力就是他的危险:

> 蜜兀鹰有一张柔和、鼻子柔软、嘴唇丰满的脸,让人联想到早期佛罗伦萨画派的耶稣诞生图中,那些高兴、狂喜地吹着号角的天使;一张像玫瑰桃般的脸,容易碰伤,有些多汁,覆盖着一层密密的金色细毛,细毛在他的下巴变得更为浓密,变成柔软、毛茸茸、动物般的绒毛,但永远没有到形成胡子的程度……他有一双形状完美的尖耳朵,像半人半羊的牧神那种,而奇特的是,耳朵上也覆满了绒毛……看着这男人深红色的嘴那丰盈圆润的线条,不可能不想到:"这个男人吃肉。"[10]

"他们都是影子。"蜜兀鹰对他紧张的跟班莫里斯说,因为莫里斯说他为他们这些悲哀的酒馆同伴感到难过。"怎么可能为影子感到难过?"[11]蜜兀鹰的强处在于他能把别人看成影子;他们的弱处在于无法坚持他错了。证明他错了的是一系列有血有肉的冒险和灾难。人不是影子,不管他们对生命的掌握有多闪烁不定;

但你可能需要进入真正影子的世界才能发现这一点。

在这些小说作品中,电影和照片是一再出现的意象。"如果她把菲利普叔看作是电影中的人物,可能是由奥森·威尔斯扮演,那么要面对他的这个事实……就比较容易。"[12] "他走起路来摇摇晃晃,仿佛他是一张厚厚的相片,可能会突然完全消失,他经过的动作是那么小心谨慎,连空气都不会被搅动。"[13] 照片是"视觉那一刻的冻结记忆"[14],而下面这段令人不安的对话,是发生在一个哀恸的年轻丈夫和一个在医院当精神病医师的女人之间。精神病医师对那个视觉世界的隐约承认态度,几乎比年轻丈夫的焦虑暗示还诡异:

"一种表现主义的效果。"他说。
"抱歉,我没听懂?"
"每一样东西都微妙地有点偏。影子是歪斜的,光线不再是来自预期的光源。"
"你常上电影院吗?"[15]

这一切所显示的,不只是一种充斥着电影和似曾相识的情景的文化,更是一群既害怕找到现实,又害怕失去现实的人。他们是"非现实的行家"[16],这是卡特称呼一对人物的说法。他们脸上戴着表情就像穿衣服一样("他在脑海中装有他微笑的衣橱里寻找,不知该戴哪一个比较适合这个暧昧的场合"[17]),但他们不太能将昨天的自己跟今天生活中的任何事物连结在一起:"他生命中的好几个阶段之间似乎没有联接的逻辑,仿佛每一个阶段都是某种抽筋式的、从一个状况到另一个状况的跳跃,而不是由有机的生长得来。"[18]一个年轻女人彻底活在她的恐惧的神秘、奇幻假定里,从来没有"疑心过真实世界可能是由日常的、感官的人类行为所形塑。当她真的发现这样的事是可能的,那就成了她完结的开始,因为她怎么可能有任何关于寻常的概念?"[19]有了关于寻常的概念,就能够离开电影院(或电影),如果你想要的话;能够不把你的菲利普叔叔当成奥森·威尔斯来看;或者,比较不那么心理层面、比较务实地来说,能够不需要在脑海里把你叔叔变成奥森·威尔斯。

如果说《影子之舞》中的那种伤害和危险感,是卡特早期小说作品中最突出的特质,那么《爱》就是最令人难忘地捕捉到了那影子城市的气氛。它是一首"被弃女儿的超现实主义的诗",苏·罗(Sue Roe)说,"一首不能以安娜贝做主题的诗,只能把她当作 peinturepoésie〔续画诗〕、摄影蒙太奇、cadavre exquis〔串句/串画游戏〕、拼贴。"安娜贝是一个有自杀倾向的年轻女人,最后终于自杀。在她自杀之前,她嫁给了李,或者说得更确切一点,是嫁给李和巴兹的二人家庭,这两兄弟被他们母亲的疯狂严重损伤,必须以他们彼此之间的关系建立起一个家园,出了这个家园几乎无法跟外界有所联结。李表面看来调适得很好,是卡特笔下又一个俊美的男人,巴兹则心怀恶意而暴力;但两人都在躲避昔日的后遗症。不过他们很会给自己讲故事:

等李长到足以懂事并学会了他阿姨的骄傲之后,他很高兴他母亲发疯得很有格调。她的意图丝毫没有让人搞错的余地,她的行为也只可能解释为壮观的精神病正在以老式疯子那种堂皇、传统的风格进行着。她向非理性前进,没有抄任何神经过敏的小巷,也没有让任何沉默黑暗的缓慢夜晚降临在她身上;她选择了大马路,歌剧式地脱光衣服对着早晨尖叫:我是巴比伦的妓女。[21]

卡特自己说这本书的"风格有着装饰华丽的形式主义"[22],并且"冰冷地对待那个疯狂的女孩";但书中让人感觉到的,却是这里的每个人都对格调感到愉快,作者、疯狂的母亲、回忆的儿子、疯狂的女孩。格调并不是不快乐的解毒剂,反而是相反的。但几乎每个人的能量都来自于此,仿佛大马路具有各种美德,尽管它只通向死亡和绝望。

毁了安娜贝的不是她跟那两兄弟的关系,而是她试图逃离她的唯我论进入世界。她跟蜜兀鹰一样把她自己之外的人都看作是影子,但跟他不一样的是,她无法操控其他人,无法把他们当作真实得足以被操控。当她要求李把她的名字文在心口,他认为她是要羞辱他,要报复他对她不忠。但事情不是这样,不可能是这样,因为她"没有能力设计出需要知道人类情感才能使之完善的报复"[23]。她跟巴兹做爱,因为巴兹以一种李没有的方式占据了她的幻想,但结果大为失败。"实行幻想向来是一种危险的实验;他们草率地进行实验,结果失败了,但最难过的是安娜贝,因为之前她一直试着说服自己说她是活着的"[24]。如今她只能"独自徘徊在黑暗的街道,脆弱而易损,她的身体背叛了他们两人的想象"[25]。她的自杀是要从这副身体、这项背叛中退开,是在一种令人痛苦的静谧气氛中发生的,仿佛只是完成了她对自己生命之感的逻辑:

> 她没有留下遗书或遗言。她不感觉畏惧或痛苦,因为现在她心满意足。她丝毫没有去想、没有浪费怜悯在那些爱她的人身上,因为她一向只把他们当作这个她即将要抹去的自我的各个面,因此,在某种意义上,她把他们一同带进坟墓了,而他们现在自然应该表现得像是从来不认识她。[26]

我们可怜的象征

《新夏娃的激情》(*The Passion of New Eve*, 1977)的开头几页告诉我们,里尔克(Rainer Maria Rilke)错了,他相信我们的象征是有所不足的。象征就是我们的所有,完全足以表达我们的不足:

> 我们外在的符号必然总是绝对精确地表达出我们的内在生活;它们怎么可能不如此,既然是那生命产生出它们的?因此,我们不应该责怪我

们可怜的象征有着在我们看来微不足道或荒谬的形式……批判这些象征就是批判我们的生命。[27]

卡特是高明地在戏仿某类型的文化评论，但她为"可怜的象征"所辩护的话本身，并不是戏仿。这话要我们重新端详我们的偶像或雕像或虔敬的言行，不管它们看来有多微不足道或多堂皇。比方重新看看D. H. 劳伦斯："本世纪任何英国作家都不可能避开D. H. 劳伦斯这项伟大事实，但把他当成小说家来认真对待是一回事，把他当成道德家来认真对待又是另一回事。"[28] 或者看看巴斯（Bath）这个城，"是建来让人在其中快乐的，这解释了它的天真无辜和根深蒂固的忧郁"[29]。这不只是一个关于快乐难寻的笑话，不管是在巴斯还是在别的地方，它更提醒了我们快乐的代价，并将它视为导致悲哀的一个实际原因。同样，卡特把巴斯与玛丽莲·梦露相提并论，是一整个明星地位和悲伤和记忆的世界渗透在它那著名的、宏伟的建筑之中：

> 极美妙的、令人出现幻觉的巴斯，几乎有着具体化的记忆的特质；它的美有一种奇特的第二层的特质，是在被记起的时候最美丽，这是所有职业美人的愿望，就像不幸的玛丽莲·梦露，没有人想要她本人，但人人都想跟她睡上一觉。[30]

"笑话不需要好笑也能使人愉悦。"[31] 卡特伶俐地说，但她几乎所有的笑话都很好笑，而且在她后期的作品里，没几句就是一个笑话。"因此我们有点格格不入，感谢老天，"卡特这样说她的家庭，"毕竟疏离是唯一的存在方法。"[32] "也许约克郡始终没有真正离开第三世界。"[33] "有时候布拉德福德（Bradford）看来几乎根本不像英国城市，因为居住在这里的，基本上，都是（从各方面看来）高尔基（Maxim Gorki）三部曲中的龙套角色，裹在不成形的外套里。"[34] "革命之后就没有什么好玩的了，人们说。(是的，但现在的一切也并不太好玩。)"[35]

但这些笑话也是一种批评，一种思考其他选择的方式。"在追求辉煌的时候，"卡特这样说"谁人"乐团的皮特·汤森，"没有什么是神圣的。"[36] 她也把这句话用来当作一本散文集的书名。这句轻松的话可能被认为是陈腔滥调的幸运，让她可以欣赏的同时也取笑那个破坏预期和礼仪的人，站在反叛的那一边同时也嘲弄反文化的可预测性。不敬是一种很好的兴奋剂，但砸吉他并不是什么辉煌的事。在这里，神话朝各个方向发展，就像在罗兰·巴特的《神话学》中一样，而卡特显然从那本微妙而淘气的书中学到不少。"神话是以假的普遍现象来经营的，"她在《萨德式女人》(*The Sadeian Woman*, 1978) 中说，"以钝化特别状况的痛苦。"[37] 以及，"人类经验的普遍性概念是一个骗局，而女性经验的普遍性概念是一个聪明的骗局"[38]。

这是说在 1978 年（到了 1998 年依然如此）有很多

文化工作需要做。卡特在她那本谈萨德的书里所采取的第一步,便是区分下面这两者的差别:一是色情如今所是的那种压迫性、泛抑性的生意,二是"道德色情文学作家"[39]所可能鼓吹的解放。这种人并不比另外那种色情作者更值得尊敬,或更不暴力更不下流,但他会是"想象力的恐怖分子,性的游击队",而他所创作的极端性本身,便会暴露出构成我们性爱神话基础的那些现实。"萨德以这种方式变成了想象力的恐怖分子,把性的遭逢中那些未受承认的真相变成了一场残酷的节庆,其中女人要不是主要的牺牲祭品,就是仪式的刽子手本身"[40]。

> 身为恐怖分子的色情文学作家也许不自视为女人的朋友;那可能是他最不会想到的一点。但他永远会是我们不知不觉的盟友,因为他开始接近了某种具有象征性的真相。[41]

卡特相信这一点吗?不尽然。她说,她这本论萨德的书是"侧面想象的练习"[42]。"萨德始终是一座庞大、令人退避三舍的文化大厦;但我愿意将他想成是让色情为女人效劳。"[43]她显示出的是,色情对性的坚持正是正人君子对性的否认的一体两面,而在萨德那两个成为对比的女主角,即全心牺牲自己、天真无邪的朱丝蒂娜和只知享乐、意志坚定、恶魔般的朱丽叶之间,如果我们对自己的身体和欲望有任何尊重的话,那么永远都应该选择朱丽叶。朱丝蒂娜是茫然而受苦的玛丽莲·梦露的祖母——"她无法设想一种善意的性欲"[44],她是"被残害的少女,她的童贞不断被强暴而更新"[45],就像梦露没有了解到"她的皮肉是神圣的,因为它跟金钱一样有价值"[46]——而她的人生,卡特说,"在还没开始之前就注定会是令人失望的,就像一个一心只想得到幸福婚姻的女人的人生一样"。朱丽叶是吓人的性的掠食者,"[她的] 人生寓意就像是刽子手的吊诡——在刽子手称王的地方,只有刽子手犯罪可以逃脱惩罚"[47]。这就是说,而卡特也说了,"在不自由的社会中,一个自由的女人会变成怪兽"[48]。尽管她说她并不真的希望朱丽叶复兴她的世界,就像她并不真的认为萨德是站在女人这一边的,但重要的是,要看出朱丽叶所造成的想象的破坏,一个以她那种方式抗拒伪善的女人所可能造成的真实的破坏,"能够除去一个压抑的、独裁的架构,那架构已经阻挠了很多复兴的工作"[49]。女人(和男人)需要了解被动式的文法——"身为欲望的对象,就是被定义为被动格。以被动格存在,就是以被动格死去——也就是说,被杀死"[50]——并且要认清,色情作者不论是恐怖分子还是剥削者,都跟我们一样恐惧,而且恐惧的是同一样东西。在他的畏惧中,我们看见了自己真正的畏惧,是爱的"完美、无瑕的怖惧"[51],"在这爱的神圣怖惧之中,我们能够找到,在男人和女人自己身上皆有,所有反对女人解放的根源"[52]。

"如果小红帽嘲笑大灰狼然后继续走她的路,狼就永远也吃不了她,"柯蕾特(Colette)如是说,而卡特

《染血之室》（*The Bloody Chamber*, 1979）的十个炫目的童话故事之一，正是诠释了这个论点。"既然畏惧对她没有任何好处，"我们读到那个女孩如今跟吃掉她外婆的狼独处，"她就停止害怕了。"[53] 狼试着扮演它那凶残的角色，以正确的台词回答她对它牙齿所发表的意见。"你的牙齿真大！""这样才好吃你啊。"但女孩却大笑出声："她知道她不是任何人的肉食"[54]。她和狼一起躺在床上，看起来就将从此过着幸福快乐的日子。"看！她在外婆的床上睡得又香又甜，睡在温柔的狼的爪子之间。"[55] 的确，吃掉外婆的还是那只温柔的狼，但谁规定童话故事一定只能充满仁慈？"老虎是永远不会跟羔羊躺在一起的；它不承认任何单方面的协定。羔羊必须学会跟老虎一起跑。"[56] 这个意象令人想起《萨德式女人》中一个精彩的尼采式笑话："羔羊……碍于草食动物的天生无知，根本不知道吃肉这件事是可能的。羔羊可以很容易了解薄荷酱的美味，但它头脑的构造让它无法明白，它自己的后腿如果烹调得当的话也是很营养的食物。"[57]

当然卡特知道，只因为畏惧对你没有任何好处就可以停止畏惧，事情并没有那么简单；她也知道公狼的凶狠，不论是兽类还是人类，并非只是女性畏惧的投射。如果相信那一点，就等于是接受了类似霍夫曼博士关于欲望及世界之理论的童谣版本（《霍夫曼博士的魔鬼欲望机器》〔*The Infernal Desire Machines of Dr. Hoffman*, 1972〕的主角混合了卡利加里博士、马布斯博士[1]，以及无数好莱坞 B 级片中的疯狂科学家，他的理论是："能够想象的事情就可以存在"[58]，以及"世界之所以存在就是为了让我们实行我们的欲望"[59]）。但这正是卡特希望这个童话故事达到的效果。它描绘出一个可能性的概念——在这里，畏惧有可能是无关紧要的，畏惧可能是问题的起因而非对问题产生的反应——引我们拿它与我们最珍视的关于现实的假定做比较。童话故事将怖惧人性化，就像色情使人怖惧，但它的简化是如此惊人，使得被排除掉的世界的复杂性仍如影随形地攀附着它。在一则名为《狼人》(The Werewolf) 的故事中，卡特让我们看到这种简化可以多残忍——跟这幅民俗文化的图像比起来，萨德看起来简直是非常友善的了。"那里是北国，"[60]我们读到，"那里天气冷，人心也冷。"言下之意似乎是说，这是很理所当然的。这些人过着"艰难的生活"；"艰苦、短暂的人生"。他们迷信吗？当然。换作是你在那种处境之下，你会不迷信吗？

> 对这些住在高地森林里的人而言，魔鬼就像你我一般真实。更为真实；他们没有见过我们，甚至不知道我们存在，但他们可是经常在墓地瞥见魔鬼……午夜时分，尤其是五朔节前夕，魔鬼

---

[1] 卡利加里博士乃德国表现主义电影《卡利加里博士的小屋》(1920) 的主角。马布斯博士则是导演弗里茨·朗的电影《赌徒马布斯博士》的主角，是个神秘的职业赌徒。

在墓地野餐，并邀请女巫们来；然后他们挖出新鲜的尸体来吃。随便哪个人都会这样告诉你。[61]

除了最后一句似乎透着一点点讽刺的口吻之外，这段描述对当地的信仰抱着同情的态度——我们有什么资格评断他们，这年头我们都是人类学家。然后我们读到这些心冷的人对那些他们认为是女巫的女人做出的事情——他们的心虽冷，却不妨碍他们对迫害的热衷。

> 当他们发现一个女巫——某个老女人，她的奶酪成熟了但她邻居的却没有——或另一个老女人，她那只黑猫，哦，真是邪恶！*一天到晚都跟着她*，他们就会剥光那老太婆的衣服，寻找标记，寻找她养的小鬼所吸吮的多出来的那个乳头。他们很快就找到了。然后他们用石头砸死她。[62]（楷体表示的强调为卡特所加，原文为斜体。——译者）

此处的冷静文字，意味着读者很可能会被这段的结语给吓到，被文体暗含的愤慨给吓到。"他们很快就找到了"，像是在写着炽烈的愤怒。不是：他们以为他们找到了，或者他们找到了某个类似的东西，或者尽管他们什么都没找到他们还是认定她是女巫。但是：她身上什么也没有（当然），但他们还是找到了，这跟他们一直看见魔鬼是同样的道理。那是艰难的生活。

童话故事本身并不具解放性,但阅读童话故事则可能会是。

从卡特最早的小说开始,她笔下的年轻女人就将自己视为被关在蓝胡子的城堡里,有可能心甘情愿成为暴力男人和她们本身好奇心的受害者。就连在她们快要被杀死的时候,她们还会对凶手产生一种"吓坏了的怜悯"[63],并惊呼于"那怪物的残暴的孤单"[64]。"蓝胡子的城堡,这里是。"[65]这是《魔幻玩具店》(*The Magic Toyshop*, 1967)里梅兰妮对菲利普叔叔家的想法。在《影子之舞》中,蜜兀鹰的女友之一也把自己放进了同一个故事里:

> "我在他裤子口袋里找到一把钥匙,然后,你知道,我想到了蓝胡子。"
> "蓝胡子?"
> "蓝胡子。还有那个上锁的房间。"[66]

所有的丈夫都可能是蓝胡子。他代表了性的惊异和危险,是客观看来男人之所以令人畏惧的地方;他也代表着谬误的畏惧,是畏惧本身的噩梦形式。他既是会吃人的狼,也是没牙的狼,是被老妇的警告和年轻女孩的想象变得可怕的。在《染血之室》的同名故事中,他也是酷刑的行家,颇像《霍夫曼博士的魔鬼欲望机器》中年轻的德西德里奥遇到的那个虐待/电影狂伯爵。他讲起话来像是法国小说作品,因为有许多他的对话,以及他那个世界的大部分陈设,都是带着爱意从柯蕾特的作品中借来的。此处的文字从高度做作到世俗谚语,再到惊人的双重隐喻,一应俱全,是卡特发挥创意、充满典故暗示、玩世不恭的最精彩演出。"我的和音急速弹奏法(arpeggio)的处女,准备当烈士吧",侯爵说出了如此不太可能的话——那女孩是演奏钢琴的高手。但接下来她逃过了斧头。

> 侯爵站着一动也不动,完全呆住了,不知如何是好。就像是他第十二、十三次看着他最喜爱的特里斯坦[1],到了最后一幕特里斯坦死而复活,从他的棺材中跳出来,插进一段威尔第的快活的咏叹调,宣称过去的事就让它过去,为覆水难收而哭泣对谁都没好处,而他则打算从此过着幸福快乐的日子。像傀儡师傅目瞪口呆地、终于变得无能地看着他的木偶挣脱系线,抛弃了他自古以来给它们定下的仪式,开始过自己的生活;像国王惊讶地看着他的卒子反抗。[68]

没有怪物

《马戏团之夜》一开始是舞台剧式的吵闹的伦敦土话,仿佛伊丽莎·杜利特尔从来没遇见希金斯教授[2]:

---

[1] 指瓦格纳的歌剧《特里斯坦与伊索尔德》,男女主角因命运捉弄而双双殉情。
[2] 指萧伯纳剧作《卖花女》(改编成电影《窈窕淑女》之作)中的男女主角。

"老天保佑你,先生!"菲弗丝用敲击垃圾桶盖似的声音唱道,"至于我的出生地嘛,哎,我是在烟雾弥漫的伦敦出娘胎的,可不是嘛!被说成'伦敦佬的维纳斯'可不是浪得虚名哦,先生。"[69]

"没人那样说话。"托尼·柯蒂斯(Tony Curtis)在《热情如火》(*Some Like It Hot*)里说,他令人难忘地模仿了加里·格兰特(Cary Grant),后者正是那样说话的。这是说,在小说作品和电影之外没人那样说话。在小说作品或电影中,如此公然运用意料之内的事物,可以产生一种冥顽不灵的玩笑之感,让人感觉排除了任何像是被接受或可接受的品味。菲弗丝(Fevvers)这个名字本身就是羽毛(feathers)口齿不清的谐音,暗示着她和一般非神话的女人不一样,她是有翅膀的,但也显示了刻板印象之至的伦敦土腔,刻板到一定是笑话的地步。菲弗丝经历了各种冒险,以四处漫游的流浪汉小说的模式——卡特的这部作品比其他都长得多——跟着一个"帝国大马戏团"从伦敦到了彼得堡再到西伯利亚。她是在妓院里被一个独眼的老鸨带大的,那老鸨被称为纳尔逊妈妈,因为据说海军上将纳尔逊想忽视某个讯号时,就会把望远镜凑在他那只瞎眼上;她被送到史瑞克夫人的女怪物博物馆里;跟一个富有的波斯僧侣结伴,然后又从他身边逃掉,因为他打算拿她当献祭的活人。在俄国她遇见了盗匪、萨满巫医、革命分子。但这本书中最持续不懈的冒险是语言上的，菲弗丝和其他人七嘴八舌地向美国记者杰克·瓦瑟详述她的一生，他跟着她走遍世界，受到她谜般翅膀的引诱——那是真的还是假的？最后菲弗丝似乎是说翅膀是假的："'我居然真的骗过了你！'她惊奇地说。'这再度证明了信心的力量最大。'"[20] 但她说的可能是她的童贞而非翅膀，而卡特作品中的现实始终是信念和欲望的问题。并不是说信念和欲望可以简单直接地改变真实世界；只是说，真实世界总是已经被信念和欲望穿透，因此有（或没有）翅膀并不是真正的问题。问题在于是你会飞，还是别人看见你在飞。菲弗丝是新女性（New Woman）的隐喻，或者说是对新女性这个概念明目张胆但态度赞同的戏仿——这部小说的背景设在十九世纪的最后几个月——并被形容为："这个世纪的纯小孩，正在舞台侧翼等待，在这新时代里，没有女人会被绑在地面上。"[71] "等到旧世界在轮轴上一转过去，"菲弗丝说，"让新世界露出曙光，到时候，啊，到时候！所有的女人都会有翅膀，就像我一样。"[72] 在上下文的脉络中，"在舞台侧翼等待"是个极端的双关语，而菲弗丝想说的应该是"轴心"而非"轮轴"。"就像我一样"是菲弗丝在故作优雅，试着要表现得像个名媛淑女。

但她的语言本来就是这个样子，混杂了驴唇不对马嘴的惯用语，象征着卡特对废除旧式文风礼仪不遗余力的努力。就连戏仿的概念都不太能涵盖她和菲弗丝的举动。"跟每个年轻女孩一样，"菲弗丝说，"我极为着迷于我那到当时为止都很沉默自抑、要求不多的身体的美好发育。"[73] 但她也会说,"高贵的精神加上缺少分析,劳工阶级向来就是被这给搞惨的"[74],还有,"这是新柏拉图主义玫瑰十字会的某种异端邪说的,可能是摩尼教的版本,我暗自忖道"[75]。这最后一句话是来自老歌和音乐厅的惯常曲码;"极为着迷"出自 T. S. 艾略特的《不朽的低语》(Whispers of Immortality);其他则交错来自于卢卡奇、萨德,还有当地酒馆。我想这意味的并非这里是由语言或文字来进行书写,从作家那里接过手来,而是说所有的语声都是方言,作家所能做到的最好程度,是了解到无论怎么尝试达成一种稳定的风格都是没有用的。卡特的文字看来(通常也真的是)缺乏控制,这本身就是一个政治的表示;不是不肯负责任或下苦功,而是要抗拒任何感觉上可能像是迫使的一致性——几乎所有的一致性都可能如此,卡特会说。她早期充满不确定性的人物,无法一天又一天保持住道德或心理层面的自我,但却非常擅于隔几分钟就发明出新风格的自我,这不确定性已经变成了一项原则。如果你知道你是谁,那你一定弄错人了,而卡特在暗示,对作家而言最大的诱惑就是将你的人物——而且不只是你的人物,还有你自己,以及小说之外你所认识的每个人——所极度欠缺的巨大安全感赏给自己。洛娜·塞奇(Lorna Sage)说,这文本中的叙事声音"充满了可疑的可信性,你会疑心他们是一边进行一边随口编的,就像作者一样"[76]。卡特的风格正如她形容自己小说中一个年轻男人的动作一样,"迂回而摇晃"[77],那是一种团结的表示,与这个我们继承了并希望改变的、摇摆不稳但常常是很好笑的世界团结一致。这种风格会制造笑声，而且这笑声是会传染的：

> 菲弗丝的笑声渗透了村中所有房子的窗框缝隙和门框裂缝……这个快乐年轻女子的笑声似乎盘旋着在荒野上升起，开始扭转着、颤动着越过整个西伯利亚……菲弗丝笑声的盘旋龙卷风开始扭转着、颤动着越过全球，仿佛是对下方那巨大的、无尽的喜剧所做出的自然反应，直到每一个地方，每一个活着的、有呼吸的生物，都在笑。[78]

《马戏团之夜》中有一群黑猩猩在练习它们的节目，可笑地模仿坐在教室里的孩童。扮教授的黑猩猩穿着黑色西装，戴着表链和学士帽；十二名专心、安静的学生，有男有女，都穿着水手服，"每一只都各有一块写字石板和一支石板笔，握在皮厚厚的手里"[79]。"这真是太有喜剧效果了"[80]，看着它们的杰克·瓦瑟想道。但他又仔细看了看。黑板上写的是字吗？或许黑猩猩真的是在问问题，真的是在学习，写下了些什么？当瓦瑟绊了一跤，让人发现他在那里，教授马上把黑板擦干净，黑猩猩们也开始胡闹，发出叽哩咕噜的声音，乱射沾了墨水的纸团，表演它们那套"猩猩上课"的戏码。瓦瑟与教授四目相接，他永远忘不了"这第一次与这些生灵的亲密交流，它们的生活与他平行，住在差异的魔幻圆圈里，无法触及……但并非无法认识"[81]。

差异是卡特的重要主题。我们可以认识其他的生物，包括人类，但必须先知道他们的差异。"我不知道它的上帝"[82]，D. H. 劳伦斯这样说一条鱼。卡特会说，就算我们知道大概也不会多了解到什么，但她跟劳伦斯一样都感觉到了他者性（otherness），并知道我们对之的感知有多重要。所以在她的小说中才会有那么多野兽和野兽的意象。野兽是绝对的他者，是我们所不是的。它是布莱克（William Blake）诗中的老虎，明亮地燃烧——卡特的作品中随处可见这个凶猛与无辜的特殊象征。但除了我们之外没有事物将它囚禁，而野兽也不是最终的、不可动摇的、无法转变的类别。我们也可能变成野兽，就像爱丽丝进入镜中世界，发现了一个并非她自己倒影的地方。而野兽也可能变得有人性，卡特的故事一再显示了这一点。因此没有怪物，有的只是差异。卡特作品中细致、盘旋的神秘在于不同类别间这种复杂的分离及互动，男与女，少与老，人与其他动物。差异是全面的，但并非不可更改的；是本质的，但并非绝对的。平行的生活是无法触及的（除非你不再是你自己），但并非不可认识的。

阿比西尼亚公主（出生在马赛，母亲是西印度群岛人，父亲是巴西人）是驯虎师，她通常不多想她所管的动物有什么念头，但在她的节目开始时总有一刻，她会记起这些无法触及的生物可能会做出什么："只有在那一刻，尽管她知道它们在纳闷自己到底在干嘛，但当她易受攻击的背转向它们，当她会说话的眼睛离开它们，公主感到有点害怕，也许比她所习惯感觉的更有人性。"[83]"也许"用得很细腻；但公主"知道"那些老虎在纳闷什么。老虎本身的经验是这样描述的：

> 那些大猫……跳上为它们准备好的摆成半圆形的台座，坐在那里，喘着气，对它们自己的服从感到满意。然后，无论它们表演了多少次，它们都会带着新的惊讶想到，它们的服从并不是出于自由，而是用一个牢笼交换了另一个更大的牢笼。然后，只在那不受保护的一刻，它们思索着它们之服从的神秘性，并对之大感震惊。[84]

这部小说中的后来两个意象重复了这种气氛，带着魔幻威胁的变调。当马戏团的火车在西伯利亚大草原上出车祸时，发生了"一件大奇事"。那些老虎变成了镜中虎，在镜子破裂的同时一起碎了：

> 它们冻结成自己的倒影，于是也碎了……仿佛你瞥见燃烧在它们毛皮斑纹间的那能量，剧烈震动地回应着我们四周火焰所释放出的能量，在爆炸的同时，粉碎了它们在其中繁殖着无生命复制品的镜面上的影像。在一片碎镜片上，有一只伸出爪子的脚掌；在另一片上，有着咆哮的表情，当我捡起一片侧腹的部分，那玻璃烧灼着我的手指，于是我把它丢下。[85]

不久之后出现了另一组老虎,这次摆明了与布莱克有关联:

> 我们看见房顶全是老虎。货真价实的、对称得令人恐惧的老虎,像那些失去的老虎一般明亮地燃烧着……它们在瓷砖上伸展,像在享乐中被脱下弃置的大衣一样,可以看见它们那些像毛皮冰柱一般垂下屋檐的尾巴,以神奇的一致性在震动着。它们的眼睛如圣像的背景一般金,呼应着那照耀在它们毛皮上、让它们看来珍贵得无法言喻的太阳。[86]

这最后的形容词有点无力,仿佛卡特找不到足够的字词来描绘她要我们看到的景象。但"像大衣一样"随意得精彩,既有军队意味又有人性:"房顶全是老虎"带我们进入了一个像夏加尔(Marc Chagall)画中的世界。镜中虎这个隐喻鲜活地显示出它们祖先那神秘的默认服从所暗示的事物。它们是美丽、破碎、而仍然具有危险性的。所有会闪烁的东西也可能会燃烧。它们是他者性的魔力,跟我们完全不一样。只不过我们或许也会,在偶尔那不受保护的一刻,会思索我们的服从中的神秘并对之大感震惊。

我们可以将《马戏团之夜》中这些猩猩和老虎,当作不只是归纳总结了安吉拉·卡特作品中持续关注的事物,更是能够唤起她历史时刻的本质性特征。安吉拉·卡特的英国——尽管她阅读的内容是国际性的,也完全缺乏"英国人的"含蓄保留,她仍然是一个非常英国的作家——是个多种族、多文化的社会,却难以辨识并尊重其内部的差异。卡特文字的道德吸引力在于:差异让它蓬勃茁壮——甚至超过萨尔曼·鲁西迪,因为如果说他背后有着一整个不同的文化,她背后则是她全副武装、毫不间断的独特性:以差异作为一种栖息地。

老虎的服从可以解读为社会屈从的隐喻,让野生动物很容易接受所谓文明的不合理例行公事。英国人跟那些老虎一样,长久以来一直"对他们自己的服从感到满意",把这当作是项文化的胜利——仿佛这特殊的马戏团表演就是它们所想达到的一切成就,仿佛它们从来就只是马戏团的老虎。卡特并不是在说这种屈从是错误的,或者那些老虎都应该立刻恢复野性。她是激进派,但不是无政府主义者,而且像约瑟夫·康拉德一样,她很钦佩这个她同时需要批评的国家的那种奇怪自信。但她不断在说的是,老虎的服从永远都是神秘的,而且是可以撤回的。

就在那时候,他感到他整个有组织的思考架构开始缓缓向某个黑暗深渊滑去。

——史蒂芬·金,《兰戈利尔人》

9 风行一时[1]

史蒂芬·金

史蒂芬·金(Stephen King)至少在三层意义上已经变成家喻户晓的名人。几乎英语世界里的每一个人都听说过他,如果他们有听说过任何作家的话。很多不读许多其他作家的人,都经常习于读他的作品。此外,他跟丹尼尔·斯蒂尔(Danielle Steele)和其他几个人,都被比较时髦高雅的玩家们视为代表了所有当代出版业的毛病,出版业这垃圾制造机把严肃文学从我们的脑海中和书架上推挤出去。英国作家克莱夫·巴克(Clive Barker)曾说:"每个美国家庭里显然都有两本书——一本是《圣经》,另一本八成是史蒂芬·金的作品。"1 我不知道巴克如此宣称有什么根据,但我对《圣经》的部分感到怀疑。

---

[1] 此章标题 all the rage 有"极为流行"之意,但其字面直指的意味又与本章对"愤怒"此一主题的讨论相呼应。

我们知道大众文学是什么吗？它什么时候不是垃圾了？它从来都（只）是垃圾吗？谁有资格这么说？在大众文学之外的是什么？是严肃文学、高水平文学、文学的文学或只是……不受欢迎的（unpopular）[1]文学？在1991年笔会会讯对这些议题所做的论辩中，史蒂芬·金以愤怒的雄辩滔滔加以回应。他认为畅销作家有千百种。他说他觉得詹姆斯·米切纳（James Michener）、罗伯特·陆德伦（Robert Ludlum）、约翰·勒卡雷（John Le Carre），还有弗雷德里克·福赛斯（Frederick Forsyth）的书他看不下去，但他很喜欢埃尔莫尔·伦纳德（Elmore Leonard）、莎拉·帕瑞斯基（Sara Paretsky）、乔纳森·凯勒曼（Jonathan Kellerman）和乔伊斯·卡罗尔·欧茨（Joyce Carol Oates）（以及其他作家）。这在我看来颇为合理，尽管我必须承认我也喜欢勒卡雷和陆德伦。"在这其中有一些作家，"金继续说，"他们的作品我认为有时是或经常是文学性的，而且这些作家全都是说故事的好手，带我远离平凡无趣的生活……也丰富了我的闲暇时光。我始终认为这样的作品是正直体面的，甚至是高贵的。"

激怒金的是"较好的"小说一词，这是厄苏拉·佩林（Ursula Perrin）在给笔会的一封公开信中所用的（"我写的是'较好的'小说，这意思是说，我不写罗曼史或恐怖小说或推理小说"），她在信中抱怨书店里充斥着较差的小说——她说的是"这愈涨愈高的垃圾

---

[1] "大众的"popular一词又有"受欢迎的"之意，此即为其反义词。

之海"。"厄苏拉·佩林使用'较好的'一词,"金说,"一直用引号把它框起来,让我想对着月亮狂嗥。"佩林信中的其他部分,显示出金的看法是对的,她用引号并没有任何反讽或怀疑的意思,只是有点失望找不到更适合的词——佩林所举的"较好的"小说作家包括约翰·厄普代克(John Updike)、小库尔特·冯内古特(Kurt Vonnegut Jr.),以及爱丽丝·霍夫曼(Alice Hoffman)。

但我认为,金认定佩林的论点纯粹是基于势利眼则是错的——他自己的成功不是来自某种万用的娱乐性技巧,而是来自他对某一特定文类的技巧,以及读者对该文类的期望。在我们僵硬、排他的文学分类中的确有些实质的困难,但说排他性就是问题所在,却也不是解决的办法。事实或许是,决定一份(任何种类的)文字究竟好不好的这项棘手任务,总是被一个较为容易的习惯所取代,即决定哪些范围或模式的文字是我们可以忽视的。就连不但应该也的确比较有概念的金,也把受欢迎的小说跟大众小说、把畅销小说跟类型小说混为一谈,而他提到平凡无趣的生活及丰富了闲暇时光的那段话,其仿通俗的意味跟"较好的"小说的概念一样是纡尊降贵。如果说史蒂芬·金所做到的仅只是如此而已的话,没人会读他的书的。

不可能有任何单一的小说分类正好不是罗曼史或恐怖小说或推理小说,而且我也怀疑,这些分类本身除了帮人容易在书店里找到书架之外,还有多少用处。但文类确实存在,而它们的功用是正直体面的,甚至是高贵的。当我们说作家超越了他们的文类，我们的意思经常是说他们抛弃或背叛了它。文类有着又长又复杂的历史，有丰富也有贫乏，有好的也有坏的。它们或许跟古老的、未解决的想象能量有关，或是任何在文化的脑海中隐约缠绕不去的东西；它们允许了，有时是坚持着作者可能没有想到要做的暗示。然而史蒂芬·金确实有想要做暗示，而且愈来愈常想到这点，《粉茜草色》(*Rose Madder*, 1995)中穿插的古典成分，就清楚显示了这一点。

1974年出版的金的第一部小说《凯莉》(*Carrie*)，其有趣之处在于它如何维持其问题并将之复杂化，让我们有下评断的基础然后又将之收回。此处的文类（在恐怖小说的文类之内）是突变生物的灾难故事，近年则演变成关于病毒的小说作品或电影。十六岁的凯莉耶塔·怀特继承了令人敬畏的心灵传动能力，在一阵大怒之下夷平了她居住的缅因州小镇，杀死了四百多个人。凯莉一直都很不擅交际、显得古怪，在学校遭到同学无情的嘲笑，没人喜欢她。她母亲是个病态的基督教基本教义派分子，认为连婚姻内的性都是邪恶的。那个镇本身就充满了仇恨、虚伪和矫情——在这种地方最漂亮的女孩也是最狠心的，地方上的流氓恐吓胁迫每一个人，副校长桌上摆了一个做成罗丹的《思想者》形状的陶瓷烟灰缸——因此就算没有超自然力量的干预，也已经有一大堆事情可以出毛病，有一大堆人可以怪罪。凯莉能以意志力造成物理毁灭的可怕天赋是个意外，是一个在任何人身上都可能出现的隐性基因造成的结果，这本小说着墨颇多地想象全美国各地有许多小凯莉在默默增加，不像孩童而更像炸弹。这本小说的最后一景是田纳西州一个两岁的小孩，他能够在不碰触弹珠的情况下移动它们，而此书假装要问的是这个预兆式的问题："如果有别人跟她一样怎么办？世界会变成什么样子？"[3]

这是个大哉问，但并没有表面看起来那么重要，因为除了不知道"跟她一样"的别人性格如何，过着什么样的生活而无法回答之外，这个问题主要是用来掩饰另一个问题，那是史蒂芬·金所从事的恐怖小说文类最迫切的问题：超自然或奇幻因素会造成什么差别，不管它是心灵传动力或者活死人？如果它只是对于已经存在的事物的一个阴森隐喻呢？凯莉·怀特不是怪物，尽管她母亲是。凯莉一直不断被欺负，而当终于有人对她好，并带她去参加高中毕业舞会时，那一夜却是以灾难收场：她和她的舞伴被泼了满身的猪血，恶心地回应并歪曲这部小说的开场，即凯莉在浴室发现自己月经来潮却不知道自己怎么了。情节的这一部分完全由人类的愚蠢和恶毒负责，而凯莉的苦恼和愤怒是除了圣人以外的任何人都会有的感觉。但她有她的力量。差别不在于愤怒而在于她可以怎么解决那愤怒，而这正是当代的恐怖故事——像古老的魔法故事一样——最能清楚说中我们的畏惧和欲望之处。

爱德华·英格布雷森（Edward Ingebretsen, S.J.）在其一本著作的副标题（"作为记忆的宗教怖惧，从清教徒到史蒂芬·金"）中，证实了金甚至在学院人士的家庭里也占有一席之地，他谈及宗教的部分跟我此处谈到魔法的论点一样。"一度曾是宗教必须履行的职务，"英格布瑞森说，"如今却可在各种美国的文类、模式和文本中找到。"[4] "一个大部分遭遗忘的超自然历史的偏斜能量依然继续存在，不仅是在教堂里，也在无数其他替代膜拜的中心。"[5] 英格布雷森很有反讽感——我希望是反讽——就像他谈论的主题一样黑暗而拐弯抹角："基督教传统的一大安慰，正是它所产生且预设的怖惧。"[6] 他显然很了解，金在表面上提供给人们逃离平凡无趣生活之道的同时，也让我们看到了潜藏在那些看来是忘忧之处底下的怪异动物寓言。"只消稍微改变焦点，金的恐怖小说［此处指的是《午夜行尸》(*Salem's Lot*, 1975)］便重新引进了可怕的事物（the horrific），尽管是惯常存在于真实及可能事物中的可怕。"[7] "惯常"（routinely）一词用得绝佳。

美国人的生活中的确到处都有宗教的遗绪，但正因为它们到处都有，因此无法真正帮助我们看清现代恐怖故事的尖锐之处何在，这些故事在不完全是认真，也不完全是开玩笑的层次上，暗示着我们已经回归到一个想法，即迷信毕竟是正确的，迷信所提供给我们的世界图像比任何有组织的宗教或任何世俗的允诺都更可信。这不是说古老的宗教仍然与我们同在，而是说更古老的观念又重新流通了。这是个非常复杂的问题，但魔法的概念能让我们有个开始。

魔法是能将愿望变成行为的力量，无须经过物质现实的种种累赘程序，比如搭飞机、雇杀手、等消息、去坐牢。它绕过物理，直接让心智与世界连接。我读过的每一本史蒂芬·金的小说作品，都牵涉到这种意义上的魔法，就连在没有任何超自然之事发生的地方，都有小说的自由这唯一的魔法，可以随心所欲地由念头转为行动。如果可以的话，你是否会立刻暴力地除掉任何你不喜欢的人或事物？如果你被激怒到一定的程度，而且确定可以不受制裁？当然，当下的反应是你知道不应该这么做也八成不会这么做。长期的反应也是一样，但与此同时，就算你没有真正这么想，你仍可能让这一切都在你脑中发生，这等于是说，你一方面对巨大暴力的幻想说好，一方面又对之感到害怕。

此种恐怖小说给人带来的愉悦必然有很大一部分在于此。这样真的没关系吗，即使是在小说作品里？凯莉在摧毁她那讨厌的小镇时，让人有某种津津有味的感觉，我们巴不得再炸掉一座加油站。但也有一种丑陋的安慰是来自于我们觉得凯莉是个外星人，是个怪胎，不是我们中的一分子，更重要的是，来自于我们知道她最后死掉了。《凯莉》中有一段重点对话，说话的是镇上唯一担心凯莉的女孩苏珊，以及苏珊那友善亲切，却因试图表示善意而死的男朋友。他们丝毫不知将要发生什么事；他们只知道每个人都一直对凯莉很坏。

"你们当时只是小孩子，"他说，"小孩子不知道自己在做什么。小孩子甚至不知道他们的反应会真真实实地伤害到别人……"

她努力想表达出这话在她脑中激起的想法,因为这一点突然显得很基本,庞然覆盖在那起浴室事件之上,就像天空庞然覆盖在山脉之上。

"但几乎每个人都很少发现他们的行为真的会伤害别人!人不会变好,只会变聪明。变聪明不会让你不扯掉苍蝇的翅膀,只会让你想出更好的理由去这么做。"[8]

那个关于魔法的问题继续下去,如果你给这些人难以想象的伤害人的力量,而没有对他们的道德感做任何改善,结果会怎么样呢?让他们可以夷平城市或虐待妻子?不管你称这种力量为心灵传动还是梅菲斯托,都没有差别。凯莉相对而言的无辜——她不聪明,也没有扯掉苍蝇的翅膀——有助于将焦点集中在这个问题上,但也让那力量更加令人害怕。好在这只是个幻想。

如果我们想知道一部类型小说在没有触及任何不管是古老还是现代的想象能量时是什么样子,我们可以看看金的《兰戈利尔人》(*The Langoliers*),这篇短篇作品收录在《午夜四时》(*Four Past Midnight*)中,后来被改编成不甚流畅的电视迷你剧集。此处的类型是我们都熟知的世界末日故事,加上一个科技灾难(飞机、大轮船、摩天大楼)。这其中的法则已经被用烂到连人物自己都一直在抱怨这个他们卡在里面的类型。一架离开洛杉矶的飞机飞进了时间的折叠处、回到了过去——或者说是飞到了被现在抛弃的另一个世界，回到过去会是的那个样子，如果它在我们一转身之际就消失的话。飞机降落在缅因州的班果，发现那里一片荒芜，只有不流通的空气和无味的食物。好在飞机可以重新加满燃料，并设法从那时间折叠处飞回来。讨厌的是它太早抵达洛杉矶了——这是未来，跟过去一样荒芜，但没有那么死气沉沉和无味；而好消息是你只需等一阵子，现在就会迎头赶上。

这其中包含着可能性，暗示着对消逝的过去抱有真实的焦虑，有点混杂着对于它的不相信：不相信它还在，不相信它真的消失了。金针对"时间的本质谜题"[9]所做的引言十分动人——"它是如此完美，就连我刚刚提出的那么乏味的观察，都保持了一种奇怪的、波浪冲击的回音"——但在这个版本中，他没有那么努力。他显然觉得他的小说作品需要更多东西，于是他提供了弹跳的巨球来侵蚀地球——嗯，不只是地球，还有现实本身。这些巨球黑红相间，有脸有嘴有牙齿；它们"有点像海滩球，但它们会起伏、收缩、再扩张"[10]。"在它们底下，现实成细条剥落，不管它们碰到哪里、碰到什么，都会剥落"[11]。除了心灵传动之外，金写过吸血鬼、得了狂犬病的狗、死而复活的猫、僵尸、一辆恶魔汽车，还有一大票鬼怪和食尸鬼。但多少都有点像海滩球？

《热泪伤痕》这部小说和同名电影（*Dolores Claiborne*, 1992, 1994）清楚地显示出，同一个故事可以被说两次，而且两次各有不同的意义。电影传达出来的感觉是尽一己之力但仍然无处可去,片中所有的意象——大海和天空、空无的景色、半废弃的房子——都加强了这种感觉。我不认为这部电影有意令人沮丧。它是希望拍得美丽而令人振奋,描述勇气和突破逆境,饰演朵勒瑞丝·克雷本的凯西·贝茨(Kathy Bates)也充满了奋战精神和尊严。但她没办法跟那么多意象竞争,而那些意象如果换了一条脉络,或许暗示的就是自由或未受污染的世界。

然而那仍然是同一个故事,尽管在意义方面有不同的消长,人物的发展和他们在情节中的作用也有明显而大量的改变。朵勒瑞丝·克雷本被控犯下两件谋杀案,其中一件是她做的。在她没有做的那第二件案子里,证据对她非常不利。她是那个死去的老妇的管家,被人看见拿着一根擀面棍举在那老妇的头上,而且那老妇的死让她继承了一笔财产。第一件案子是她将近三十年前杀了她丈夫,那件案子的证据很少,因为她仔细湮灭了大部分证据——也是她所能找到的全部。她杀他不只是因为他是个酒鬼而且会殴打她,更因为他对他们的女儿施以性侵害,而只要他活着一天,她就看不出她们两个有任何未来。她的雇主给了她迂回但毫无疑义的指点("'意外,'她用几乎像是老师讲课的清楚声音说,'有时候是不幸女人的最好朋友。'"[12]),于是朵勒瑞丝安排让喝醉的丈夫跌进一口他爬不出来的旧井。就像好的恐怖故事中的所有坏人一样,他花了很久的时间才死掉,事实上几乎好像是杀不死一样。同样的情况也出现在《兰戈利尔人》里一个被打了半天、快要死掉的坏人身上:"他那可怕的生命力有着一种怪物般的、杀不死的、像昆虫一样的特质。"[13]

这可能会提醒我们,小说里的谋杀几乎总是太容易或太困难——那是小说,描绘的不是杀人本身,而是我们对杀人的感觉。犯下了第一件谋杀案的朵勒瑞丝,是否会因第二件被定罪?怀疑她杀了人的女儿是否可能再信任她?如果她女儿知道了整个来龙去脉,是否能够谅解?那本小说和那部电影都回答了这些问题,且两者都用了1963年的日全蚀作为其最主要的视觉意象。她在那一天谋杀丈夫,表面上看来这是个避人耳目的好时机,但事实上(这是说,在比喻的层面上),这是一片奇怪黑暗的时间,所有的赌注都取消,所有的规则都暂停了:这是这个故事的魔法,是道德的心灵传动力。朵勒瑞丝杀夫不需超自然力量的帮助,她只需要,像有魔法一样,变成另一个人几小时。

我们又回到了《凯莉》的世界,其中愤怒是可以理解的,也是令人害怕的。凯莉除了能移动物体之外,还能看穿别人的心思,有一句用来形容她的话可以帮助我们了解这些小说作品的另一个层面:"全知的可怕总体。"[14] 这些小说并不具备全知,也不想象任何人具备全知,除非是借由魔法。但那魔法除了让愤怒能大获全胜之外,也让我们有机会一瞥那愤怒的内在,仿佛我们可以看穿它,仿佛它可以被完全知道。这或许会让我们想说,并非了解一切就是原谅一切,而是了解一切是难以承受的。

在《粉茜草色》中,史蒂芬·金仍然在问关于魔法的问题。在此魔法有两种形式,或者说它找到了两个实例。一个是有精神病的警察诺曼·丹尼尔斯,他折磨他妻子成瘾,但又足够精明,不会让她死掉,也不会让证据只指向他一人。他也是个杀人凶手,但就连他妻子也是在离开他之后才发现他有多疯狂。他在警局里被看作是个好人,最近才因参与破获一件毒品的大案子而获得升迁。他妻子认为每个警察若不是立场跟他完全一致,大概也都会站在他那边。一直到金在差不多三百页的地方引进了一个好警察之前,警界本身看来就像是精神病患版的心灵传动力,能替他移动世界。在这部小说开头有一幕非常令人不安,描写诺曼把妻子打得流产了,然后决定打电话到医院,这是借用了希区柯克(Alfred Hitchcock)的内容,但用得巧妙迅捷。"她的第一个念头是他在打电话报警。当然这太可笑了——因为他就是警察。"[15]

这个问题的另一个更为复杂精细的形式,是诺曼的妻子罗丝。她终于在被金形容成十四年的睡眠之后,鼓足勇气逃走:

> 醒着的头脑知道做梦的概念,但对于做梦的人而言,醒、真实世界和清明的神志是不存在的;有的只是睡眠的尖叫喧乱。罗丝·麦连敦·丹尼尔斯跟她丈夫的疯狂又继续共眠了九年。[16]

罗丝在遥远的城市展开新生活；交了新朋友，并找到一份替电台朗读惊悚小说的工作。你一定已经猜到诺曼开始追踪她，而且在小说高潮之处逮到了她，而且一路上还有大量残害、杀人、恐惧的场面，而且你也猜对了。书中的暴力有创意而凶残，诺曼也绝对是个会吓得你晚上睡不着觉的小说人物。他有些成分是来自《计程车司机》（*Taxi Driver*, 1977）中罗伯特·德尼罗（Robert de Niro）的角色，但当金自己提到那个演员和那部电影的时候——该做的事他都会做——那姿态不只是可爱而已，而是有趣、礼貌，就像是轻点帽檐致意。诺曼比罗伯特·德尼罗那个角色更疯狂，杀的人也多得多，而且——这一点真的很令人苦恼——他经常很有笑果。例如说，诺曼瞥见一张林肯的照片，觉得他看起来"颇像一个他逮捕过的男人，那人把他妻子和四个小孩都勒死了"[17]。

你一定没有猜到的是，这本小说带有一点古典色彩，金相当自觉地将他自己的现代神话跟一个为人所熟知的古老神话联结在一起。罗丝买了一幅画——那幅画叫作《粉茜草色》（*Rose Madder*），这是画中女主角衣服的颜色，但这个标题对我们而言也是 mad（有疯狂及发怒的意思）这个字的双关语，意味着罗丝需要发怒以及其可能造成的疯狂——并发现她能踏入画中，变成画的一部分，在其中经历各式各样的遭遇。那幅画看来是一幅平庸的古典风景画，有神庙的废墟和藤蔓，天空中还密布着风雨欲来的乌云。罗丝进去游历之后发现画中的情节混合了两个神话，一个是迷宫中的米诺陶洛斯[1]，另一个是得墨忒尔[2]在寻找她和宙斯所生的女儿珀尔塞福涅，珀尔塞福涅被绑架到冥府去了。

迷宫中的那个生物其实并不是米诺陶洛斯，因为那是一头叫作艾林尼斯的公牛，这个名字的意思是愤怒，也是得墨忒尔的称号之一。后来那公牛变成了诺曼，或者诺曼变成了那公牛：这怪物隐喻着泯灭人性的男性。金在运用这些意象的同时，也没忘记他所冒的风险，这是一个很有魅力的特点，于是当罗丝在那神话的迷宫中看到一坨动物粪便时，她知道那是什么："听了诺曼和哈雷和他们那些朋友的牛屎话听了十四年，除非你真的很笨，才会在看到牛屎的时候认不出来。"[18]

那个寻找孩子的母亲也不是得墨忒尔，因为罗丝被告知她"并不完全是女神"[19]，而得墨忒尔无疑是正牌的女神。这名母亲同时也在衰朽，她"喝了青春之泉"[20]却没有因此永生不朽；而且她不只是或不总是女人。她是一项女性的原则，是披着平静外衣的凯莉的愤怒，是穿着古典服饰的心灵传动力，有时候她看起来像蜘蛛或狐狸。在这部小说的另一处——在画外的世界——引入真正的雌狐和幼狐，带出了狂犬病的概念，狂犬病（rabies）这个词的意思是愤怒，而且在好几种欧洲语言里，狂犬病一词就是愤怒的意思。"这是一种狂犬病，"罗丝想象着这疾病的某种神话等同物，

---

[1] 希腊神话中的人身牛头怪物。克里特国王米诺斯因不肯将一头雪白公牛献祭而触怒了海神波塞冬，后者遂施法使米诺斯的王后爱上该公牛甚至与之交合，而生下了米诺陶洛斯。

[2] 希腊神话中司农业与收获之女神。

一种可以摧毁一个近乎女神者的强烈愤怒,"它正在吞噬她,她所有的形状和魔法和光彩现在都在她的控制边缘颤抖,很快就会全部垮掉了。"[21]

这女人象征着罗丝可能无法控制或无法从中恢复的愤怒。这部小说的最后几页像是《凯莉》的后记。罗丝熟知她愤怒的力量,但她的愤怒也熟知她,不肯放过她。当诺曼血腥而令人满足地惨死在诡异的画中世界——但不只是在那个世界里而已,诺曼不会再出现了——之后,罗丝在她快乐的新生活中的一场小口角里,需要"近乎疯狂地努力"[22]才克制住自己,没有把一壶滚水朝她那无辜的第二任丈夫头上泼去。她最后找到了心灵的平静,不是在画中那个近乎女神者身上,而是在遇见了一只美国乡间雌狐的时候,那张聪明而女性的脸上带着狂犬病的谜题。"罗丝在那双眼睛里寻找疯狂或清醒……两者她都看到了。"[23]但事实上,那里只有清醒——无疑这是它运气好,当时这种病在当地野生动物中四处传染——罗丝隔了很久之后再度见到那只雌狐,她已经很有自信能对抗伤人的力量,知道那疯狂(或那魔法)已经消退了。这本书的最后一句话是:"它站在那里,黑色的眼睛没有向罗丝传达任何清楚的思绪,但在那双眼睛后面,聪明的老脑袋所具有的清醒本质是不可能看错的。"[24]

金的文字有时很出色:"她的影子铺展在低伏苍白的新草上,像是用锋利的剪刀从黑色制图纸上剪下来的"[25];"巨大的向日葵有着淡黄色、多纤维的花梗,棕色的花心,卷曲、凋萎的花瓣高高在上俯视一切,像是犯人全死光的监狱里生病的狱卒"[26]。第二个例子有点老套,但是很有效。不过我们也会看到诸如"从一个铺着棉花的梦里奔驰而过"[27],"乡间道路旁闪烁的玻璃碎片"[28],还有"她觉得自己像漂浮在汹涌大海中的一小片船只残骸"[29]。这不是大众文字,这是昨日的优雅文字,与想着《包法利夫人》(*Madame Bovary*)的罗丝和嘟哝着《哈姆雷特》(*Hamlet*)中一句台词的诺曼很一致。也许这毕竟还是"较好的"小说。

但当然,我们在史蒂芬·金的作品中寻求的不是巧妙的词句,而是创意和速度,以及一种折磨人的虚构焦虑,这些金都提供了很多。他也很慷慨地提示我们他用他那套神话是要做什么。在画中世界,那公牛跑出了迷宫,罗丝担心这可能不只意味着公牛逃脱,更意味着世界变成了它的迷宫。至少是那幅画里的世界。她脑海中一个急于帮金的忙的声音,带着她的思绪更进一步。"这个世界,所有的世界。每一个世界里都有许多公牛。这些神话是带有事实的,罗丝。这就是它们的力量所在。所以它们才会流传下来。"[30]这段解释太着痕迹,但并不影响神话发挥的功用。《粉茜草色》中那幅有魔法的画做到了《兰戈利尔人》中那些海滩球所做不到的:透过幻想,提醒了我们非想象的日常世界可能有多奇幻。在这样的状况下,麻烦不在于梦境不会成真,而是我们已经跟梦境活在一起了。

故事与沉默

> 因为当时狄德罗对我而言是自由、理性、批判精神的化身,我对他的喜爱感觉上是一种对西方的怀旧。
>
> ——米兰·昆德拉,《被背叛的遗嘱》

10 失去的天堂

爱德华·萨义德

对位法

根据康拉德笔下人物马洛的说法,救赎了某些帝国,或者也许只有大英帝国,让它们不至于沦为纯粹的豪夺贪欲,沦为"只是大量的暴力抢夺、情节严重的凶杀"[1]的,只是"理念而已。在其后方的一个理念;不是多愁善感的矫饰而是理念,以及不自私地信服那理念——那是一个你可以设立起来、对之俯首叩拜,并向之献祭的东西"。在《黑暗之心》的此处,马洛的话中断了。"经过一段长长的沉默之后",他才"用迟疑的声音"重新开口,开始叙述他的非洲之旅,以及他如何见到了神秘、垂死的库尔茨。

马洛的话之所以中断,想来是因为他困扰于自己无意间提出的那个意象。俯首叩拜和献祭听来不像是有组织、有知识的西方心智的活动,而像是偶像崇拜,尽管对象是一个理念而非一个野蛮人的神祇。将大英帝国与古罗马帝国和现代比利时帝国（也许是真正地）区分开来的那样东西，居然让它等同于那些它正无私地夺取其土地的所谓野蛮人，更糟的是等同于库尔茨本身，那个变成了土著的欧洲人，房子四周都是骷髅头，而且自己已经成为一个让人俯首叩拜并献祭的对象。书中说非洲的酋长是"爬着"来见他。这正是康拉德作品中常见的，一个论点变成了自己的对立面而垮掉了。在帝国的中心有一处滑动的地方，在它对其自身的定义上有一条裂缝。

马洛的论点崩垮，是因为那个故事的世界赶上并压过了它。但《黑暗之心》中帝国的其他特征则完整而未受到威胁，就连康拉德也似乎并不对之感到困扰。我们或许可以从比较前面一点的地方引述起：

> 征服地球，在大部分的情况下，它的意思是从那些肤色不同，或者鼻子比我们稍微扁一点的人手中将之夺取过来，细究之下并不是个好看的景象。救赎了它的只是理念而已。在其后方的一个理念。[1]

这其中刻意轻描淡写的反讽清楚显示——"稍微扁一点"尤其贼——康拉德不是那种最明显而狠毒意义上的种族主义者；他不相信一个种族比另一个种族优越，并一再讥嘲这个观念。但他的确相信种族这个负担沉重的概念本身，一直到非常非常近期为止，几乎每个人都如此相信。康拉德欣然接受非洲野蛮人的刻板观念，尽管他认为（或者正因他认为）我们内心深处全都是野蛮人。他可以看出欧洲人可能跟非洲人一样狂野，一样在道德方面愚昧无知，或甚至有过之而无不及，因为欧洲人还披着一层伪善和教养的外衣；但他看不出非洲人也可能有他们自己的教化和文明[3]。

我们已经了解到这是文化的一种影响，或者该说是作为一种文化变调的权力经验（power experienced as a cultural inflection）的影响，而爱德华·萨义德的《文化与帝国主义》（*Culture and Imperialism*, 1993），就是在探讨这种影响。但文化并非只是对权力做出回应而已，它也形塑了权力在其中被施展、被遭遇的道德世界。文化决定了相互竞争的故事中何者占上风、何者废弃过时，告诉我们将什么东西视为理所当然并想象我们向来都知道它。在某种意义上，《文化与帝国主义》是萨义德影响极为深远的《东方主义》（*Orientalism*, 1978）的续集；而在另一种意义上，就如他所说的，它是"试图要做些别的"[4]。这部较后期的作品跟《东方主义》一样，描述了一种支配的文化，显示语言和行为是如何既流露又掩饰权力的现实；但它也探讨文化的反抗、回嘴、反故事（counterstory），显示古老或新兴的文化可以如何在支配性的文化之内进行对抗性的发言：

> 理道（logos）不再如从前一样只存在于伦敦和巴黎。历史的进行不再如黑格尔所相信的那样是单向的，从东方到西方，或从南方到北方，并

在这过程中变得更精致、更发达，愈来愈不原始、愈不落后。[5]

这种新视角并非要求我们否认旧日的比较文学，那种属于德国语言学家如施皮策（Leo Spitzer）、奥尔巴赫（Erich Auerbach）和库尔提乌斯（Ernst Robert Curtius）等人的那个伟大时代的比较文学，而是要求我们将其关注的范围扩大到史学和社会学的作品，并重新检视它那陈旧的阶级制度，它那（有时）隐而不显但（始终）毫无疑问的欧洲中心主义。

萨义德书中的真正英雄是无名而集体的，是每一个曾被帝国消音或错误呈现，但其说出的话或留下的痕迹多到足以鼓励解放机会的人。弗朗兹·法农（Frantz Fanon）就快成为可指名道姓的英雄，他带有的"文化能量"[6]可以让我们超越民族主义，它被视为是帝国继续其掌控的紧箍咒，走入真正的人道主义，人道主义这个词在此是去除了那种保守而沾沾自喜的意味。"若没有看出法农远不只是提倡暴力冲突而已，"萨义德表示，"那便是误读了他。"[7]我相信这话说得没错，尽管萨义德有点太过轻易就将法农对武装抗争的支持说成"最多只是策略性的"——那不只是如此——甚至不曾引起"被压迫者的正当暴力"，这是萨义德在别处所用的词[8]。

然而萨义德此处的主题不是暴力而是民族主义，而且他遇上的困难已经够多了。他不想全盘否定民族主义作为一种反抗帝国统治的模式的正当性；他想让我们看到民族主义有很多种形式，有的勇敢，有的疯狂，有的暴虐。但他也想要民族主义能够自我批判。只有这样它才能趋缓而成为解放，并终结掉帝国的鬼魂。在这里，"普世的"（universal）这种词可能会卷土重来，因为它们可以代表真正的人类共通立场，不管是旧是新，而非只是我们的文明所投射的一时一地。

要重新恢复"客观的"一词就比较困难——这个词经常可以在同一组语汇中发现——并不是因为共通的事实不存在或者我们只剩下主观性，而是由于客观性已经为太多种形式的现实政治（Realpolitik）效过力，它太常只是意味着对现状缺乏好奇心，例如当人们认定事实（我们的事实）就能解决所有的论点时。萨义德引用法农的话说："对土著而言，客观性永远是跟他唱反调的。"[9] 当然也有其他不同的客观性，它们也许能够帮助土著，或者是属于土著自己的，例如当调查结果揭发了压迫者的谎言和扭曲时。但就算如此，就算相对的客观性可以被证明并获得同意，其中还是有激情和争论，而非只有客观性一词似乎最常宣称的那种疏远的公正无私。

这是个棘手的问题，缠绕着萨义德所有的作品——事实上，它缠绕着现代各种学科中的许多论著。他承认各种怀疑真相和知识之可能性的尼采式观点有其力量，但他仍坚守一个概念，即"有一种知识是比……制造出它的那个人要更不，而非更加偏颇"[10]，以及他称之为"具有诱惑力的知识的降低"[11] 是可以抵抗的。我们或许可以说，所有的知识都具有潜在的政治性；不需要也不应该将之政治化。麻烦在于，当知识自称客观的时候，它常常是在掩藏自身的政治，仿佛政治根本就不成问题。法农的土著很可能会宣称他说的是真相，但他不会有那种帝国式的安慰，即相信真相会自己为自己说话。

萨义德接续雷蒙·威廉斯（Raymond Williams）的线索，将文化在帝国中的复杂参与描述为"一种态度和指涉的结构"（a structure of attitude and reference）[12]。这个包罗万象的词被他近乎执迷地一再重复，开始变得有点薄弱，或者看起来比较像是个护身符而非概念。这个宽大的容器里有什么东西是装不进去的吗？跟威廉斯一样，也跟他另一个思想导师卢卡奇一样，萨义德运用的经常是最广最宽的命题。这种命题的困难之处不在于我们无法同意，而是我们看不太出不同意有什么意义。

萨义德本身的确意识到了这个问题，在一本较早的书中，他曾提及"浓汤般的"（soupy）命名[13]和"稀薄松散的"（sloppy）观念的危险性。在《文化与帝国主义》中他写道，可能会有"不可接受的模糊"[14]伴随着帝国主义这种词（或者文化其实也是）出现，并对此顾虑提出两种回应：我们确实需要细细察看被概括性的名称所隐藏的细节和差异；我们不可以用这些细节和差异来回避潜藏在模糊本身当中的冷硬现实。这很有说服力，而在帝国这个问题上，模糊是由于这现象实在太过巨大而造成的，例如萨义德所引用的一项事实显示，到了1914年，"全地球大约有百分之八十六是欧洲的殖民地、保护国、附属国、领地，以及国协"[15]。这使得帝国在几乎所有地方都流连不去，无论是在经济上还是心理上，就连它应该已经消失了的时候也是一样，也因此，萨义德说我们的政治"脉络"仍然"主要是帝国的"[16]这种讲法可以说得通。我们需要记住，帝国的文化经常包括一种专横的否认，否认它拥有任何类似帝国的东西，或对任何这种东西有兴趣，就像美国对亚洲和拉丁美洲的干预被描绘成谦逊，甚至是利他的维和行动，而非帝国的冒险活动。或者像当年英国和比利时一再自比为引入光明照亮黑暗，这个隐喻让康拉德非常注意。

萨义德邀我们对文学作品进行一种"对位式的阅读"[17]，这种阅读能够让通常是各自独立的历史产生相互作用，并允许它们制造出复杂的多声复调（polyphony）而非和声。这项邀请的重要之处不在于它偶尔的直率鲁钝或有时候过于夸大的宣称，而是在于它让许多洞见和论点成为可能。这不只是有关，如萨义德谦称的，要引起对经典文本的"一种新的从事兴趣"[18]，或者让它们成为"更有价值的艺术品"，而是要学会在文学和其他地方找到萨义德所称的"一种提高形式的历史经验"[19]。我认为这指的是，要在历史不应该已经失去的地方找到历史，比如在我们所喜欢的形式俗套和礼节之中。

这就是萨义德对加缪、福楼拜、福斯特（E. M. Forster）、纪德、叶芝、塞泽尔（Aimé Césaire）、聂鲁达（Pablo Neruda）等众多文人的作品所做的严苛讨论为我们带来的贡献。其重点,用戏仿马克思的话来说,不是在于欣赏世界而是要了解它。我们看到了我们所在乎的作品的"强处"和"局限"——例如康拉德的《诺斯特罗莫》(*Nostromo*)——我们发现了它们本身对我们已经遗忘的事物所做的参照,这点我稍后会以简·奥斯丁为例来说明;我们得到或重新得到了一种"人类的社群感以及实际的争论",并带着它进入了国家及其他历史的形成过程,例如英国人在印度的历史,以及印度人在英国统治下的历史;我们也在帝国与其遗产中认出了"在权力和国家的世界中一种极为重要而有趣的配置"[21]。如此的宣称并无夸大之处,而透过类比的方式,我们也能认出其他被遗漏或被换掉的配置。

《文化与帝国主义》是一本友善的书——或许是友善得令人惊讶,因为此书有着如此动荡混乱的主题,作者又是出了名的(也名副其实的)好打笔仗。书中充满了丰富的学识,遍布着对许多作家和作品的温暖致意。其内页看起来就像是一个活跃的学术社群,萨义德也雄辩滔滔地说大学是一个"乌托邦式的空间",在其中,政治是(必须是)一个议题,但这样的议题在此没有"被强加或被解决"。我们可以把这个空间想得比大学的范围更广,只要有活跃的思想和论辩、有萨义德定义下的批评的地方都是。他在《世界·文本·批评家》(*The World, the Text, and the Critic*, 1983)中指出,批评的"社会目标"是"为促进人类自由而产生的非强制的知识"[22];他并以颇为詹姆斯式的转折问道:"毕竟,如果批评意识不是一种无法阻挡的对替代选择的爱好，那还会是什么呢？"[23]

在这种意义上，文学本身就会是一种乌托邦，这点巴特、卡尔维诺和昆德拉也表示过（昆德拉："小说作品与极权主义的宇宙是不相容的"[24]）。但这个乌托邦式的、批判的空间，即使范围比大学广得多，在这整个世界上仍然相当狭小，而且就连在大学之内都受到了威胁，会被各种顺从所危害，也总是会有风险，当那对替代选择的爱好，不管是哪一种替代选择，被视为背叛的时候。

在晚间的圈子里太沉默

奥斯丁的《曼斯菲尔德庄园》(*Mansfield Park*) 里有一个可重新获得的历史经验的绝佳例子，萨义德在《文化与帝国主义》中对此书有很富争议性的讨论。乍看之下，萨义德的论点实在太牵强过火；几句提到托马斯·伯特兰爵士在安提瓜（Antigua）有产业的话，就支持了整个关于帝国及奴役的论证结构。萨义德将管理一片产业跟写一部小说加以类比，还有重建家中秩序与保持国外的秩序类比，前者有年轻人在准备上演一出戏，后者的土著则无疑地并不安分。当他写道，如果我们要继续进行这种联结的话，"《曼斯菲尔德庄园》里没有任何会抵触我们观点的东西"[25]，这时我们有些人已经开始感到怀疑了。律师在证据薄弱的时候就是这么说话的。

但萨义德的证据并不薄弱，而他对此也大张旗鼓。

他正确但未加引述地说,奥斯丁"直到最后一句话"[26]都一直在将帝国扩张与家庭道德联结在一起。如果我们在心里想着奴隶制度的问题再去看那最后一句话,很可能会觉得它令人惊慌。我们是否应该想着奴隶制度的问题?嗯,奥斯丁就有想;没有想的是她后来的读者。

在那部小说的最后一段,我们读到曼斯菲尔德的牧师公馆,也就是已婚的芬妮·伯特兰现在住的地方,

> 那地方……以前芬妮每次接近都一定会有某种抑制或警戒的痛苦感觉,但它很快就变成她珍视的对象,在她眼中变得跟曼斯菲尔德庄园的视野和恩惠所及范围之内的其他一切一样,长久以来都无比完美。[27]

抑制和警戒的感觉跟以前住在牧师公馆的人有关,包括芬妮那爱管闲事又势利的姨妈,跟她竞争埃德蒙表哥的抢眼情敌,以及一个对她提出一项她似乎无法拒绝的提议的男人;但"恩惠"(patronage)延伸到芬妮直接经验之外的一个世界,也呼应了这部小说前面所做过的讨论。我不认为"恩惠"可以照字面上解释为包括了托马斯·伯特兰爵士在海外的产业,因为这个词用在那些产业上不对,即使是引申义也一样。但我的确认为曼斯菲尔德庄园这个地方和这个概念,必然包括所有维持供养它的事物,而奥斯丁要我们记得安提瓜的那片庄园,即使她知道我们大概会忘记。她用

"完美"一词的反讽用意,部分便在于此。

因为在"无比完美"这个形容里一定带着审慎的微笑,"在她眼中"也清楚显示出其限制性。那地方并不完美,因为没有地方是完美的。先前奥斯丁才用她那比较温和的相对性口吻说了,"这对结为连理的表兄妹的快乐……必然显得如人世间快乐所能达到的稳固之最"[28]。那到底有多稳固?奥斯丁认为那有多稳固?为什么在这里用上显得这个词?奥斯丁接着用暗示的方式说明这快乐涉及"情感与慰藉",还有——这是一个灰暗的笑话——那个教区牧师的死,所以这对快乐的夫妇才能搬进牧师公馆。我不认为我们应该把奥斯丁此处的语气读成是在讥笑,或者是在怀疑这对结为连理的表兄妹的快乐。但这是人世间的快乐,而芬妮必然也知道,那投射出的完美之感是有奴隶制度在支撑的,就算那不是它的基础之一的话。

奥斯丁跟康拉德(以及大部分在本世纪之前写作的其他英国小说家)一样,接受了海外财产的概念;她对英国殖民统治下的人类对象没有表达太多兴趣,那些人无疑跟托马斯·伯特兰爵士的"西印度产业""最近的损失"[29]有密不可分的关系,也是他在那里的"经验和焦虑"[30]的一部分,因为"那安提瓜的产业"[31]正在"亏损连连"——尽管他的损失和焦虑的确也可能跟英国奴隶买卖这项黑心生意即将废除而非继续兴盛有关。

但奥斯丁确实对海外财产这种行为的道德性表达了不安,或者说她留出了不安的余地。托马斯·伯特兰爵士当初出于善心把他那胆怯瘦小的甥女带回家来，等他从安提瓜回来之后，惊讶地发现她已经长大变成一个很有吸引力的年轻女子。"你舅舅认为你很漂亮，亲爱的芬妮，"[32]她的埃德蒙表哥说，"你真的要开始习惯身为一个值得一看的人……你要试着不介意长成一个漂亮的女人。"埃德蒙是一番好意，试着把他父亲的赞美放进一个适宜的道德框架："虽然那些赞美主要是针对你的外表，你也要容忍它，要相信他不久便也能看见你同样多的内在美。"尽管如此，"身为一个值得一看的人"已经够残忍了，而"内在美"在这里听起来像是世界小姐选美大会上会被问到的问题。

但让芬妮"苦恼于他所没有意识到的感觉"的真正问题，是她爱上埃德蒙，可以想象听到他说这些出于口惠而非真心诚意的话会对她造成何种奇怪的折磨。当时还没有爱上芬妮的埃德蒙对这一切浑然不觉，说她需要多跟舅舅聊聊，她是"在晚间的圈子里太沉默的人之一"。在这里，奥斯丁惊人地将女人的价值和另一种更恶名昭彰的人口交易联结在一起，而如果没有萨义德的引导我一定看不出来。芬妮说：

> "但我已经比以前更常跟他聊天了。我确定是这样的。你没有听到我昨晚问他关于奴隶买卖的事情吗？"
>
> "我听到了——而且我当时还希望你再多问一点。如果多问一点，会让你舅舅很高兴的。"
>
> "我也想这么做啊——但当时大家都闷不

吭声。"[33]

接下来芬妮解释了她的退却：她不想显得比舅舅自己的女儿对他在西印度群岛的事业，特别是那地方的"资讯"更有兴趣。

在这里读者有很多诠释的工作要做，而不同的读者也会有不同的诠释。有可能将这一段视为根本就跟奴隶买卖无关；提到它只是要显示芬妮的认真和伯特兰家女儿的没大脑。她们闷不吭声是因为觉得无聊。埃德蒙就是这样认为的，但他的心思并没有完全在这件事情上。他接下来说的话显示出他是在想着玛丽·克劳福德的迷人之处，目前他正深受她吸引。而多问些关于奴隶买卖的事真的会让托马斯·伯特兰爵士很高兴吗？他是怎么回答前一个问题的？也许闷不吭声的是他，而芬妮描述她的退却是因为她不想抱怨或争论。或者想起这件事让她很尴尬：她并不想惹麻烦或者显得像个激进派，她只是希望得到一个睿智而权威的答案，来平息她那无疑很蠢的内疚感。

对萨义德而言，闷不吭声表示西印度群岛的残忍行为无法跟曼斯菲尔德庄园这种客气有礼的地方联系在一起，"因为两者之间完全没有共同语言"[34]。那段闷不吭声的沉默确实有此效果，许多（或许是大部分）简·奥斯丁的读者也是这样看的。好几个评论萨义德此书的英国书评家都认为，他最主要且最可笑的观点在于：他认为奥斯丁对奴隶制度有（或没有）什么意见要发表，而他们的书评文章全都配上了奥斯丁那看似相当端庄娴雅的图片,仿佛她是一尊不容政治玷污的文化偶像。但那部小说中的那段沉默,实际上必然是局部的,而非反映了整体的文化。英国的奴隶买卖是在1807年废除的,大部分的评注者都认为这部小说(写于1811年)的时间是设定在那之前不久。这个话题在当时应会受到广泛的讨论,甚至在曼斯菲尔德庄园这样的地方可能也有。芬妮尝试谈论未成的是这件新闻。如果沉默不语的是托马斯·伯特兰爵士而非感到无聊的众人,我们还是得猜测其中的原因。他是一个立场尴尬的反废除者,或者他只是认为女人不该谈这些事?他是不知道该说什么好,还是已经对不停谈论奴隶买卖感到厌烦?或者只是困扰得没法再谈了?

当然,要深入讨论这些问题,我们得自己写一部小说才行;但这并不表示我们就该完全放弃这些问题。在这样的一个场景中,奴隶制度并没有受到攻击,但它是被记得的,而评论者或读者没有办法找到一个舒适安逸的位置。这文字非常低调、非常微妙间接,首先我们只能注意到其中有一个问题存在,若用较老的、较不使用对位式读法来看,会认为芬妮或许是因为恐惧而问不出,奥斯丁则或许是因为太彬彬有礼了而想不到那个问题。

破碎的叙事

在此,奥斯丁为我们提供了好几个故事,或者故事的好几种可能性,而小说的此一走向引领我们思考萨义德对叙事和权力的批评论点。"叙事本身是权力的再现"[35]，他在《文化与帝国主义》中说，呼应着他较早的一篇名为《准予叙事》（Permission to Narrate, 1984）的文章。他不只是说无权力者没有故事，也不只是说他们没机会讲出他们的故事，而是他们鲜少被认为是拥有故事的，他们的故事不是被拒绝而是根本就被排除可能性，作为可辨识的历史片段是不可想象的。"没有可接受的叙事让你依赖，没有受支持的许可准予你叙事，你便觉得被挤出人群而消音了。"[36]

的确，接受了官方的故事便经常容不下其他东西，而一个不认同这些故事之假设的人通常都被视为哑巴。但叙事并不总是站在权力那一边，也不只是权力的再现。有支配的叙事，也有反抗的叙事。还有些叙事溜过了权力的戒备，其方式或者是透过反讽，或者是显得太微不足道而让权力不加以注意。萨义德自己的作品——他的文学和文化评论、他的论战文字、他感人的论说文兼回忆录《最后的天空》（*After the Last Sky*, 1986）——中的故事经常是简短而隐伏的，有时候只是言外之意；但那些作品是充满了故事的。

萨义德有时会写到叙事的替代选择，写到"侧面的、非叙事的连接"[37]，或者"反叙事的能量"，或"反叙事派的出格"。但这些姿态和时刻本身，就是叙事的例子，借约翰·伯格（John Berger）一本书的标题来说，是其他的讲述方式。用萨义德自己的话来说，这些是"破碎的叙事"[38]，是故事的零碎片段，是暴君般的单一叙事所分解或转移出来的东西。《最后的天空》抄录了一段带有阴森喜剧味道的访谈，是一个被捕的巴勒斯坦人在以色列的电台节目中接受质问：

> "你在黎巴嫩南部的任务是什么？"
>
> "我的任务是恐怖主义……换句话说，我们会进入村庄去恐吓胁迫。只要有妇孺的地方，我们就会恐吓胁迫。我们所做的一切都是恐怖主义……"
>
> "你对恐怖主义分子阿拉法特的看法是什么？"
>
> "我发誓他是最大的[1]恐怖分子……他的一生都是恐怖主义。"[39]

萨义德指出，在访谈之中这个人还冒出了一句要命的笑话或说溜了嘴的话。他说他属于"巴勒斯坦解放[tahrir]——我是说恐怖主义[takhrib]——人民阵线"。

此处的事件只间接或反讽地触及恐怖主义与暴力的惨状，在以色列与巴勒斯坦对峙的危险情势中两边都有分。就算这个男人真的是恐怖分子，他的表现也只是戏仿，是对噩梦的滑稽模仿。当然，他可能也是被吓得，更不消说是被恐吓胁迫得这样说话，或者他只是在卑躬屈膝。或者他可能是残酷而明目张胆地对一项丑陋的事实表示愤世嫉俗。但萨义德的解读是最

---

[1] greatest，亦有"最伟大的"之意。

有说服力的。这人生活在一个权力强大的故事里，只有嘲弄地接受它所说的一切，才能保卫自己对抗它。在许多很不一样的情境里，我们都曾看过类似的策略。在这里，我们看到的是一个支配的神话正在运转，那神话说恐怖主义只有一种（"他们的"），而所有被捕的巴勒斯坦人都是恐怖分子，否则他们还会是什么？你无法回答这样的一个神话，你甚至无法讲出一个能让任何人相信的反故事。你只能曲解它，复述它，仿佛它是个嘲弄的预言。萨义德说，"这个故事和好几个类似的故事像史诗一样在巴勒斯坦人之间流传；甚至录成了卡带可供晚间休闲消遣之用。"[40] 当然，那个故事也是很可怕的。万一戏仿又转而变成事实的简化和凶残版本呢？

萨义德的破碎叙事之中有两则特别有助于他作品的清晰聚焦，并在人们的脑海中捉摸不定地象征着他作品中最微妙的故事。一则是关于非常有才华的艺术家、作曲家、小说家和评论家，他们的历史情境或他们与语言的关系变成了牢笼或者死路；他们的成就本身让他们感到挫败，他们对世界和自己的要求都超过这两者所能给的，他们巨大的成功困在他们感觉像是失败的东西之中。在萨义德的描述下，斯威夫特（Jonathan Swift）、吉拉德·曼利·霍普金斯（Gerard Manley Hopkins）和康拉德都上演了这个崇高但艰苦的故事的不同版本。还有叶芝，在对理想世界的激烈反转中，挣扎着"宣示一个想象或理想的社群的轮廓"[41]。将这些杰出而困惑的艺术生涯放在一起看，便开始有点像阿多诺描绘出的现代音乐,在把本身逼进死巷子的同时找到了严峻的操守。"现代音乐将绝对的遗忘视为其目标,"阿多诺鼓励地写道,"它是遭遇船难者遗留下来的绝望的讯息。"[42] 这里面或许也藏着萨义德就读普林斯顿时的老师布莱克默(R. P. Blackmur),他说失败是"伟大的代价"[43],并说(指的是亨利·亚当斯〔Henry Adams〕)"真正的失败总是来得艰难而缓慢,就像一出悲剧,只有到最后才会彻底完成"[44]。

萨义德受到这些艺术生涯的吸引,他较后期的文字尤其一再转向阿多诺。但我在萨义德作品中听见的故事,最终是不像阿多诺所说的故事那么在劫难逃,也更有活力;没有布莱克默所谈的那么哀愁,也更直接。艺术家是英雄,原因不在于他赢或输,而在于他有行动,不顾渺茫的希望而忠于一个关于自我和世界的艰难理念。

另一则破碎的叙事,是那个听话的恐怖分子的故事的另一个版本,或者是先于那故事的。它以相当不同的脉络贯串了萨义德的所有作品,不论是早期还是晚期,而它也是《东方主义》隐含的故事,是叙事背后的叙事。此书以非常强调的方式论及西方用来描绘东方图像的"观念系统"[45],并说这系统只"心照不宣地"承认那些真正住在所谓东方之土的人的"生活、历史和习俗"[46]。萨义德强调他不相信有任何"实际或真正的东方"[47],对立于一套基本上是错误的西方观点的"某种东方本质"[48]。发明了东方这件事本身就是问题所在;它让学问、同情、文学、冒险得以发展,但始终有落入神话的风险。萨义德引述了学者邓肯·麦唐诺（Duncan McDonald）说东方"被单一观念蜂拥淹没的必然倾向"[49]，并对麦唐诺及其同侪被关于东方的单一观念蜂拥淹没的必然倾向做出评论。在此书最安静、最有力的段落之一里，萨义德表示，西方自1940年以来提供给阿拉伯世界的历史，跟西方从它那里取走的历史之间，"差别很小"[50]。这想法发人深省，在某些脉络或观点下，偷走和赠予可能几乎是同一回事。

但在想象出来的东方却有真实的人存在，萨义德对实情心照不宣的承认，可能比他当时所认为的更响亮，因为它体现了一份真正的激情，关怀那些没有被再现出来的，那些无法发言，但每当萨义德提起一段被忽视的人类历史时便闪现在《东方主义》的书页中的人。例如他写到"文本与现实之间的不等同"[51]，写到"作为人的伊斯兰人民"[52]，写到"有着可叙述的生命历史的一个个阿拉伯人"[53]。让东方主义成为这么一项充满问题的企图的，不正是这现实，以及这现实的未说出的故事吗？至于这些被忽视的生命历史的可叙述程度有多少，又要由谁来叙述，则当然是我们所要探究的问题。萨义德不想代替被消音或被忽略的人发言——他认为东方主义者已经在这么做了——他要的是他们的沉默能被听见。

当然，并非所有的东方人都被消音，也不是只有东方人被消音；在任何再现压过了被再现者的地方，都可以看见萨义德的破碎叙事所指为何，我们也都可以想出类似的例子。这是说，作为一个故事的故事是关于一群或多群人，他们无法再现自己并不是因为他们不会说话或没有故事，甚至不是因为他们遭到压迫，尽管这经常也是事实。主要的问题甚至不在于他们能否取得传播叙事的方式，尽管这当然也很重要。萨义德要说的是，他们无法再现自己是因为他们已经被再现了，就像那个接受访谈的恐怖分子一样。一个丑恶的模仿品已经占了他们的位置，像瓦尔特·本雅明在《历史哲学论纲》（Theses on the Philosophy of History）一开始所提及的棋子傀儡一样被摆布。他们跟我们不一样，而他们那通常但并非总是被建构成低等性质的差异，就是他们的身份。他们没有其他的生命。

同时，这些民族的沉默有其本身的魅力，也是对我们嘈杂的言说的一种批评。这不是在正当化他们的被消音，而是说他们并非只是受害者，而在此我想把萨义德在《最后的天空》中所说的巴勒斯坦人的隐密成习（"我们是一个讯息和信号、暗示和间接表达的民族"[54]，有"某些事物被隐瞒在直接的解读之外"[55]），跟他所称的音乐的"缄默、神秘或暗示性的沉默"[56]，以及它那无言的谦逊联结在一起。当然，这两种缄默之间有很大的距离，但它们都意味着一种语言能指向但无法名之的国度，只有社群或聆听的艺术能够继承。在《音乐之阐发》（Musical Elaborations）中，萨义德引用了普鲁斯特关于书本是孤独的产物以及沉默之子的话，把这词句跟勃拉姆斯联想在一起："我发现我自己接触到了他音乐中一种无法陈述、无法表达的层面，他音乐中的音乐，我想这是所有聆听、演奏或思考音乐的人心中都有的。"[57]这不是要退出世界或否认俗世。孤独是我们的一部分，而在信任的社群中，它可以开展朝向共享的沉默，那想象出来的我们音乐中的音乐。

这样的社群是脆弱而间歇的。在这些地方，暗示就已足够，沉默跟字词一样重要；字词在这里仍然重要，但已经除去了主张和意志的重担。它们通常是记忆而非事实，有时候甚至连记忆都不是。它们就像萨义德在《文化与帝国主义》的最后所形容的家，其中提及流亡的埃里希·奥尔巴赫，他在伊斯坦布尔落入东方，而在脑海里找到了他所失去的欧洲。萨义德引述圣维克多的雨果（Hugo of Saint Victor）的话，后者认为对家的爱应该让位给对"所有土地"[58]的爱，而对于已经变成"完美"的人而言，这应该让他感觉到"整个世界都是异国"。萨义德对这段话的评论极为细致微妙，可视为对普鲁斯特说真正的天堂是失去的天堂之言的一种独特解读：

> 有家乡的存在，有对它的爱及真正的归属感，才会有流亡；关于流亡的一项普遍事实是，你并非失去了那份爱或失去了家，而是在这两者之中都必然包含了意料之外、不受欢迎的失落。因此要把经验当成马上就将消失一般来对待。[59]

对于失去了爱和家的人，或没有失去它们的人，或回到了它们中的人，这都是事实。如萨义德在这本书中所说过的，流亡可以是一种既幸又不幸的处境，让人有机会属于"一个以上的历史"[60]。那可以是被承受或被寻求的,或在想象中借来的。这是一种了解失落的方式,一种知道有什么可失落的方式,只有失去以后才可能存在的天堂。

这样没有未来。唉是的。

——塞缪尔·贝克特,《去向更坏》

11 他者的言说

石黑一雄

音乐和梦境

"你能相信吗?我该怎么办?他们把什么都视为理所当然,这些人都是。他们要我怎么办,偏偏还挑在今天晚上?"[1]你听见自己的声音中带着牢骚,但你停不下来。在自怜的国度,所有的其他人都不可理喻,你那显而易见的无辜发出不平之鸣。造访这个国度有一种恐怖的愉悦;但是要离开很难,你一走进去之后,国界就在你身后封锁住了。"但是到哪里都一样,"你说,"他们全都指望我。他们今天晚上八成又会找上我,那也是意料中的事。"

我引述的这个声音出自莱德,他是个英国钢琴演奏家,他那茫然的叙事构成了石黑一雄的《无可慰藉》(*The Unconsoled*, 1994),但我也想说,它那糟糕的熟悉感几乎是难以抗拒的。我相信一定有人不知自怜为何物,就连做梦都不曾这样讲过话;他们可真幸运。

但对我们其他人来说,莱德的经验描绘出了我们哀怨、小鼻子小眼睛的自我夸饰,记录了我们感到内疚但想要感觉善良时会采取的种种姿态。

莱德抵达一个没有说出地名的德国城镇,是要来开一场演奏会。他对节目的安排不甚了了——他记得看过安排的行程,但不记得上面写了什么——但又开不了口问清楚。显然他除了演奏一些当代音乐之外还要做一场演讲,这整个城镇的道德上或许还有经济上的福祉,都要靠一段莱德将主其事的文化活动。该城本来非常支持一个叫作克里斯托夫的指挥家,但现在人们觉得他只会吹牛而已。他肤浅而武断的诠释被暴露出来,而莱德亲自对他施以决定性的一击,因此克里斯托夫必须让位给声名狼藉但已改过自新的布洛茨基,后者是一个有才华的音乐家,但过去二十年来都在酗酒。莱德知道他应该感到惊讶,他的角色怎么从音乐家变成了音乐权威,而音乐生活怎么会如此极端深入到这个平凡无趣城市的闲话和政治之中,但他并没有惊讶,部分是因为他觉得他先前一定是已经同意了这样的安排,尽管他一点都不记得,部分也是因为那些包围着他、要求他帮忙的当地人已经够他忙的了:可不可以请他看看一个女人的剪贴本,可不可以听听一名年轻钢琴家演奏,可不可以跟担忧的公民见个面,可不可以传个话给行李搬运夫的女儿?他似乎也很享受他自己的文化重要性,自满地说着"我来此评估的那项危机"[2],仿佛他的演奏会只是附带的。

有三个特点尤其能让我们看清莱德和我们是处在

什么样的奇怪领土中。第一,几乎没有人来找莱德。人们是在他想到或被别人提到的时候出现的。比方说,他和一名行李搬运夫在电梯里,看来只有他们两个人。搬运夫提到一位希尔德小姐,莱德最后终于问她是谁。"我话才刚说出口,就注意到搬运夫注视着我身后的某一个地方。我转过身,吓了一跳地发现电梯里不只我们两个人。一个穿着利落套装的小个子年轻女人站在那里,紧挨着我身后的那个角落。"[3]第二,几乎每个碰到莱德的人都会将他的人生加以叙述,因此比方说那个搬运夫慢慢地说了一个延续好几页的故事,无论坐什么电梯都不可能花这么长的时间。旅馆经理讲的是他婚姻的故事,说他在谈恋爱的时候让他妻子相信他是个音乐家,二十多年来他一直在等待她离开他的那不可避免的一天到来。莱德过去的某些段落被搬到这个城里来了,他也都认出了它们,尽管都是像他注意到希尔德小姐那样的突如其来。有学生时代的老友们,一个来自他伍斯特郡家乡村子的女孩;他英国姨妈家里的一个房间现在变成了一家德国旅馆的房间;一辆以前是他住在英国的父母的车,现在却神秘地弃置在德国一间画廊外。但这些可以说是物质性的记忆,只占了莱德在这部小说中经验的一小部分。他主要不是在走向过去,而是走向他那乱成一团而难以捉摸的现在,这个现在似乎永远在延后而无法触及。他新遇见一些人,进入一些奇怪的房间,然后感到他应该认识他们,认识得很清楚;记忆悄悄侵袭他:"苏菲的脸在我眼中愈来愈熟悉……听着这个声音,我觉得有些微弱的回忆重新出现"[4]；"我发现自己记起了以前跟苏菲吵架的更多内容"[5]；"这房间现在显得愈来愈熟悉了"[6]。

陌生人不再是完全的陌生人，但他们并不是莱德可以名之的历史的一部分。正好相反：他们没有真实的历史可以给他，他们的历史是他所失去的东西。这在苏菲和波里斯的例子中特别痛苦，因为莱德似乎和苏菲是充满激烈争执而不快乐的一对，而且可能是波里斯的父亲。在此书一开始的地方，他似乎是第一次见到波里斯，但不久之后就称他为"我的孩子，波里斯"。在这部小说的结尾，苏菲对莱德发怒说，"离开我们。你总是在我们的爱的外面"[8]。对那男孩她则说："他永远不会成为我们中的一分子。你要了解这一点，波里斯。他永远不会像个真正的父亲一样爱你。"莱德苦恼地啜泣——当时他坐在一辆有轨电车上——但却带着这本书中每一场景都有的不合理性，这也是这片领土的第三个特征，于是当他发现电车上有供应很棒的早餐时，他立刻就高兴起来了。这部作品中有各种极糟的事件发生，从非常困窘到死亡到断肢伤残，但都可以重新诠释为小小的波折或障碍。莱德并没有做那场这整本书一直在讲的演奏会或演讲，因为他被许多其他需要他花时间的事情给分心了。黎明到来，观众已散，但莱德似乎不知怎么地避开了我们觉得他应该会感到的慌乱。"我环顾四周，明白我先前担心自己没有能力应付这城市对我的种种要求，是过虑了。一如往常，我的经验和本能就足以让我解决一切。当然，我对这个晚上感到有点失望,但再多想一想,我就明白这种感觉是不适当的。"[9]自怜的必然结果就是这惊人的自我赦免。在苏菲狠狠把他赶走之后没多久,这部小说的最后几句是:"我把咖啡倒得几乎漫了出来。然后,我一手小心地拿着杯子,另一手端着我装满食物的盘子,开始往我的座位走回去。"[10]

这部小说里有许多人睡眼惺忪,而第一节之后的三节都是由莱德从小睡中醒来开始。这一切是否只是另一个那种你一直梦见自己是醒着的梦?这种想法很有诱惑力,而此书中也充满了幻觉式、常常具有喜剧效果的意象,那些似乎是来自超现实主义,然后再由怯懦和罪恶感加以修饰。当莱德踏上舞台进行他那场延迟已久、一直被讨论个没完的表演时,他发现不但没有观众,甚至连座位也没有。观众席是一片空荡的地板,"一个广大、黑暗、空洞的空间"[11],此外天花板也移走了几块,"让一道道苍白的天光照在地板上"。我们仿佛是逛进了布努埃尔《中产阶级审慎的魅力》(Discreet Charm of the Bourgeoisie)里的梦中梦。然而,被戒酒但受了伤的布洛茨基当作拐杖用的那个折叠烫衣板,则是来自某个错乱的英国居家氛围,而为莱德的演讲所做的繁复准备,听起来像是经过卡夫卡指点的品特(Harold Pinter)或斯托帕(Tom Stoppard)[1]。在讲话的这个啰唆挑剔的人是旅馆经理,整件事是由他负责的:

---

[1] 两人皆为知名当代英国剧作家。

一时之间，整个观众席会陷入一片黑暗，这时幕会拉开。然后单独一盏聚光灯会亮起，照见你站在舞台中央的讲台旁。这时候，观众显然会兴奋地爆出掌声。然后，等到掌声消退，在你说任何话之前——当然，这是说如果你同意的话——会有一个声音森然传遍整个观众席，发出第一个问题。那声音会是来自霍斯特·亚宁斯，他是本市最资深的演员。他会在声控室里透过广播系统说话。霍斯特有着优雅浑厚的男中音，他会慢慢念出每一个问题。在他念的时候——这是我的一点小主意，先生！——那些词会同时在装在你头顶正上方的电子计分板上拼出来……那些出现在计分板上的词，我敢说，会帮助在座的一些人记住你所谈论的事项具有多么严肃的重要性……每一个问题都会用巨大的字母拼出在他们面前……第一个问题宣布了，在计分板上拼出来了，然后你在讲台上做出回答，等你讲完之后，霍斯特会继续念下一个问题，以此类推。我们唯一想要求的，莱德先生，是请你在每回答完一个问题之后，就离开讲台走到舞台边缘鞠躬。我这个请求有两层原因。第一，因为电子计分板是临时设置的，所以不可避免会有一些技术上的困难……因此，先生，你走到舞台边缘鞠躬，必然会引起掌声，这样就可以避免过程当中穿插着尴尬的停顿……除此之外，先生，这个策略还有另一个用处。你走到舞台边缘来鞠躬,就可以让电工非常清楚地知道,你已经回答完了。[12]

就算不提它跟正常对钢琴演奏家的期望差了十万八千里,这听来也像是准会大为失败的安排。但因在他称之为"做梦般的不真实感"中的莱德倦怠地同意了:"听起来好极了,霍夫曼先生。"后来他惊慌起来,我在本章一开始引述的话就是出自这里,其中他说:"他们居然真的弄来了一架电子计分板。你能相信吗?"[13]

但我不确定,把这整部小说视为一场梦的记录是否有帮助。它更像是被延迟、置换的焦虑的一个漫长隐喻,而焦虑的重点在于它不只会发生在梦里。那个德国城市被莱德所关注的事物重新绘制、重新安排了居民。它的地形尤其奇幻,随处冒出障碍和距离,它的时间范围也弹性得奇怪。但这只是说这部小说利用了小说经常抗拒的那个机会,去探索另一个世界的较黑暗的逻辑,主宰那世界的是我们的需要和忧虑,而非物理法则。

在这个无法安抚的地方的中心,是无法满足的父母,在他们看来,所有的表现都不够好,而他们的命令也永远不死。莱德记起他自己小时候父母的争吵;他们应该到德国来听他的演奏会,但却没有来——他们可曾去听过他的任何一场演奏会?他说他们要来"听我表演,这是有史以来的第一次"[14],但后来又说他即将"再度在我父母面前表演"[15]。当他确知他们没有来的时候，他哭了出来；然后听说他父母过去曾经造访过这个城市，这让他稍微得到了一点安抚——仿佛那从前的造访跟他现在在此的停留，可以在某个面向上连缀在一起。莱德的两难处境也出现在旅馆经理的儿子身上，他是个有才华的钢琴家，父母却对他毫无信心，因此他大获成功的那一刻在他们看来似乎是在残忍地嘲笑他们的希望。这城本身就已判定音乐是它自尊的关键；莱德跟苏菲及波里斯的失败关系，则代表了为音乐生涯牺牲家庭——或者会是如此，如果莱德能克服他的种种分心而回到音乐生涯中的话。音乐是你试图在这世界上为自己的正当性辩护的方式；也是你的尝试之所以失败的原因。音乐是一项挑战，也是一项本领；但每一次成功产生出新的怀疑，并让世界上充满裁判者。别人请求你协助的最微不足道的小忙，就像莱德到处被要求帮的那些忙，都是一个证明你不只是好音乐家也是好人的机会。你无法抗拒这种证明，但你的善良又能证明什么？"经由体贴我失去了我的人生"（Par délicatesse j'ai perdu ma vie）[16]，兰波如此写道。善良只证明你希望自己是善良的，而且可能也显示你管不住的罪恶感充斥在最简单的遭逢中。音乐是一项罪行吗？这面具掩盖的是你必须对你父母做出的背叛，还是他们对你做出的不可饶恕的背叛？或者音乐是不是一个控制的意象，一旦你的焦虑占了上风，它就会变成混乱？莱德一再说到混乱降临在他身上，说需要重新控制住他的时间和动作。当他练习一首叫作《石棉与纤维》的曲子时，他感到"绝对掌控了这曲子的每一个面向"[17]。我们或可这么想,这部小说让我们看到的正是这种感觉的相反,以诡异的一致性显示出绝对缺乏控制可能会是什么样子,以及可能如何展现出来。

尽管充满夸张特异的情节,《无可慰藉》本身则控制得非常高明,步调平均,不动声色。它那种坚定的平稳语调让你昏昏欲睡,有时候你会纳闷,如果你读到一半打了个瞌睡,说不定你也不会注意到。但这本书中不断增生的障碍和故事,最终有一种挥之不去,甚至具有强制力的特质。这不是说其中制造出了一种悬疑或迈向高潮的感觉,差得远了。但在莱德颠颠倒倒地碰上一项又一项失败的差事的过程中,有种令人兴奋的东西,仿佛人生中唯一确定的事就是无论你要做什么都会被打断。我们知道他什么也不会做成,包括解决他的感情问题、帮助朋友、取悦父母、进行演奏会或做演讲、整顿这个一心只想着自己的城镇。但要什么都做不成也是很辛苦的。莱德打算做的事情愈来愈多,却又不断地被其他事情分心,几乎到了让我们难以忍受的程度。他的人生被无关紧要的事情给整个压倒了,埋在没有重点但无法抗拒的要求之下。在这一点上,这部小说就不再感觉像是一场梦,或者说只像是一场梦了。

东方的沉默

"我想我是最后一个下楼吃早餐的客人,"莱德说,"但话说回来,我过了极为辛苦的一夜,看不出有什么理由要因此有任何罪恶感。"[18] 卡夫卡会说[19]，每个有罪恶感的人都是这样讲话的。石黑笔下所有的主要角色确实都是这样讲话的。在这些人物当中最不有趣的大概是《长日将尽》（*Remains of the Day*, 1988）中的管家史蒂文斯。他用他那种死板的语言，来逃避任何可能潜藏在他饥渴而干枯的心灵中的洞见，而这本书的文字可以说是石黑角色扮演的力作。问题在于这部作品缺少石黑其他小说中的神秘，读者也很难相信史蒂文斯有什么比他的压抑本身还有意思的东西需要压抑。这部小说中的此一面向，在詹姆斯·艾沃里（James lvory）执导的电影版中清楚地呈现出来，其中安东尼·霍普金斯（Anthony Hopkins）当管家当得是那么酣畅过瘾，让人觉得就算要他的命他也不会去做别的事，尤其不可能跟那善心的女管家艾玛·汤普森（Emma Thompson）来上一段黯淡的罗曼史。《浮世绘画家》（*An Artist of the Floating World*, 1986）的主角是一名日本艺术家，不知道他应该或能够对他在战前的爱国心后悔多少。他是否应该为他在那个军国主义世界中的共犯角色道歉，或者认为他对战时那些惨事有任何参与只是一种自大狂（folie de grandeur），只是夸大了他自己的角色？他是在逃避还是在膨胀他的过去？如果你说你没有任何理由要有罪恶感，那么你不一定非有罪不可，但你也不一定绝对是无辜的。而且你这么说是在向谁说？你又应该向谁去说？

石黑的第一本小说《群山淡景》（*A Pale View of Hills*, 1982），我读了许多次仍然觉得是一部小型的杰作。跟《无可慰藉》一样，这本书谈到强烈的否认，以及当被否认的事物重新出现来缠扰你的时候会是什么情形。《无可慰藉》不像《群山淡景》那么集中，也没有它那种暴烈而惨痛的历史背景。但它的确要求我们思考真实的和想象的罪恶感，而当你读了没几页，醒悟到那个正滔滔不绝说着行李搬运夫的职业有多高尚的搬运夫，是在戏仿《长日将尽》中史蒂文斯关于管家这一行的尊严的说辞时，你对石黑最深处的主题就有了些概念：不是压抑的风险，而是我们为了逃避其他故事而说给我们自己听的那个故事中的喜剧性、激起怜悯的因素，以及悲伤。

悦子离开了日本和她的日本丈夫到英国去生活。她的第二任、英国籍的丈夫如今已经死了；在两次婚姻中她各有一个女儿。她那英日混血的女儿来访，触发了一连串的记忆，在战后（遭原子弹轰炸之后）长崎的那段岁月，她同悦子带到英国来，却于日前在曼彻斯特自杀的日本女儿之间，有一连串神秘但不可避免的联结。悦子一个长崎的朋友忽视了女儿，跟一个美国人跑了，她在那朋友身上看到，或者说坚决拒绝看到她自己，尽管她也提及了两人之间的相似之处。在这里，几乎一切都是不可说的，但很多仍然被说了出来，或至少做了暗示。这本书最令人难忘的是，悦子叙事的平静语调，让人感到她既是在承认一份庞大的罪恶感，同时也是在颇合情理地问：当初她还能做什么？

我们可以把不可说的事物想成有两种不同的意

思：一种是无法言传的恐怖或丑恶，另一种就是无法说出来的。这两种意思尽管彼此之间可以区分开来，我想实际上是无法完全不相干的。经由未说出的事物（the unspoken），有可能到达不可说的事物（the unspeakable）。没有说出的事物，几乎是不知不觉地，便成了无法说出的事物。在石黑（或任何人）笔下的日本，这些观念让我们立刻落入了文化的刻板印象：这些细微沉默、极端深不可测的东方人，是那么贴近西方人的想象世界。我想提出的是，就算对我们而言，他们也不是完全深不可测的，尽管他们的细微或沉默之处可能比我们认为的要更多变。挣脱刻板印象的方法，如果有的话，可能是要透过刻板印象。而当然，不可说的还有其他西方国家——例如作为《无可慰藉》的背景的德国。

"我在想一个我以前认识的人。一个我以前认识的女人。"[20]《群山淡景》中这些简单的句子充满了沉默。一个人，一个女人。我们假定这一个人是某个人，一个特定的女人。这假定似乎是对的，因为我们不久就读到一个叫作幸子的女人，她是叙事者悦子的朋友。但这毫无修饰的语言本身就有一种丰富性，因为我们还听到了一些其他女人的事，而悦子显然也在想她们：一个可能是想象出来的女人，纠缠着一个小女孩；一个被人看见杀死她孩子的女人，稍后还有更多关于她的描述；一个未提及姓名、没有遭到逮捕的杀害儿童的凶手，把一个小女孩吊死在树上，那人可能是也可能不是女的；还有悦子自己，那个很久以前的她，一个她以前认识的女人。

那几句话出现在这本小说的第二页。接着我们看到了一个相对的时间,还有一个地名。"我是住在长崎的时候认识她的……很久以前。"[21] 又过了一会儿,我们看到一个暗示的日期。"那时候最糟糕的日子已经结束了。还是有很多美国军人——因为当时韩国在打仗。"[22] 我们来到了二十世纪五十年代初。

长崎。现在是这个词的历史重量在提供丰富性、填满沉默,尽管提到它的简短、几乎是死气沉沉的口吻,让这讯号变得很低弱。这本小说的封面告诉我们,石黑是在 1954 年出生在那里的,还有他 1960 年搬到了英国。《大英百科全书》告诉我们,从一栋据说是《蝴蝶夫人》(*Madame Butterfly*)故事发生地的洋房,可以将长崎港的风光尽收眼底。这些跟这本出色的书的氛围和用语都有关联,但无法让我们触及那不可说的事物。长崎,如果你不是出生在那里,也没有在想普契尼(Giacomo Puccini)[1] 的话,只意味着一件事,那件事在各种重大层面上都是不可说的:那是 1945 年 8 月 9 日,第二颗原子弹落下的地方,跟三天前落在广岛的那颗原子弹一同开启了人类杀伤力的全新纪元。在这部小说进展的过程中,长崎的意义变得非常类似玛格丽特·杜拉斯(Marguerite Duras)和阿兰·雷奈(Alain Resnais)合作的电影《广岛之恋》(*Hiroshima mon amour*, 1959)中的广岛:不是原子弹落下这件事,

---

[1] 即歌剧《蝴蝶夫人》的作者。

不是遭受轰炸的经历，也不是这件事的政治性或道德寓意或其所带来的震惊，而是那原子弹所造成或更微妙地说是它所命名的感情景致。在这个地方，所有人都见过了惊恐的惨状，所有的损失，不管是大是小，都无法被适当地哀悼。

在这部小说的中心，在一组异常精致的叙事层次或深渊中，我们看到的是：一个身为母亲的女人，告诉一个怀孕的年轻女人，关于一个小女孩看见另一个年轻女人把一个婴儿淹死在运河里。

> 真理子［那个小女孩］跑进一条小巷，我跟在她后面。巷子尽头是一条运河，有个女人跪在那里，双手手肘以下都浸在水里。一个年轻的女人，非常瘦。我一看到她就知道有什么事情不对劲……我知道有事情不对劲，真理子一定也是，因为她停下来不跑了。一开始我以为那女人是瞎子，她有那种表情，眼睛似乎没有真正看见东西。嗯，她把手臂从河里举起来，让我们看见她原先放在水里的是什么东西。那是一个婴儿。我拉住真理子，我们一起走出巷子。[23]

我们推断那婴儿已经死了，因为句子用的是过去式，而且我们后来也没再听到其他关于这件事的消息，除了几天之后那个年轻女人自杀了之外。基于很明显的原因，我们也推断那年轻女人是婴儿的母亲，尽管这一点也没有明说。这里存在着好几种沉默。一种奇异的惊恐是此处文字的特点,而非来自那被叙述的事件,这惊恐的部分原因是:那年轻女人的杀婴举动看来似乎有种奇怪的自然,几乎是寻常普通的,小说作品中的死亡常常是这样,玛格丽特·安·杜迪(Margaret Anne Doody)近来在《小说作品的真实故事》(*The True Story of the Novel*)中讨论了关于这一点的原因。我们希望知道我们自己或者任何人怎么可能会有这种感觉,而这种感觉的后果又是如何。而这场景是发生在战争快结束时的东京——"我知道长崎这里发生的事情是很可怕的,"讲述这个故事的女人说,"但是东京的情况也很糟。"[25]——使得这一切更耐人寻味。石黑移除了所有很容易跟长崎那颗原子弹做出的联结——如果他想把那场景安排在长崎的话,他大可以这么做——但加强了象征性的联结,可怕和糟这些陈腐的、几乎空洞的字词所没有说出的一切。

悦子的女儿在曼彻斯特自杀之后,英国的报纸强调她是日本人,而且只强调这一点:

> 英国人〔悦子说〕很喜欢我们这个种族具有自杀本能的这种想法,仿佛任何进一步的解释都没有必要;因为他们的报道里就只写了这些,说她是日本人,以及她在自己房间里上吊。[26]

在此我们深入了巴特所称的他者的言说(the discourse of others)[27],那是充满刻板印象的泥淖;而那未说出的事物发出了非常大的嘈杂声。英国人有他们的想法，认为日本人是一个种族，认为他们有一种特殊的本能。悦子是在说这一切都不是真的吗？日本人对于自杀在他们的文化里占有不可否认的一席之地又有何看法？我想，悦子在说的是，或者那些环绕着她的话的沉默在说的是，自杀并不是日本人的种族本能，否则她自己早就死了。日本人的文化是可以改变的，也已经改变了。有些人离开了日本，有些人活了下来，而她就是其中之一。但是她的女儿又怎么说呢？她的死怎么可能不跟自杀的文化有关联，英国人的话在某种波长上怎么可能不是对的，尽管他们那些粗糙的公式化观念大错特错。人可以死于他者的言说，巴特如是说，而这个年轻女人或许就是如此。

由于我们在小说一开始就读到了这桩自杀，那么叙事的问题就在于，这件1980年左右发生在曼彻斯特的死亡，跟二十世纪五十年代长崎的那段日子有什么关系？答案是又一连串更多的问题和意象，包括那个淹死婴儿的女人；还有那个在逃的杀害儿童的凶手；还有一个梦见小孩在荡秋千，结果却变成了那个被吊死的小孩的梦；还有一条动机不明、悬垂在那里的古怪的绳子。下列这一景我们看到了两次。是两个非常相像的场景？还是同一个场景被执迷地重复？叙事者悦子当时还年轻，怀有身孕，正在找沿着河岸跑走的幸子的女儿。一条绳子绊到了悦子的脚踝，她把绳子拉开，拿在手上。那小女孩被她找到时很恐惧，问悦子为什么拿着那条绳子。悦子没有回答这个问题，只是说那条绳子是哪儿来的：

> "你为什么拿着那个?"
> "我说过了,没什么。它只是绊到我的脚。"
> 我向前走一步,"你这是在做什么,真理子?"
> "什么做什么?"
> "你刚刚做出奇怪的表情。"
> "我没有做出奇怪的表情啊。你为什么拿着那条绳子?"
> "你有做出奇怪的表情。非常奇怪的表情。"
> "你为什么拿着那条绳子?"[28]

隔了很久之后,这同一景有了修改。小女孩仍然是真理子,但似乎和悦子自己的女儿合而为一,而身为母亲的悦子则跟真理子的母亲,也就是那个"我以前认识的女人"合而为一:

> 小女孩紧盯着我看。"你手上为什么拿着那个?"她问。
> "这个?它只是绊到了我的拖鞋而已。"
> "你为什么要拿着它?"
> "我说过了,它绊到我的脚了啊。你是怎么了?"我短短笑了一声,"你干吗那样看着我?我又不会伤害你。"[29]

悦子是那个杀害孩童的凶手吗?大概不是,尽管这个念头必然曾在我们脑中闪过,因为她简直是扮起了那个凶手的样子；她看起来像凶手，不管她是不是。这本小说对于在字义层面上解决这类问题并不太感兴趣。悦子所做过的事只是离开了日本和她的日本丈夫，嫁给英国人住到英国去，并带着她的日本女儿同行，尽管她知道那女孩不会快乐。"我一直都知道，"[30]她说，"我一直都知道她在这里不会快乐。但我还是决定把她带来。"悦子的朋友幸子也是带着女儿跟一个美国人离开了日本。幸子讲得更直接："你以为我有任何时候觉得自己对她是个好母亲吗？"[31]悦子是否就是幸子？她们究竟是一个人还是两个人？再一次，这也许并不是真正的问题所在。我想问题在于，在回忆和苦恼中的悦子，怎么会不是幸子，不是那个杀婴的母亲和杀害孩童的凶手？想着她上吊的女儿，她怎么可能会不进入那片残破的景致，在那里，没有做一个好母亲跟杀死自己的孩子是同一件不可说的事物，在那里，只要一个死去的女人，而非被长崎原子弹炸死的三万九千名男女，就能把宇宙变成一则寓言。悦子之所以能保持神志清醒，以及她故事中激起怜悯的因素所在，是由于她否认她进入了任何这样的景致。对于她应该为女儿的自杀负责这种想法，她甚至抱着讽刺的态度，当然在这一点上，她既是对的也是错的，我想在自杀者身后留下来的人都是这样吧。

悦子的沉默，她那漫长的否认渐渐累积成一种承认，带着所有可怕的言外之意，当然是呼应着英国人对纤细而坚忍的日本精神的概念。我的概念。但这除了来自我自己脑中的刻板印象之外，也是从石黑那里得来的。而他笔下的日本，那个他六岁时离开的地方，必然有很大一部分是记忆和传说，本身也是一种英国的概念。如果这个英国概念也是个日本概念的话，那么就真的非常有趣了，此一东方主义的片段不仅由东方人确认，更跟西方的陈腔滥调所占有的语义空间差不多。这两个概念就算听起来一样，实际上仍然会是不同的，彼此也都无法让对方的虚构性和神话性减少一点。但如此我们所谈的就不再是简单的帝国投射，那种赤裸鲁钝的他者性（otherness）的幻想，而是国族虚构之可以给我们知识而非囚禁我们的可能性。我们不能替他者说话，也不能成为他们；如果我们一直不停在说话，那我们连听都听不到他们。但我们可以在沉默中相遇；想象他者是可能的，如果我们够努力倾听他们的沉默，而他们也可能在我们的想象中辨认出他们自己。刻板印象可以害死人，但也可以，如我讨论《霍乱时期的爱情》中的陈腔滥调时所提出的，提供一种用语让我们了解它们所不能名状的事物。在石黑精致东方化的东方，沉默的刻板印象暗示着有更仁慈的生命，居住在刻板印象的沉默中，在我们仍须去找到的特许之下。

我们砍掉了历史……历史要跟一般学习课合并在一起。

——格雷厄姆·斯威夫特,《水之乡》

12　叙事的梦魇

珍妮特·温特森

我还以为你是女同性恋者

我们还是在读一本小说,没有完全把字词抛掉。但在从乐谱中截取出的一长段里,在那些梯子般的线条中,我们几乎失去了字词。这是为三个人声和整个交响乐团所写的,法国号和大提琴都占了很重的分量。歌词的语言是德文,再看到那些唱歌的人物分别叫作玛莎琳、欧达维安以及苏菲,就连我这种对歌剧缺乏知识的人都不难认出这是理夏德·施特劳斯(Richard Strauss)和霍夫曼斯塔尔(Hugo von Hoffmansthal)的《玫瑰骑士》(Rosenkavalier)。如果真的认不出来,我们还可以看看书前的版权声明,在那里可以找到这出歌剧的名字。以这种方式消逝在音乐中——或者说得更确切一点,是消逝在被书写的声音的沉默中——的这部作品是《艺术与谎言》(Art and Lies, 1994),英国作家珍妮特·温特森的第五本长篇小说作品。

这本书的副标题是："写给三个人声和一个鸨母之作"。鸨母是朵儿·史尼皮斯，她是个有趣地混杂了邪恶的十八世纪小说调调的人物；三个人声分别是韩德尔，一个信奉天主教的（男）医生；毕卡索，一个年轻（女）画家；还有莎孚，时而是那位希腊诗人，时而是一个喜欢在二十世纪的伦敦夜里散步的女人。他们三人在火车上，寻找着他们遗落的、或浪费掉的、或至今仍未找到的人生。透过他们的回忆，还有更常是透过他们对当代人空洞自满的世界的评语，我们把故事拼凑起来。他们抵达海边，那可能代表死亡，也几乎必然是代表新的开始，然后这本书便结束在，或似乎是结束在，"还没有太迟"[1]这句话上。这结局后面标示的是"全书完"，但文本还在继续，没有评语也没有进一步结论地又接了九页的《玫瑰骑士》。

我们可以用各种方式来阅读这段后文本。我们可以把这乐谱当作音乐来读（如果我们会读谱的话），在脑中听见那些声音。我们可以放唱片，在房间里听见那音乐。如果我们采行了这两者之一（尤其是后者），我们就会听到施特劳斯那激昂优美的曲调，三个女声交织缠绕在最为错综复杂的纹理中，以及精彩紧凑、编制庞大的管弦乐（除了十六个第一小提琴、十六个第二小提琴、十二个中提琴之外，还有四个法国号、三个小号、三个伸缩长号、十个大提琴、八个低音提琴等等）。我们可以把这乐谱当作音乐的符号来读，根据在这文本中两次被引用的瓦尔特·佩特（Walter Pater）的说法，音乐是所有艺术所憧憬的境界的隐喻。这样它就会像艾略特《荒原》最后的各种外语一样,可以把内容加以翻译,但更富戏剧性,或许也更具启发性的,是把它们当作多重陌异的意象,是无助而被诅咒的现代世界所落入的那个巴别塔。或者我们可以记起这乐谱上的确也是有字词的,是出自一部有名且深受喜爱的歌剧,有它的故事发展和情绪极为激动的脉络。

我们看到的这个片段,是该作品结尾处的三重唱。玛莎琳是个三十二岁的女人,这时正要放手让她的情人走,那是十七岁的少年欧达维安,因为她知道她必须这么做,因为她一直都知道她总有一天必须这么做,当他遇上一个跟他同龄的女孩的时候,而如今就是这样。"我曾承诺自己,我甚至会爱他对另一个人的爱,"玛莎琳说,"但我没想到我会这么快就需要这么做。"[2] 欧达维安觉得事情既是不对劲得可怕,又是正确得非常美好,那女孩苏菲则是觉得玛莎琳同时既是在把欧达维安让给她,又是在把他从她身边夺走,事实上也的确是如此。霍夫曼斯塔尔在写给施特劳斯的一封信里说,这一幕全部的重点就在于欧达维安"爱上了他碰到的第一个小女孩"[3],这出色地强调了敌人是时间本身,而非反覆无常的人性;年龄是一种行为的形式,也是一种命运的形式。在本书中,温特森以一个阉人歌手和他的年轻情人的故事呼应了这一幕,这种非正统的性别组合也影射着《玫瑰骑士》,那三重唱的三个角色都是由女性担任的,而且由女性来唱并饰演的欧达维安这个人物,在剧中也两度扮成一个漂亮的年轻女仆。玛莎琳在我以上所引的那段之后紧接着唱出的歌词，也被温特森据为己用："世界上大部分的事情是如此离奇，就算有人告诉你你也不会相信。只有亲身经历过的人才会相信，而且不知道如何相信。"[4]玛莎琳的意思是说，尽管你一直都在预期某事发生，你仍然可能会为它感到意外并陷入绝望痛苦，但温特森让这个句子有了更广义的言外之意。她要说的是，这个世界本身是奇幻的，是一个充满令人无法置信的故事的宇宙——令人无法置信，直到其中有些故事发生在你身上。关于时间、性意识、爱情的离去和到来的整个翻滚坠落的脉络，都包含在玛莎琳的这最后一句话里，而这也是温特森这本书的最后一句话，除了还有一句简短的舞台动作描述——"in God's Name"，照字面直译是"以上帝之名"，通常译为"那么就这样了"或者"上帝与你同在"，但也可以解读成"看在老天的分上"。

这里有颇丰富的故事成分，但我们似乎已经离以前小说作品的模样很远了。温特森自己对这一点很强调，并在她的文集《艺术（物体）》〔Art (Objects), 1995〕中直率地表示："我不写小说作品。小说作品这种形式已经完了。"[5]不清楚的是：她之所以不写小说作品是因为这种形式已经完了，还是这种形式之所以完了是因为她以及言下之意其他有概念的当代作家，都不写小说作品了，但这其中的因果关系或许不是最有趣的问题所在。这种说法听来当然很耳熟，甚至古老，而我们不用回溯得太远，只消翻到本书第一章，就可以发现艾略特告诉我们，如果《尤利西斯》"不是

一部小说作品,这纯粹是因为小说作品是一种将不再管用的形式"。将温特森跟艾略特联结在一起,并不是意外或者在翻旧书:

> 日前我在一家书店里的时候,一个年轻男人走向我,说:"《给樱桃以性别》是对《四首四重奏》的一种阅读吗?""是的。"我说,然后他吻了我。[6]

这个小小场景是温特森在反驳女同性恋作家必须(只/主要)对其他女同性恋作家感兴趣的概念:

> 日前我在一家书店的时候,有一个年轻女人走到我身边来。她告诉我说她在写一篇关于我的作品和拉德克利夫·霍尔(Radclyffe Hall)作品的文章。我可以帮她的忙吗?
> "可以,"我说,"我们的作品毫无共通点。"
> "我还以为你是女同性恋。"她说。[7]

我们注意到了那个吻,以及所遇见之人的性别转换,但艾略特不只是一个代表著名男性作家的符号,只是用来显示脱离性的正确性(sexual correctness)的自由而已。那句"是的"和那个吻,隐喻着对一种好的阅读的承认,能够有共鸣地感知到适当的幽灵。"目前,"温特森直接说,"没有任何二十世纪的诗比《四首四重奏》(*Four Quartets*)对我更具意义。我对它倒背如流……它对我的生命和我的作品一直都具有重大的影响力。"[8]她的作品处处回荡着那首诗的回音,在新的脉络之中,那些哀愁、缠绕不去的诗句常常有所变更。"这荒废的悲哀的时间是多么可笑"[9],《写在身体上》(Written on the Body, 1992)的叙事者这样想着。《激情》(The Passion, 1987)中有一种"不可想象的零温度"[10],一个"不可想象的零冬天"。"只是活着的只能死去"[11]在《艺术与谎言》中重复了三次。《烧掉的诺顿》(Burnt Norton)的开头,在《激情》和《给樱桃以性别》(Sexing the Cherry, 1989)当中以不同的样貌一再出现:"若没有过去和未来,现在是不完全的。所有的时间都是永恒的现在,因此所有的时间都是我们的";"如果所有的时间都是永恒的现在,我们没有原因不踏出并踏进另一个现在";"未来是原封不动、仍然尚未履行的,但过去是无法赎回的"[12]。偶尔,艾略特另一首较早期的诗也会出现——"然后人声唤醒我们而我们溺毙"[13]——或者《四首四重奏》的某个诗句被做了更多的改动,于是艾略特的"时间只有透过时间才能被征服",变成了温特森的"透过身体,身体被征服"[14]。那声音仍然存在,但念头已经离艾略特那焦虑的美学世界很远了。

在她的散文中——如果不是在她的小说中——温特森显得比现代主义者还现代主义,专心致志地颂扬艺术的崇高地位,并不吝对大众文化及群众表示轻蔑,艾略特和伍尔芙便惯常被指控是支持大众文化及群众的(在我看来,这是错误的说法)。"现代主义者把读者和作家之间的关系弄得太拧了吗？"[15]温特森问道。"我不认为如此。""若认定现代主义跟我们如今需要去发展小说的方式没有真正关联，等于是让读者和作家注定要处在黯淡的维多利亚暮色之中。"

温特森确信艺术说的不可以是"店员和八卦小报的语言"，希望抗拒"政府、大众教育和大众传播媒体"所推行的"概念式的生活"，并说，"艺术总是穿着晚餐的正式服装。在大众文化的T恤牛仔裤时代，这看来是否太死板？也许，但若没有一个形式化的空间，艺术便无法发挥"[16]。艺术的确需要形式，但这些类比中持续出现的势利态度，破坏了很多温特森的意思。也许艺术总是有所打扮，但并不总是穿着约定俗成的服装或晚餐的正式服装。"我所知的一切痛苦，艺术都能加以减轻。"[17]温特森写道。这句话的意思是要表示对艺术的尊崇，但听来却像是对痛苦无知。也许问题在于体验和知道之间的差别。除此之外，还有一点沙文主义来凑热闹。外国人"很恨"英文"充满了双关语的可能性"[18]。康拉德是"守纪律的迂腐学究，文字的萨列里（Salieri）[1]"；"一个对自己无懈可击而适恰的英文感到自傲的波兰人。他从不明白英文的精彩之处就在于它完全不适恰的奔腾之中"。

温特森可以接受作为譬喻的外国，但这其中的矛盾并不如表面看起来那么大：

---

[1] 萨列里（1750—1825），意大利作曲家和指挥家，谣传他曾暗中害过莫扎特。

> 艺术，所有的艺术，不只是绘画，都是一个外国城市，若我们认为它是熟悉的，就是在欺骗自己。没有人会惊讶于一个外国城市有它自己的习俗和语言……我们需要认清，艺术，所有艺术的语言，并不是我们的母语。[19]

这里她是以读者和观者的身份发言，为那个滥情的寓言背书，即认为在所有的莫扎特身旁都围满了可悲的、无法改善的萨列里，那些想象自己是作家其实只是读者的人。艺术家是那个操母语的人，是双关语的主人；读者是困惑但欣悦的外国人——即使那人在其他时候自己也是艺术家。我在最后一章中将讨论这种划分阅读和写作的神话；在这里，我们主要是可以借此清楚地看到温特森赞同的是昨日的那些文学想法，是奥登和艾略特的世界，而非科塔萨尔和卡尔维诺的世界。

但这种忠于现代主义高姿态的立场，在温特森的小说方面发挥最大力量之处，在于其隐含的关于时间和叙事的论点。在我所称的加西亚·马尔克斯的后现代主义罗曼史中，我们已经看到了这种论点的一个版本，对时间加以巨细无遗的计数，而非堂皇地加以拒绝或与之战斗。这使得作家的心力重新投入在叙事上，回到了被遗忘的故事的丰富性。温特森要做的是很不一样的事，而在（相当飘忽不定地）做到这一点的同时，她对后现代主义可能是什么样子提供了非常不一样的概念。从她多处引用艾略特的诗句可以看出，她是想要保持高姿态的现代主义对时间和情节的敌意,并让故事在看来根本不是故事的情况下发挥作用。但就如她一再说到的,也如《激情》里那重复出现的美丽句子一直在告诉我们的,故事就是她必须处理的材料。"我是在说故事给你听。相信我。"[20]

> 我是一个不使用情节作为推动力或基础的作家。我真正用的是故事中的故事中的故事中的故事。我对民间传说或童话故事并不特别感兴趣,但我身边的确有这些东西,而我跟奥托里克斯(《冬天的故事》〔*The Winter's Tale*〕)一样,觉得人们假定它们的价值比它们真正有的多。[21]

这话说得有点粗暴,而且低估了故事。温特森并不只是使用故事而已,仿佛她也可以决定用别的东西。但她指出了当代小说中一个很重要的实践。为求清晰起见,用最粗糙但仍然颇令人头昏脑胀的形式来说,温特森是一个保留故事以拒斥叙事的作家。

这可能吗?在这样的方案中,故事会意味着什么?温特森告诉我们,她小时候在北部小镇的公共图书馆里工作的时候,明白了——

> 我先前朦胧知道的事情;那就是情节对我而言没有意义。要一个浑身都文满了圣经故事的人承认这一点是很困难的,但我必须接受事实,我爱的是语言,只有偶尔是叙事。[22]

这个浑身纹满故事的故事出自温特森的第一本书,《橙子不是唯一的水果》(*Oranges Are Not the Only Fruit*, 1985),其中的章节是以旧约中的各篇为名,生动而苦涩地详细描述了一个年轻女人发现了爱女人的禁忌乐趣,她逃离了她在兰开夏郡那严格虔信宗教的家庭背景,到伦敦展开写作生涯。这女孩名叫吉妮。"《橙子》是一部自传性的小说吗?"在该书再版的序言中,温特森替我们问了,然后回答,"一点也不是,以及是的当然是。"这本书中或许最具意义的洞见,也就是让吉妮得以脱离她实际的母亲,以及被她内化为福音派教会超我的那个母亲而获得自由的洞见,也是温特森自己在《艺术(物体)》中再度引用,并称之为一种智慧形式的一句话:"并非所有黑暗的地方都需要光亮。"[23]"我必须记住这一点。"温特森的叙事者又说。她的确记住了,温特森在可能是她最好的一本书《激情》中也记住了,在《给樱桃以性别》里则时有时无。之后,一种传教士的冲动又回来了,一种要把光亮带到黑暗角落的强烈动力,而她所有后来的小说,更不消说散文,都因为说教和时时困扰读者而受到了某种程度的损伤。

最严重犯了这个毛病的是《写在身体上》,这部作品中的叙事者性别暧昧,可能是男人也可能是女人,但跟男人女人都上过床,是个性的掠食者,但现在成为一个已婚美女的忠实情人,发现她得了一种无药可治的癌症。叙事者抛弃了那个他所爱的女人,表面上是为了她好,让她能安心地进行治疗,但事实上是因为他被那疾病吓坏了,而且深爱着一个强烈利己的想法,即他的举动终究是多么的高贵。问题在于:连最迟钝的读者,也都会比叙事者更早五十多页就已经了解到他的这种自欺。他必须到了教堂才会猛然醒悟,想着"路易斯之身为她自己,而不是身为我的情人,我的哀伤"[24],然后甚至还对我们训话式地说问题出在哪里:

> 我辜负了路易斯,现在已经太迟了。
> 我有什么权利决定她该怎么活?我有什么权利决定她该怎么死?[25]

完全没有权利,但这本书的整个情节靠的就是这个概念,即在某种震惊而困扰的情况下,人可能会把这种权利当成是合情合理的,而非只是遁词:

> 没有人能立法制定爱情;不能用命令或劝哄来让它为你效劳。爱是属于它自己的,对恳求充耳不闻,也不受暴力的动摇。爱不是你能讨价还价的东西。[26]

就算这话是真的,听来也很无味愚笨,而温特森每一本书中的每一个例子,都显示这不是真的。"命运是一个令人担心的概念。"叙事者说,还有"人类为什么这么矛盾?"[27]并不是所有的老生常谈都需要被写出来,尤其如果作者对老生常谈的人生没有兴趣的话。

"惹出麻烦的是那些陈腔滥调"[28],《写在身体上》的叙事者好几次这么说。这里丝毫没有我们可以在加西亚·马尔克斯、卡特以及石黑的作品中找到的那种直觉,即陈腔滥调也可能帮我们摆脱麻烦。

然而,就连温特森后期小说的这个弱点,也加强了一开始关于故事和叙事的那个重点。在她最新的一本书《根本的对称》(Gut Symmetries, 1997)里,她两次说到"叙事的梦魇"[29],但也强调讲故事的需要,就算这是不可能的任务:"当没有故事能被讲述时讲故事的需要";"每一个我开口讲的故事都横越一个我无法讲的故事而说话"。这本书的主要情境,是一个多加了些复杂性的三角关系:年轻的情妇(以不同的方式)同时爱着丈夫和妻子。每人都各有一段历史和一种文化认同(来自利物浦的英国人、意大利裔美国人、美国犹太人),三个人都经历了各种灾难而存活下来。整本书松散地系于一副塔罗牌上,强烈地反对封闭的范畴、分别的虚假性:

> 对我们的生活加以分别是一桩骗局。物理,数学,音乐,绘画,我的政治,我对你的爱,我的作品,我身体的恍惚,驱使它的那精神,每天的时钟,恒常的时间,打滚,粗糙,温柔,淹没,解放,呼吸,移动,思考的本性,人性和宇宙,这些都是组成在一起的。[30]

书中有些生动的文字,也有些好笑话,以及关于背叛的痛苦的精彩几页——那种艺术不太可能减轻的痛苦。"我明白痛苦会跳过语言，落在超越时间的哑然咆哮上。"[31] 但书中也有不少说教，还有一些相当丑怪的尝试，想用隐喻让感觉对我们显得真实。"史黛拉转向我，把我的心捏碎在她手里"[32]；"我真想爬进那盘子里，用蛤蜊酱覆盖全身"[33]。

这些风格化的姿态，以及温特森在她的小说中对我们的训话，显示她"只有偶尔"对叙事感兴趣，且情节对她而言没有意义。正因为情节没有意义，所以她得告诉我们意义是什么。但话说回来，如果她写的全是说教的话，我们顶多只会注意到她是个说教的人。所幸她做的不仅止于此。

温特森的故事通常是寓言以及/或者图像，鲜少在更大的情节架构里拼凑起来。但它们并非仅是叙事的意象，也并非仅是戏剧化的主张。如果说加西亚·马尔克斯和莫里森等人重拾了叙事中的顺序感，那种人们在无可反驳但多变的时间中的纠缠牵连，那么温特森就是用一种类似叙事招数的东西，来问时间是如何被想象的，以及这些策略如何影响我们对可能性的观念。尽管她对阅读抱持着老式的理论，但在这方面以及其他几方面她很接近卡尔维诺，后者的看不见的城市既引诱又逃避叙事。"我试图将抒情的强度和观念的宽度驱赶到一起"[34]，温特森说。说驱赶，显示出这任务的困难，但几乎没有暗示出这两者的相遇之处是在故事里。

温特森在《艺术（物体）》中对故事这概念既颂扬

又缩减，似乎很不一致，而她的论点也并不井井有条。但我认为，她说"我们了解自己大部分是透过我们自己和别人不断说给我们听的故事"[35]，以及"如果散文小说要存续下去，它要做的必须不只是讲故事"，是颇有道理的。福斯特的回音（"哦天呀，是的，小说作品会讲故事"[36]）有助于我们看见我们身在何处。在某种意义上，故事让我们成为时间的奴隶；在另一种意义上，它让我们能够重播甚至收回时间，邀我们重新整理并重新诠释我们所做过的事以及发生在我们身上的事。温特森的意思是说，我们是透过这些整理来了解自己的，但她静静地用故事来代表这个过程，显示这种了解并不保险。对她而言，故事永远包含着"被某人蒙过"[37]的意思——是被唬，而不是被护。《激情》中重复出现的那句话——"我是在说故事给你听。相信我"——不断在移转它的脉络；有时候它的意思是你可以相信我，因为我没有骗你说我不是在骗你，有时候的意思则是你如果相信这么离谱的东西，那你一定是疯了。在《根本的对称》中，我们看到这一段优雅的对话：

> 她：你看到的跟你以为你所看到的不一样。
> 我：听起来科学。
> 她：那不是要靠科学家吗？
> 我：是我的话，我不会靠科学家。[38]

我们对自己的了解可能纯粹是童话故事，我们需要不时修正这个故事——如果我们不做，人生或我们的朋友会替我们做。但很难看出这（持续不断的）改正除了更多故事之外还可能有什么形式，而故事这个简单熟悉的词现在看来至少有三四种不同的意义，如我们说"故事发展"指的是情节，或"新闻故事"指的是报道，或"至少我的故事是这样"指的是这是我的版本，或"你是不是又在说故事了？"指的是你是否又在撒谎。我们需要故事所有的这些意义，尽管在某些时刻我们当然会比较倚赖其中之一。温特森写道：

> 当我们让自己对诗、音乐、图画做出反应，我们是在清出一个让新故事可以生根的空间，事实上，我们是在为关于我们自己的新故事清出一个空间。[39]

有趣的是，这些例子并不包括小说作品。

花豹的鬼魂

温特森最喜欢也最成功的故事形式之一是警句，这种模式的意义总是比说出来的多，且总是暗示着不在场的叙事。"他把冬天当成食品储藏室来用。"[40]《激情》这样说拿破仑。"波拿巴家族什么东西都点，从奶油到大卫"[41]；"我们吃的肉大部分都来自无名的区域，我怀疑那些动物连亚当看了都不会认识"[42]。这里的叙事者是法国人亨利，他曾经是拿破仑的拥护者及仆人，现在被关在威尼斯附近一座岛上的监狱里,因为他犯下了一桩激情的罪行——说得更确切也更复杂一点,是他杀了威尼斯女子薇拉妮尔的痴肥好色的丈夫,他爱那个女人,但那女人爱着另一个女人。到了这个世纪的这个阶段,没人想得到威尼斯或拿破仑战争可以被写得这么具有新意,但温特森笔下重现的景物,有着令人惊异的速度和机智。这本书虽然加以抑制但仍可看出的寓意是,激情可以拯救我们脱离温暾的行尸走肉般的生活——简言之,这是温特森每一本书的寓意。但在这本书中,她将重点专注在激情之上,而非轻易表达她对这缺乏热情的世界的不屑,其所造成的效果是让激情本身活了起来,就算在它摆荡脱离了叙事的时候,就算在它被否认的时候皆然。例如年轻的士兵不知道如何"聚集起他们对生命的激情,并在面对死亡时找出它的意义……但他们的确知道如何遗忘,于是他们渐渐将他们体内燃烧的夏季撇到一边,有的只是色欲和愤怒"[43]。"激情是介于畏惧和性之间的某个地方"[44],温特森一再告诉我们,然后她再度回到那些士兵的两难处境,这是另一条较古老的脉络,是拿破仑远征莫斯科之役的那些生还者:

> 在面对死亡时,你无法找出你对生命的激情的意义,你只能放弃你的激情。只有这样,你才可以开始存活。
> 而如果你拒绝呢?[45]

激情是"绝望的",不管对象是男人、女人,还是皇帝。这是一种"执迷"的形式,温特森经常将它比拟为赌博,而这是薇拉妮尔在威尼斯以及在人生中主要的消遣之一。"你玩,你赢,你玩,你输。你玩。"[46]"我们带着赢的希望赌博,但让我们兴奋的是想到我们可能会输掉的东西。"[47]"是赌徒对输的感觉使得赢成为一种爱的行动。"[48]只不过温特森小说中的人物总是输——或者就算有赢,也只能是透过他们的输。他们看见他们原来可能赢得什么,要不是他们玩得太小心的话。单恋是常态;死亡摧毁意义。于是"激情"意味的不只是对狂暴执迷的,至少是理论上的鲁莽献身,而是一种对慎重心理的有原则的拒斥,就算你在现实中对之屈服。温特森发明了一个寓言。这里是薇拉妮尔在想着她所爱的那个捉摸不定的已婚的威尼斯女人。你可能可以——

> 拒绝激情,就像你或许会明理地拒绝放一只花豹进屋,不管一开始它看来有多温驯。你或许会想,你要喂饱一只花豹不成问题,而且你的花园也够大,但你至少在梦中会知道,没有花豹会满足于人家给它的东西。过了九夜之后必然要有十夜,每一次绝望的会面只会让你更绝望地渴求另一次。食物永远不够吃,花园对你的爱而言永远不够大。
>
> 因此你拒绝了,然后发现你的屋子被花豹的鬼魂所缠扰。[49]

这个寓言的吸引力，以及那些关于冬天或拿破仑或亚当的警句的吸引力，在于为一种小说形式提供了一个可行的模式，既不是老的小说作品，也不是新的喋喋不休的故事，而是对一个有趣情境所做出的布莱希特式的生动摘要——那种会让你把冬天当成食物储藏室来用的胃口；波拿巴家族像点菜似的点的那些绘画的题材；在开天辟地完成之后新出现的动物。这些例子中的情境都没有血肉，也没有多少悬疑，但却不是没有激情或重要性。我们填补了故事，不是因为我们只有故事，而是这是故事快乐地邀请我们所做的事情之一。有些是故事世界，有些是小说作品世界，还有些世界是仍需要被想象的，它们在这些够简略、够迅捷、能把创造世界的事交给我们的故事边缘等待着。薇拉妮尔想着她的"另一个人生，平行的人生"[50]，那个她可能跟她所爱的女人而非那肥胖且死期不远的丈夫共度的人生。但她并没有用任何感官或具体的方式将这个人生描述给我们听。她呈现出的是思想的纯粹罗曼史，就像贝克特写知性的喜剧，以及巴特渴望那种知性所应得的小说作品。这几乎根本不是叙事，但的确是广阔的故事，足够延续好几辈子：

> 那么这是否解释了何以有时我们遇见一个不认识的人却立刻觉得我们一直都认识他们？而他们的习性也不会令我们意外。也许我们的人生是像扇子一样展开在我们四周，我们只能知道一个人生，但却错误地感觉到了其他的。[51]

这种可能性是真实的，甚至是熟悉的，但此处令人兴奋之处全在于感觉到那种可能性，而非已完成的现实。"每一段旅程的线条中都隐藏着另一段旅程"，我们在《给樱桃以性别》的第二页读到这句话，然后隔了很久在同一本书中又读到："每个人都记得一些从未发生过的事。而人们常忘记发生过的事，这也是常识……我听过别人说，我们的童年形塑了我们。但是，是哪一个童年？"[52]

"你必须唤醒你的信念"，这是温特森很喜欢在她作品中重复的一句话。这句话出自莎士比亚的《冬天的故事》，就在一个既是奇迹也是诡计，既是诡计也是奇迹的事情发生之前，即一个被认为已死的女人复活，以及一个被认为是雕像的女人苏醒活过来。这句话或许会让我们联想到玛莎琳的那段话，关于难以相信世界上的事情以及不知道你是如何相信的，就算你已经经历过了那些事。信念是证据的相反，这点信徒和怀疑论者向来都知道。但或许与现实——任何现实——最完足的遭逢，是既需要信念又需要证据的，有能力继续相信你刚经历过的那经验。当然，引申而言，也要能相信你没有经历过的经验，小说的权威。"我是在说故事给你听。相信我。"

在《根本的对称》中，温特森重复了《给樱桃以性别》中的一个意象，一栋似乎是从卡尔维诺的看不见的城市之一浮出的房子。这是较早的版本：

  住在这栋房子里的那家人有种很奇怪的习惯。

他们绝对不让自己的脚碰到地板。打开大厅通向各处的门,你看见的不是地板,而是一个个无底洞。屋里的家具都悬挂在从天花板垂下的架子上;餐桌是由粗大的铁链支撑住的,每一节环扣都有六英寸粗。在这里,吃饭是个很奇特的经验,客人必须坐在一把镀金的椅子上,然后被纹盘吊拉到他的位置。他是最后一个到的,那家人已经坐在那里取乐了,在住着鳄鱼的深渊上方晃动着他们的脚。每个人吃饭的时候都有一大堆杯子和餐具,若其中有些不小心掉了下去还有别的可用。饭后剩下的残羹冷炙全都被扫到洞里去,可以听到那底下传出令人畏惧的嘎吱嘎吱的咀嚼声。

大家都吃饱之后,男士们留在桌边,让女士们先走一条钢索到另一个房间去,在那里吃饼干、喝酒配水。[53]

这意象有种儿童故事的感觉:高度形式化,危险,以及空中幻想的一种版本,那种生活在树上或空中的梦想。但在这段只有最低限度叙事的描述中,也有一种几乎令人无法抗拒的邀请,邀你来编故事,来继续想象这栋房子里的生活,想象它是怎么会变成这样的,以及将来会发生什么事。并不是所有的房子都像这样,尽管任何一栋房子都有可能。罗兰·巴特在《明室》中说到一张照片,拍的是西班牙乡下一条相当没特色的街道,"我就是想住在那里"[54]。"对我而言,"他又说,"风景的照片……必须是可居住的,而非可造访的……

看着这些偏爱的风景,仿佛我真的确定曾经到过那里或会去到那里。"卡尔维诺的那些城市带给我们的感动不是这样的——吸引我们的是那些城市的设计,其经济和建筑中的秘密——但温特森那些想象之地的吸引力很大一部分便是如此。即使温特森在《给樱桃以性别》中描述了一个跟卡尔维诺的幻景接近得不能再接近的城市,最终她支持的还是居民而非旅行者的幻想。

> 这个地方的居民非常狡猾,为了逃避紧迫不舍的债主,他们会连夜把房子打掉,然后到别的地方去重新盖起来。因此这城市里建筑物的数目总是一样的,但每天所在的位置都不同。[55]

这种习惯"解释了何以住在那里的男女都很长寿",但最重要的是,它实现了一个同时在别处的家的幻想,就像巴特那条在西班牙的街道,也像精神分析中母体必然永远代表的一样。"这城市的居民调和了两种不协调的欲望:既留在原地,又永远离开它。"

《给樱桃以性别》的时间背景主要设在十七世纪,叙述弃婴约旦长大之后成为伟大旅行家的冒险经历,还有把他从约旦河里救出(这就是他名字的由来)并抚养长大的庞然的犬女(Dog-Woman)。历史上真有其人的收藏家兼园艺家约翰·崔德斯坎(John Tradescant),在约旦的教育中扮演了重要的角色,这本书的书名也来自于他,因为他专精给樱桃接枝,并教导约旦即使不是由种子长成的樱桃树也可以有性别("樱桃树长大，我们给了它性别，于是它是女的"[56])。我们可能会想起在《艺术（物体）》书末所出现的一段关于那名阉歌手的对话：

>   "他是男人？"
> "是的，可爱的孩子。"
> "他也是女人？"
> "是的。"
> "上帝没有造出这种东西。"
> "上帝造出了所有的东西。"[57]

重点不在于骗过大自然，而是要逃离囚禁自然或任何东西的神话。"语言总是背叛我们，"温特森在《给樱桃以性别》中写道，"我们想撒谎时它说实话，我们非常想讲得精确的时候它溶解得不成形状。"[58]这种背叛的这两半都很重要，也都带我们回到故事的观念。故事体现了实情以及我们想撒谎的欲望，它很难不这么做；它提供给我们一种违背它原意的精确的形式。"我们无法在时间中往复来回，"温特森写道，"但我们可以用一种不同的方式来经验它。"[59]在这本书里，那不同的方式包括了约旦和犬女的二十世纪化身，那是古老的渴望和欲念回魂到新的身体里。这些景象并非完全具有说服力，但时间纠缠的这个概念则有。我们又回到了艾略特的《四首四重奏》，我们或许会记起那诗后来弃之不用的、出自《匹克威克外传》(*The Pickwick Papers*)中的题词："时间真是个难对付的东西啊,不是吗,奈迪?"[60] 时间是会过去的,如我们(两度)在《百年孤独》中读到的一样。是会,pero no tanto, 但没那么多。叙事的梦魇提供了一时的缓刑。

结局

那双眼睛，那个微笑

纳博科夫的《普宁》（1957）中有一个很精彩的片段，我们这位笨手笨脚的主角正计划要开一门关于专制暴政的课。"人类的历史就是痛苦的历史"[1]，普宁热切地说。他那亲切友善的上司敲敲他的膝盖，说："你真是个不得了的浪漫主义者，提摩非。"我颇惊讶地发现，自己竟将这随意的黑色喜剧意味，这可以说是明亮的黑暗，跟瓦尔特·本雅明笔下的天使所回首瞪视的历史联想在一起，那更为复杂、显见充满痛苦的历史：

> 他瞪着眼睛，张着嘴，伸展着双翼。想象中历史的天使就是这个模样。他的脸转朝向过去。在我们看来是一连串的事件，他看到的是单独一个大灾难不停堆叠着愈来愈多的损害，然后将之扔在他脚下。天使希望能留下来，唤醒那些死者，将粉碎的事物变为完整。但从天堂吹起了一阵风

暴，激烈地缠在他的双翼之间，让那天使再也合不拢翅膀。这风暴以无法抗拒之势将他抛向他所背对的未来，同时他面前的残骸堆得高上了天。这风暴就是我们所称的进步。[2]

普宁是历史的天使？不尽然。普宁是教会自己不去看见那天使所必须注视的东西的人：

> 为了要理性地存在，在过去十年中，普宁教会了自己永远不要记起蜜拉·贝罗契金——不是因为想起一段年轻时平庸而短暂的恋情本身，会威胁到他心灵的宁静……而是因为，如果你诚恳地扪心想想，没有任何良心、因之也没有任何意识，能够存在于会任蜜拉那样死去的世界上。你必须遗忘——因为想起那个念头会让你活不下去，想到那个优雅、纤弱、温柔的年轻女子，有着那双眼睛、那个微笑，背后是那些花园和雪景，却被用载牲口的车送到集中营，心脏被注射了苯酚而死去。[3]

重点不只是在于纳博科夫和本雅明，这两个就任何方面而言都不太搭调的人——在此看来真的相当接近——关注同样可怕的历史和人类的残骸，更重要的是，如果把他们相提并论要有道理的话，我们必须越过这些只是简略表达方式的名字，去思考这些名字底下所潜藏的假定、姿态、立场、效忠对象等，这些名字为我们暗示或聚焦的一切东西。如果自称唯美主义者的人跟自称马克思主义者的人有着同样的世界观，如果他们的（非常真实的）差异在这方面只是策略而非感知或判断上的差异，那么就有各种关于美学和历史、美学和政治的问题需要我们重新思考。在纳博科夫作品中看来像是漠然或高傲的东西，有很多会是一种审慎；就连他真正的漠然和经常出现的愚蠢的政治看法，也都可以读作是伤害留下的标记。更不消说我们或可形成一种关于文学和历史的论点，纳博科夫在其中会发挥支点或杠杆的作用。如果连繁复雕琢的纳博科夫都可以显示出是如此地困于他那个时代的黑暗之中，那么对于比较容易的例子，我们就更不会有太多困难了。

我们还可以更进一步。并不只是说多话的纳博科夫其实是沉默的艺术家，事实上，他更以他自己的用语，承担了阿多诺那些充满苦痛的主张，关于文学以及文化在一个损伤得无可挽回的世界中所扮演的角色——当然尤其是他断言"在奥斯维辛（Auschwitz）之后写诗是野蛮的"[4]。普宁的意思是，就连记起布痕瓦尔德（Buchenwald）[1]都是野蛮的。而很不简单的是，纳博科夫找到了一种写作的形式，既不接受但也不特意逃避它本身的野蛮性。而且不只纳博科夫如此。我此刻想到的还有格拉斯和加西亚·马尔克斯作品里的场景——《铁皮鼓》（*The Tin Drum*）中的那个洋葱地

---

[1] 奥斯维辛和布痕瓦尔德皆是最广为人知，亦最惨绝人寰的纳粹集中营所在地。

窖，好德国人在那里流下除此之外哭不出来的眼泪；《百年孤独》中打扮得像扑克牌的人们被屠杀——在这当中，不可说的事物出现时（起初）像是无动于衷的闲聊。表面看来平淡的报告偷走了我们的沉默，那是由于惨事之杂乱但不惊讶的噪声使我们一直在想象的沉默，而在这被偷走的沉默中，一小段痛苦的历史被说了出来。

然而，这种关于野蛮的论点也自有其一段历史。"没有一段文明的记录不也同时是野蛮的记录"（Es ist niemals ein Dokument der Kultur, ohne zugleich ein solches der Barbarei zu sein），这是本雅明的名言——阿多诺的讲法背后所潜藏的也正是这句话[5]。这句话常被认为是说，除去了所有意识形态的虚矫之后，文化就是野蛮，但它并不是这个意思。事实上，表面上它没有说出什么非常特别的话。马丘比丘（Macchu Pichu）[1]和埃及金字塔动用了成千上万无名之人的苦工；伟大遗迹的建造都是耗费了庞大的人力代价。本雅明是要我们记得那些成千上万的人，那庞大的代价。更有意思的看法是，我们或可认为他说的是我们想忘记那代价，只想到文化，因为那代价实在太高了；而他当然也是在说，文化和野蛮是一体的，你不可能只得其一而不得其二。这样的意味将不只是说，可见的胜利是建立在看不见的压迫上，更是说文化和野蛮是同一座遗迹的不同面向，只是视角的问题。并非完全相同，仍然是相反的；

---

[1] 南美印加帝国的著名古城。

但两者必然相连。

阿多诺那句关于在奥斯维辛之后写诗的话，其上下文脉络说的正是这个意思。"文化评论面临着文化与野蛮之辩证的最后阶段。在奥斯维辛之后写诗是野蛮的，连对为何如今写诗变成不可能这件事的知识都会被侵蚀（frisst auch die Erkenntnis an）。"[6] 这里说的不只是文化的记录也是野蛮的记录，而是说在某些脉络下，文化这概念本身就变成了野蛮——因为为文化辩护，或做出文化的姿态，就是背叛了文化所曾经代表的一切，就是跟文化的任何敌人一样野蛮。甚至连这么说都是野蛮的。

在纳博科夫的《庶出的标志》(*Bend Sinister*, 1947)中，一个极权国家的政府官员向一名急得要发狂的父亲解释，他的八岁儿子是如何被带到"不正常儿童研究所"去遭受折磨虐待的。那父亲还不知道他的儿子已经死了。研究所的做法是将小孤儿交给"最有意思的犯人"，让他们拿那孩子来运动。"这理论……是如果那些真的很棘手的病人，能每周有一次机会将他们被压抑的渴望（过分的想伤人、想毁灭等等的冲动）彻底发泄在某个对社会没有价值的小小人类生物上，那么他们心中的邪恶就能逐渐散发掉，也就是说'effundated'，最后他们就会变成好公民。"[7] 那官员不带反讽的语调，在我们听来是一种不弯曲的间接言辞。那一切可怖的惨状都留给我们去想象，字里行间有着对那噩梦的暗示，诸如"真的很棘手的病人""彻底发泄""渴望""过分的想伤人的冲动""某个对社会没有价值的小小人类生物"。有什么想伤人的冲动是不过分的？是谁在这么轻快地说着这个没有价值的小小人类生物？在这文字背后有着强烈的愤慨，但同时也有种感觉，那就是在面对真正的穷凶极恶，在面对这个会"任蜜拉那样死去"、会以这种低级社会学为酷刑折磨辩护的世界时，愤慨是无助也不适恰的。就历史层面而言，创造出这个世界就已经很野蛮了；在小说里重新创造出它也是野蛮的；而谴责哀叹它则是更隐秘的野蛮，仿佛它只是品味上犯了错误，或者仿佛我们的谴责哀叹会有任何意义。

要花上一点时间，才能领会纳博科夫在《庶出的标志》中做的是什么。他是在透过夸张的修辞对纳粹的暴行做滑稽扭曲的模仿——没人会想到这是可能做到的。他也是在宣布，或至少亲身示范，那种阴暗、哑然的特殊反讽形式，如托妮·莫里森和石黑一雄这么南辕北辙的作家，都借由此形式得以说出历史的惨事而没有加以软化，但也没有宣称自己免疫于它们的传染。他是在让折磨和凶杀听来甚至更自满自得、更轻率地专注于享受别人的痛苦，其程度大概超出了实际的情况；而他也给了它们（暗含）的言辞现代社会思想的语汇。这个机构的官员真的相信这套关于社会救赎那些杀人囚犯的胡话吗？嗯，何者更糟？是他们应该相信，还是他们应该不相信？是他们是残暴、受过教育的蠢人，还是他们是残暴、受过教育的愤世嫉俗者？然而清楚的是，在《庶出的标志》出版的1947年当时，这些人代表的不只是一组可辨识的历史行径，而且，由于我们无法穿透他们的语言进而触及那暴行本身，因此他们也代表了我们在面对这些行径和它们在国际间无论是过去还是现在的丑陋同类时，我们本身的无助以及（我恐怕是太常出现的）漠然：对于老套的邪恶，老套地不感到惊讶。

隐藏在远处

痛苦的历史变成了沉默的书写——许多的沉默。这是小说作品和故事能让历史三思的方式之一。一切都要靠沉默被打破的语调和时机，以及作者对字词无法触及之事物的忠诚。但是读者呢？这过程中他的舒坦难道不会发生变化吗？

伊塔洛·卡尔维诺曾写道，他"花在别人的书上的时间比花在我自己书上的时间多"[8]。他还说，"我对此并不后悔。"作家会说出这样的话一定很不寻常，即使这作家是在出版社工作。我们或许会想起《如果在冬夜，一个旅人》里被形容为"一个畏缩、弯腰驼背的小个子男人"[9]的卡维达纳先生，不是因为他是那个样子，或者看起来是那个样子，或者甚至因为他似乎是从一本其中小个子男人总是畏缩、弯腰驼背的书里冒出来的。不是："他似乎是来自于一个人们仍阅读你会在其中碰上'畏缩、弯腰驼背的小个子男人'的书的世界。"

卡维达纳先生很轻柔地将校样放在桌上，"仿佛稍微一碰就会弄乱了印出的铅字的秩序"[11]。卡尔维诺的文学感有很大一部分都包含在这小小的意象中。"我仍然有种观念,那就是和平自由的生活是一种脆弱的好运,随时都可能从我手中被夺走。"[12] 秩序可能是一种谦逊的艺术形式,是良好社会的模型;或者也可能是完全的压抑。我们并非总是能够选择哪种秩序,但我们的确可以选择如何想那些秩序。"最理想的图书馆,"卡尔维诺说,

> 是那种其引力朝向外部,朝向"不明"(apocryphal)之书的图书馆,那是这个词在语源学上的意思:也就是说,"隐藏"的书。文学就是在寻找隐藏在远方的、改变已知之书的价值和意义的那本书;就是一股拉力,朝向仍未被重新发现或者发明的新的不明文本。[13]

重新发现或者发明。被阅读或者被书写。我在此思索过的许多小说都合并了这两个词,仿佛阅读惯常会延展成为书写,仿佛写作者永远是优秀的读者,也经常是优秀的评论者。事情并非一直都是这样子的。仅仅是昨日,作家们还在夸耀他们的生活经验很多而读过的书很少。当然,当代作家并非只是颠倒了这些词。他们从旧的和新的小说中获得了极大的乐趣,但他们并不将阅读对立于生活。他们甚至不挑战或致力于解构这种对立,例如说阅读就是生活,或者说生活是一个不敢说出自己名字的文本。他们只是认清阅读的风险;书写已经长久以来都将这些风险据为

己有了。

"如今可以相当严肃地说，我们需要的不是文学史而是阅读史；在稍微早一点的时期，这种看法会显得空洞愚蠢。"[14]说这话的是弗兰克·克莫德（Frank Kermode），话中的"如今"是1975年。这种被感知到的转移的象征中心，是巴特1968年的那篇《作者之死》（The Death of the Author），其最后一句话是弗雷泽式（Frazerian）[1]的："读者之诞生的代价必须是（doit se payer de）作者之死。"[15]在此前一年，卡尔维诺已经把作者变成了写作机器，同时将被我们视为与写作联结在一起的生命和创意交给了读者。"作者：那个过时的角色，传达讯息的人，良心的指挥者，对文化体训话的人……作者消失了——那个被宠坏的无知之子——让位给一个更深思的人，这个人会知道作者是一部机器，会知道这机器是如何运作的。"[16]

为什么"在稍微早一点的时期"，关于阅读史的那种看法会显得空洞愚蠢？这里推翻的是什么样的关于阅读的暗含主张？我想，旧的主张是认为阅读（对一些人而言）是难以学习的，但一旦学会之后，就丝毫没有问题了；就像骑脚踏车一样。一种基本的技术，没有理论探究的需要。我们都这么做（这是说会做的人），不需要去谈它。因此读者是文学关系中的那个无趣的伙伴，总是存在，而且是需要的，但不会有什么

---

[1] 弗雷泽（James George Frazer，1854—1941），英国人类学家及民俗学家，名著《金枝》的作者。

达成严肃了解的希望。阅读是一种被动、驯服、安静、被掩蔽的活动。奥登一首著名的诗将阅读与骑马（以及畏惧与行旅、惊恐与听见）[1] 加以对比：

> "哦你要去哪里？"读者对骑者说，
> "那致命的山谷有熔炉燃烧，
> 彼处的堆肥臭味会令人发狂，
> 那峡谷是高大之人回归的坟墓。"

> "哦难道你以为，"畏惧者对行旅者说，
> "黄昏会为你走向那山隙而延迟，
> 你的勤奋寻觅会找到缺漏之物，
> 你的脚步会从花岗岩踏到草地？"

> "哦那只鸟是什么，"惊恐者对听者说，
> "你有没有看见那株歪扭的树木的形影？
> 那身形在你身后迅速轻悄地来到，
> 你皮肤上的那斑点是种骇人的疾病。"[17]

在最后一节诗中，那三个主动的人物（骑者、行旅者、听者）似乎融合成单一的角色做出轻视的回答，尽管那些问题、那些恐惧仍然是分开的，复数的：

---

[1] 此处的这三组对照（reading and riding, fearing and faring, horror and hearing）皆押头韵。

>"去到这间屋子之外"——骑者对读者说，
>"你的永远不会"——行旅者对畏惧者说，
>"他们是在找你"——听者对惊恐者说，
>然后他离开他们，然后他离开他们。

奥登也曾在一篇文章中说过，"作者的兴趣和他读者的兴趣永远不同"[18]。永远？嗯，至少在我上面所引的那首奥登的诗里，还有那诗所暗指的世界里是如此。伴随着有关读者的旧主张的还有写作的神话，说写作是一种寂寞、困难、危险、孤寒的艺术；是一种神秘；是一段冒险。在那个神话里，读者只是待在家里而已；是坐在扶手椅上神游的冒险者，从他人的惊人事迹中获益。在1967或1968年当时或其前后的情况是，读者也要分享一份光彩，于是发展出了一个关于阅读的新神话。事实上，它正和写作的神话一模一样：是一种寂寞、困难、危险、孤寒的艺术等等。我想这两个神话都各有相当的真实性，我也不想太过于取笑它们。但如果这两个神话只是继续大眼瞪小眼，宣称自己拥有所有的或相等的刺激，那么我们很难开始对它们有所了解。

读者唯有透过用一种不同的方式去理解阅读，才能得到属于他们的那一份光彩（如果真有的话——这问题仍未有定论）。在这种意义下，我们所检视的这个发展并不是最近才出现的，只是到近来才成熟，因为它似乎是那场由理查兹（I. A. Richards）、燕卜荪

（William Empson）和新批评派（New Criticism）[1]所肇始的运动的成果。当理查兹说："燕卜荪的细密详查……提高了一种困难而非常危险的艺术之野心和成就的标准"[19]，他指的是阅读而非登山。布莱克摩说，理查兹的作品对泰特（Allen Tate）和兰塞姆（John Crowe Ransom）的影响在于，它们证明了"阅读的巨大困难"[20]。在这个意义上，新读者是新批评派的不听话的孩子。阅读变成了写作的伙伴，比以前丰富完足得多的伙伴；也许比较资浅，但只差一点点而且并非总是如此。这改变的主要影响，或至少是最有吸引力的影响，是评论记起了它有多倚重想象力，而作家也变成了优秀得多的读者。

我记得以前念书的时候，我因为被称作书呆子而非常生气。不是因为我不喜欢书——我爱书——但我不喜欢当呆子。这意味着我只喜欢书，而且这种喜欢本身是不健康的；是某种非常病态、关起门来、暗地进行的活动。就连对这种阅读观点友善的人，那些喜欢隐蔽和平静的人，在既想阅读也想骑马的人看来，都可能像是敌人。当时在我面前摆出来的阅读和骑马这两种活动，不是可以互换交替的，而是对立的不同命运。当时我不会（现在也不太）着迷于华莱士·史蒂文斯那个描绘阅读行为的意象，那有着宁静的屋子和

---

[1] 理查兹和燕卜荪皆为二十世纪的英国文学评论家，试图建立一套科学方法，以检视文学如何形构心理状态。新批评派包括下文提及的泰特和兰塞姆等人，该派主张文学乃集体潜意识的表现。

安详的世界：

> 屋里宁静，世界安详。
> 读者与书合而为一；而夏夜
> 就像书的有意识的存在。
> 屋里宁静，世界安详。[21]

很美；但只是对书呆子而言。想想这首诗的年代——1946年——能有助于我们了解它，当时世界才刚刚平静下来[1]。阅读是和平，是放逐了暴力；这首诗当然也暗暗蕴含了所有它抵挡在外的那一切。尽管如此，这是旧式的阅读，而就我所知，这项危险艺术的新版本的最佳范例，是胡里奥·科塔萨尔的短篇小说《公园的延续》(Continuity of Parks, 1959)中所描绘的诡异情境。在这里，屋子宁静，世界安详，但一个男人被他正在读的一部小说中的人物杀死了。这篇小说的长度只有一页半，实际上是三个动作或者说阶段[22]：

1. 将阅读描绘为一种逃脱，是离开忙乱世界的假期——男人坐在他的书房里，背对着门（"就连有人闯入打岔的可能性都会令他烦躁，如果他有想到的话"），拂拂他最喜欢的那张绿色天鹅绒的扶手椅，享受随手可及的香烟，以及从他窗子可以看见的公园吹来的晚风，然后埋首沉入故事

---

[1] 指第二次世界大战刚结束。

中,"一个字接一个字,逐渐投入男女主角悲惨的两难处境,让他自己深入其中,直到那些意象稳固下来,并有了色彩和动作"。

2. 描述他正在读的那本小说中的一个紧要关头,这对情人在小屋里碰面("女的先到")。他们亲吻,男人拒绝女人的拥抱,因为他一心想着他们计划好要办的事。他拿出刀/匕首,再次确认他们的准备步骤。

3. 移动到正在读的那本小说里——不知不觉地,在第二和第三阶段之间转换——从那男人的观点以特写叙述行动。有这种小说里会出现的那种"微黄的雾",还有关于男人听见自己血管砰然跳动的声音的那套陈腔滥调。一切都跟那女人——想来是即将被杀的男人的妻子——先前描述的一样:"先是一间蓝色的房间,然后是大厅,然后是铺了地毯的台阶。走上去,有两扇门。第一个房间里没有人,第二个也没有。起居室的门,然后是手上的刀,大窗子透出的光,一张绿色天鹅绒扶手椅的高高椅背,坐在那椅子上正在读一本小说的男人的头。"

"教训:用那种方式读小说作品是危险的,是一种心理上的自杀,小说会因为读者相信了它而对他施以报复"(杰森·威尔森〔Jason Wilson〕)[23]。我不确定这个精彩而淘气的小故事中是否含有教训。它的确暗示了读小说作品是危险的——但我会认为这暗示包括了所有的小说作品以及任何的阅读方式,并没有任何限制条件或排除在外的例子。但在故事中也有着乐趣,以及读者想象力的一项黑暗胜利。天真的读者是有创意的读者。如果那男人没有沉迷在小说中,小说不会真实到足以杀死他。这样的念头确实具有一种阴森的兴味。然后还有:故事本身令人毛骨悚然的成分,希区柯克式的效果,真正暗示的与其说是相信的危险或胜利,不如说是越界所带来的寒意,一种概念层次上的混淆,一种恶作剧式的范畴上的错误。从虚构世界到"真实"世界、从一个公园到另一个公园的过渡,容易得令人恐惧。我们并不是替这个(毕竟描述得相当简略概要的)男人害怕,而是我们被科塔萨尔搞得晕头转向,因为他拒绝将读者和被读的东西分开,将物质的和文本的分开;拒绝让那男人拥有在真实的伤害和想象的伤害之间惯常有的差异;拒绝让我们拥有在文本之外的安全空间。我们一边阅读一边回头看背后,在想的不是有没有人来杀我们,而是我们是不是胡里奥·科塔萨尔笔下的产物。我们是受害者,我想,不是因为我们是天真的小说作品读者,而是因为我们是读者。在此被杀或即将被杀的,不是一个人物而是我们的豁免权;那种旧式的安静阅读的特权。

卡尔维诺是一个阅读了很多书的作家,想象力对他而言是一种思索可能性的方式,"一份剧目表,包含了什么是潜在可能的,什么是假设的,什么是不存在也从来未曾存在过,或许也永远不会存在但曾经有可能存在的"[24]。文学让我们改变我们"世界的意象",

而为了这个原因,需要惊人的野心。"只有我们为自己订下无法计量的、毫无希望能达到的目标,文学才能继续活下去。"[25] 这听来相当浮夸,颇不像我们在其作品中认识到的卡尔维诺,直到我们完全了解到他心目中的目标有多遥远,直到我们记起他要追寻的不明之书,以及他对超越人力范围之事物的兴趣。卡尔维诺就像帕洛马尔先生一样,受到超越或巧妙躲避我们的事物的吸引。我们无法超越人类,超越诠释,而发言的沉默也就不再是沉默了。但读者和写作者都继续在学到,沉默不只是在字词之外,也在字词之中,而那些隐藏在远处的书,那些好几种沉默之子,也许就是我们最需要的书。

注释

导论

1　Walter Benjamin, "The Storyteller, "in *Illuminations*, trans. Harry Zohn (New York: Shocken, 1969), p.87.

2　Ibid., p.86.

3　Italo Calvino, *If on a Winter's Night a Traveller*, trans. William Weaver (London: Picador, 1982), p.101.

4　Walter Benjamin, "Theses on the Philosophy of History," in *Illuminations*, p.225.

5　Jeanette Winterson, *The Passion* (New York: Vintage, 1989), pp.5, 13, 69, 160.

6　Thomas Pynchon, *Gravity's Rainbow* (New York: Penguin, 1995), pp.737-738.

7　W. H. Auden, *The Dyer's Hand and Other Essays* (New York: Random House, 1962), p.6.

8　Ibid., pp.6-7.

9　Malcolm Lowry, *Under the Volcano* (New York: Plume, 1971), pp.133-134.

10　Ibid., p.10.

11　Marcel Proust, *By Way of Sainte-Beuve*, trans. Sylvia Townsend Warner (London: Hogarth, 1984), p.198.

12　Marcel Proust, *Against Sainte-Beuve and Other Essays*, trans. John Sturrock (London: Penguin, 1988), p.98.

13　W. H. Auden, "In Memory of W. B. Yeats, "*Collected Poems* (London: Faber, 1991), p.248..

14　Archibald MacLeish, "Ars poetica, "*Collected Poems* (Boston: Houghton Mifflin, 1962), p.51

15　Ludwig Wittgenstein, *Tractatus Logico-Philosophicus*, trans. D. F. Pears and B. F. McGuinness (London: Routledge, 1974), p.74.

16　T. W. Adorno, *Hegel: Three Studies*, trans. Shierry W. Nicholson (Cambridge: MIT Press, 1993), pp.101-102. Quoted in Marjorie Perloff, *Wittgenstein's Ladder* (Chicago: University of Chicago Press, 1996), p.12.

17　*Wittgenstein's Ladder*, p.12.

18　Samuel Beckett, *Three Dialogues with Georges Duthuit*, quoted in Hugh Kenner, *Samuel Beckett* (New York: Grove, 1961), p.30. Cf. Samuel Beckett, *Molloy*, trans. Patrick Bowles in collaboration with the author (New York: Grove, 1965), p.28: "不想要说，不知道你想要说什么，不能说你认为你想要说的，而永不停止说，或几乎从不，这是该牢记在心的，即使是在写作热烈迫切的时刻亦然。"

19　Henry James, "The New Novel, " in *Literary Criticism: Essays on Literature, American Writers, English Writers* (New York: Library of America, 1984), p.124.

20　Gustave Flaubert, *Correspondance*, vol.3 (Paris: Conard, 1910), p.508. 作者自译。

21　Paul de Man, *Blindness and Insight* (Minneapolis: University of Minnesota Press, 1983), p.107.

22　Walter Benjamin, "The Storyteller, "in *Illumintions*, p.86.

23　Ludwig Wittgenstein, *The Blue and Brown Book* (New York: Harper and Row, 1965), p.40,

24　Stéphane Mallarmé, "Quant au livre, "in *Oeuvres complètes* (Paris: Bibliothèque de la Pléiade, Gallimard, 1945), p.372. 作者自译。

25　Paul de Man, *Allegories of Reading* (New Haven: Yale University Press, 1979), pp.9–10.

26　Roland Barthes, "History or Literature, "in *On Racine*, trans. Richard Howard (Berkeley: University of California Press, 1992), p.155.

27　Frank Lentricchia, *After the New Criticism* (Chicago: University of Chicago Press, 1980), p.310.

28　Edward W. Said, *Musical Elaborations* (London: Chatto and Windus, 1991), p.93.

1　小说作品的仁慈

1　Georg Lukács, *The Theory of the Novel*, trans. Anna Bostock (Cambridge: MIT Press, 1973), p.88.

2　Ibid., p.20.

3　Ibid., p.152.

4　Henry James, *Selected Literary Criticism* (Cambridge: Cambridge University Press, 1981), p.49.

5　Ludwig Wittgenstein, *Philosophical Investigations*, trans. G. E. M. Anscombe (Oxford: Basil Blackwell, 1967), p.8.

6　Friedrich Nietzche, *The Genealogy of Morals,* in *Werke*, vol.2 (Munich: Hanser, 1966), p.820. 作者自译。

7　*Roland Barthes/by Roland Barthes*, trans. Richard Howard (New York: Hill and Wang, 1977), p.85. 英译文作者略有修改。

8　Ibid., p.72.

9　Ibid., p.73.

10　T. S. Eliot, "Ulysses, Order and Myth, "in *Selected Prose*, ed. Frank Kermode (New York: Harcourt, Brace Jovanovich, 1975), p.177

11　*Philosophical Investigations*, pp.8, 11, 88, 174, 226.

12　*Selected Prose*, p.177.

13　Geoffrey Hartman, *Criticism in the Wilderness* (New Haven: Yale University Press 1980), p.4；Paul de Man, *Allegories of Reading* (New Heaven: Yale University Press, 1979), p.19.

14　*Roland Barthes / by Roland Barthes*, p.119

15　Ibid., p.188.

16　Ibid., pp.8, 45.

17　Ibid., pp.3, 19.

18　Roland Barthes, *Writing Degree Zero and Elements of Semiology,* trans. Annette Lavers and Colin Smith (London: Jonathan Cape, 1984), p.34

21　Roland Barthes, *A Lover's Discourse*, trans. Richard Howard (New York: Hill and Wang), p,7.

22　Roland Barthes, *S/Z*, trans. Richard Miller (New York: Hill and Wang, 1974), p.5. 又见 Roland Barthes, *The Grain of the Voice*, trans. Linda Coverdale (London: Jonathan Cape, 1985), p.130.

23　Ibid., p.5

24　Rolard Barthes, "Longtemps je me suis couché de bonne heure, "in *the Rustle of Language,* trans. Richard Howard (Oxford: Basil Blackwell, 1986), p.288.

25　Marcel Proust, *Jean Santeuil* (Paris: Bibliothèque de la Pléiade, Gallimard, 1971), p.181.

26　Vladimir Nabokov, *Ada* (London: Penguin, 1971), pp.261, 259.

27　Walter Benjamin, "The Task of the Translator, " in *Illuminations*, pp.72-73.

28　Roland Barthes, *Writing Degree Zero*, p.27. 英译文作者略有更动。

29　Leo Tolstoy, *Anna Karenin*, trans. Rosemary Edmonds (London: Penguin, 1978), p.13.

30　Charles Dickens, *Little Dorrit* (London: Penguin, 1967), p.39.

31　Roland Barthes, *Camera Lucida*, trans. Richard Howard (New York: Hill and Wang, 1981), p.67.

32　Frédéric Berthet, in *Prétexte: Roland Barthes* (Paris: Union Generale, 1978), p.349.

33　Roland Barthes, *The Pleasure of the Text*, p.31.

34　Roland Barthes, *Incidents* (Paris: Editions du Seuil, 1987), p.94.

35　Roland Barthes, *The Grain of the Voice*, p.223.

36　Ibid., p.176.

37　Roland Barthes, *The Pleasure of the Text*, p.7.

38　Roland Barthes, *S/Z*, p.80.

39　Roland Barthes, *Sade, Fourier, Loyola*, trans. Richard Miller (Baltimore: Johns Hopkins University Press, 1997), p.136.

40　Roland Barthes, *The Grain of the Voice*, p.223.

41　Ibid., p.203.

42　Roland Barthes, *Camera Lucida*, pp.4-5.

19　Roland Barthes *The Pleasure of the Text*, trans, Richard Miller (New York: Noonday, 1989), p.7.

20　Ibid., p.7.

43　*Roland Barthes/by Roland Barthes*, p.84.

44　W. B. Yeats, "Reveries over childhood and youth, "in *The Autobiography of W. B. Yeats* (London: Collier, 1965), p.58.

45 *Roland Barthes/by Roland Barthes*, p.90.

46 Ibid., p.90.

47 Ibid., p.90.

48 Roland Barthes, "Longtemps je me suis couché, "p.287.

49 Ibid..p.287

50 Ibid., p.287.

51 Ibid., p.288.

52 Ibid., p.289.

53 *Roland Barthes/by Roland Barthes*, p.137.

54 Vladimir Nabokov, "On a book entitled *Lolita*, "in *Lolita* (New York: Vintage, 1989), pp.314-315.

55 Lionel Trilling, *The Liberal Imagination* (Garden City: Anchor, 1953), p.215.

56 Bertolt Brecht, *The Caucasian Chalk Circle*, trans. Ralph Manheim, in *Collected Plays*, vol.7 (New York: Vintage, 1975), p.160. 曼翰 (Manheim) 将其翻译为"行善的诱惑何其可怕",从剧本的上下文看来很合理,但原文用的字是 Güte,完全等同于巴特的 bonté,有善和仁慈两种词义。

2 无知的喜剧

1 Samuel Beckett, *Krapp's Last Tape*, in *Collected Shorter Plays* (London: Faber, 1984), p.55.

2 Samuel Beckett, *Texts for Nothing*, trans. the author, in *The Complete Short Prose, 1929-1989* (New York: Grove, 1995), p.120, 132.

3 "The Calmative, "trans. the author, in *Complete Short Prose*, p.70.

4 Samuel Beckett, *Ill See Ill Said*, in *Nohow On* (New York: Grove, 1996), p.58.

5　*Texts for Nothing*, p.106.

6　Samuel Beckett, *The Unnameable*, trans. the author, in *Three Novels* (New York: Grove, 1965) , p.357.

7　Samuel Beckett, *For to End Yet Again*, in *Complete Short Prose*, p.244.

8　Samuel Beckett, *Molloy*, trans. Patrick Bowles in collaboration with the author, in *Three Novels*, p.25.

9　Ibid., p.139.

10　Ibid., p.112.

11　Samuel Beckett, *Texts for Nothing*, p.116.

12　Samuel Beckett, *Imagination Dead Imagine*, in *Complete Short Prose* (New York: Grove, 1995) , p.182.

13　Ibid., p.182.

14　Ibid., p.185.

15　Ibid., p.185.

16　Samuel Beckett, *For to End Yet Again*, p.243.

17　Ibid., p.246.

18　Samuel Beckett, *All Strange Away*, in *Complete Short Prose,* p.169.

19　*All Strange Away,* p.172.

20　Ibid., p.173.

21　Ibid., p.179.

22　Ibid., p.178.

23　*Imagination Dead Imagine*, p.184.

24　Samuel Beckett, *The Lost Ones*, in *Complete Short Prose*, p.216.

25　Samuel Beckett, "The End, "trans. Richard Seaver in collaboration with the author, in *Stories and Texts for Nothing*, p.89.

26　Samuel Beckett, *Fizzles*, in *Complete Short Prose*, p.236.

27　Christopher Ricks, *Beckett's Dying Words* (Oxford:

Oxford University Press, 1993), p.45.

28　Ibid., p.24.

29　Samuel Beckett, *Company* (New York: Grove Weidenfeld, 1980), p.7

30　Ibid., p.8.

31　Ibid., p.24.

32　Ibid., p.26.

33　Ibid., pp.45-46.

34　Ibid., p.26.

35　Ibid., p.46..

36　Ibid., pp.59-60.

37　Ibid., p.63.

38　Ibid., p.27

39　Ibid., pp.26-27.

40　Ibid., p.27.

41　Ibid., p.10.

42　Ibid., p.38.

43　Ibid., p.18.

44　Ibid., p.63.

45　Samuel Beckett, *Ill Seen Ill Said*, p.56.

46　Ibid., p.68

47　*Ill Seen Ill Said*, pp.75-76.

48　Ibid., p.50.

49　Ibid., p.53.

50　Ibid., p.80.

51　Ibid., p.73.

52　Ibid., p.74.

53　Ibid., p.80.

54　Ibid., p.72

55　Samuel Beckett, *Waiting for Godot*, trans. The author (New

York: Grove, 1982), pp.57-58.

56　Samuel Beckett, *More Pricks than Kicks* (New York: Grove, 1972), p.163.

57　*Waiting for Godot*, p.44.

58　*First Love*, trans. the author, in *Complete Short Prose*, p.25.

59　*Texts for Nothing*, p.124.

60　Ibid., p.78.

61　*Molloy*, p.83.

62　Ibid., p.165.

63　Samuel Beckett, *Malone Dies*, trans. the author, in *Three Novels*, p.253.

64　*Company*, p.52.

65　*Ill Seen Ill Said*, p.52.

66　Ibid., p.82.

67　Colm Tóibín, "The Built-in Reader,"*London Review of Books*, April 8, 1993.

68　*Beckett's Dying Words*, p.85.

69　*Ill Seen III Said*, p.56.

3　天堂中的政治

1　Julio cortázar, *A Certain Lucas,* trans. Gregory Rabassa (New York: Knopf, 1984), pp.20-21.

2　Julio Cortázar, *Hopscotch,* trans. Gregory Rabassa (New York: Pantheon, 1966), p.216.

3　Ibid., p.209.

4　*Hopscotch*, p.511.

5　Julio Cortázar, *Ultimo Round*, vol.1 (Mexico City: Siglo XXI, 1974), pp.65. 笔者译。

6　Ibid., p.60.

7　Julio Cortázar, "Bestiary, "in *Blow-Up and Other Stories*, trans. Paul Blackburn (New York: Pantheon, 1967), p.81.

8　Julio Cortázar, "Apocalypse at Solentiname, "in *Change of Light and other stories*, trans. Gregory Rabassa (New York: Knorf, 1980), pp.119-120.

9　Ibid., p.127

10　*Ultimo Round*, vol.1, pp.248-249.

11　Julio Cortázar, *A Manual for Manuel,* trans. Gregory Rabassa (New York: Pantheon, 1978), pp.3-4.

12　*Ultimo Round*, vol.1, pp.249-251.

13　*A Manual for Manuel*, p.389.

14　Quoted by H. L. A. Hart in the *New York Review of Books*, March 9, 1978.

15　*A Manual for Manuel*, p.124.

16　Ibid., p.185.

17　Stendhal, *La Chartreuse de Parme* (Paris: Garnier, 1960), p.415.

18　Guillermo Cabrera Infante, *Tres Tristes Tigres* (Barcelona: Seix Barral, 1968), introductory note. 此句在英译本中未出现。

19　*Three Trapped Tigers*, trans. Donald Gardner and Suzanne Jill Levine in collaboration with the author (New York: Harper and Row, 1971), p.465. 英译将此段翻为:"你相信字句还是文字本身?"(in words or in the Word)"我相信弄词者。"(in word benders)

20　Lewis Carroll, *Alice in Wonderland* (London: Macmillan, 1966), p.17.

21　*Three Trapped Tigers*, p.148.

22　Ibid., p.112

23　Ibid., p.308.

24　Rita Guibert, *Seven Voices* (New York: Vintage, 1973),

pp.435-436

25 Ibid., pp.435-436.

26 Ibid., pp.435-436.

27 Ibid., pp.435-436.

28 Ibid., pp.435-436.

29 *Three Trapped Tigers*, p.472.

30 *Infante's Inferno*, p.63.

31 Vladimir Nabokov, *Ada* (London: Penguin, 1971), p.428.

32 *Infante's Inferno*, p.50.

33 ibid., p.118.

34 Ibid., p.1.

35 Joseph Conrad, *The Shadow Line* (New York: Doubleday, 1924), p.3.

36 *Seven Voices*, p.409.

37 *Infante's lnferno*, p.2.

38 Ibid., p.3.

39 Ibid., p.82.

40 Ibid., p.81.

41 Ibid., p.410.

42 Ibid., pp.77, 35, 69, 176.

43 Ibid., p.31.

44 Ibid., pp.78, 171.

45 Ibid., p.7.

46 Ibid., pp.178, 312.

47 Carlos Fuentes, *La nueva novela hispanoamericana* (Mexico City: Joaquín Mortiz, 1969), p.32. 笔者译。

48 Robert Lowell, "Skunk Hour," in *Selected Poems* (New York: Farrar Straus and Giroux, 1977), p.96.

49 Reinaldo Arenas, *The Palace of the White Skunks*, trans. Andrew Hurley (New York: Viking, 1990), p.105.

50　Severo Sarduy, "Escrito sobre Arenas, " in *Reinaldo Arenas: Alucinaciones, fantasía, y realidad*, ed. J. E. Miyares and Perla Rozencvaig (Glenview: Scott, Foresman, 1990), p.14.

51　Ibid., p.16.

52　Reinaldo Arenas, *El Mundo alucinante* (Caracas: Monte Avila, 1982), p.11. 笔者译。

53　Reinaldo Arenas, *Old Rosa*, trans. Ann Tashi Slater and Andrew Hurley (New York: Grove, 1989), p.41.

54　Ibid., p.41.

55　Ibid., p.3.

56　Ibid., pp.50–51.

57　Ibid., p.58.

58　Ibid., p.68.

59　Ibid., p.71.

60　Franz Kafka, "Leopards in the Temple, "trans. Ernst Kaiser and Eithne Wilkins, in *Parables and Paradoxes* (New York: Schockea, 1961), p.93.

61　*Old Rosa*, pp.53.

62　Ibid., p.83.

63　Ibid., p.49.

64　Ibid., p.104.

65　Ibid., p.57.

66　Ibid., p.69.

67　Juan Goytisolo, "Apuntes sobre *Arturo, la Estrella* mas brillante, "in *Reinaldo Arenas: Alucinaciones, fantasía, y realidad* p.179.

68　*The Palace of the White Skunks*, p.351.

69　Ibid., p.234.

70　Ibid., p.134.

71　Ibid., p.3.

72 Ibid., p.206.

73 Ibid., p.82.

74 Ibid., p.101.

75 Ibid., p.124.

76 Ibid., p.354.

77 Ibid., p.355.

78 Ibid., p.125.

79 *Farewell to the Sea*, trans. Andrew Hurley (New York: Viking, 1986), p.97.

80 Ibid., p.128.

81 Ibid., p.111.

82 Ibid., p.68.

83 Ibid., p.117.

84 Ibid., p.115.

85 Ibid., p.74.

86 Ibid., p.202.

87 Ibid., p.344-345.

88 Ibid., p.303.

89 Ibid., p.333-334.

90 Ibid., p.249.

91 Ibid., p.153.

92 Ibid., p.309.

93 Ibid., p.270-271.

94 Ibid., p.281-282.

95 Ibid., p.202.

96 Ibid., p.252-253.

4 隐喻的动机

1 Milan Kundera, *The Art of the Novel*, trans. Linda Asher

(London: Faber, 1988), p.132.

2　Milan Kundera, *The Book of Laughter and Forgetting*, trans. Michael Henry Heim (London: Penguin, 1983), p.8.

3　Milan Kundera, *The Unbearable Lightness of Being*, trans. Michael Henry Heim (New York: Harper and Row, 1984), p.295.

4　Ibid., p.298.

5　Ibid., p.296.

6　*The Art of the Novel*, p.5.

7　Ibid., p.128.

8　Ibid., p.12.

9　Ibid., p.14.

10　Ibid., p.18.

11　Ibid., p.134.

12　Ibid., p.78.

13　Ibid., p.79.

14　Ibid., p.90.

15　Ibid., p.164.

16　Milan Kundera, *Testaments Betrayed*, trans. Linda Asher (New York: Harper-Perennial, 1996), p.7.

17　Ibid., p.27.

18　Ibid., p.203.

19　*The Art of the Novel*, p.14.

20　Ibid., p.16..

21　*Testaments Betrayed*, p.130.

22　Ibid., p.128.

23　Ibid., pp.132-133.

24　Ibid., pp.132-133.

25　*The Art of the Novel*, p.27

26　Ibid., p.29.

27　Milan Kundera, *Life is Elsewhere*, trans. Peter Kussi

(London: Faber, 1986), p.112; quoted in *The Art of the Novel*, p.30.

28 *The Unbearable Lightness of Being*, p.76; quoted in *The Art of the Novel*, p.31.

29 *The Art of the Novel,* p.31.

30 Ibid., p.32.

31 Ibid., p.65.

32 Ibid., p.80.

33 Ibid., p.80.

34 Milan Kundera, *Jacques and His Master*, trans. Simon Callow (London: Faber, 1986), p.13

35 Ibid., p.13.

36 *The Art of the Novel*, p.143

37 Ibid., p.144.

38 Ibid., p.16.

39 Robert Musil, *The Man Without Qualities*, vol.1, trans. Sophie Wilkins (London: Picador, 1995), p.273.

40 *The Unbearable Lightness of Being*, p.6.

41 Milan Kundera, *Immortality*, trans. Peter Kussi (New York: Grove Weidenfeld, 1991), pp.3-4.

42 *The Art of the Novel*, p.34.

43 *Immortality*, p.237.

44 Vladimir Nabokov, *Lolita,* p.129.

45 *Immortality*, p.252.

46 Richard Rorty, *Contingency, Irony, and Solidarity* (Cambridge: Cambridge University Press, 1989), p.xvi.

47 *Immortality*, p,238.

48 Jorge Luis Borges, "Funes the Memorious,"in *A Personal Anthology*, trans. Anthony Kerrigan (New York: Grove, 1967), pp.35-43.

49 *Immortality*, p.270.

50　Ibid., p.269.

51　Ibid., p.7.

52　Milan Kundera, *Slowness*, trans. Linda Asher (New York: Harper-Collins, 1996), p.126.

53　*Immortality*, p.51.

54　*The Art of the Novel*, p.41.

55　*Immortality*, p.259.

56　Ibid., p.258.

57　Ibid., p.194.

58　*The Unbearable Lightness of Being*, p.250.

59　*Immortality*, p.204

60　Ibid., p.200.

61　*The Unbearable Lightness of Being*, p.290.

62　*Immortality*, p.150.

5　应许之地

1　Italo Calvino, *Invisible Cities*, trans. William Weaver (New York: Harcourt, Brace, Jovanovich, 1978), pp.21-22.

2　Ibid., pp.38-39.

3　Italo Calvino, *The Castle of Crossed Destinies*, trans. William Weaver (New York: Harcourt, Brace, Jovanovich, 1977), p.5.

4　Ibid., p.71.

5　Ibid., p.71.

6　Ibid., p.41.

7　Ibid., p.41.

8　T. S. Eliot, *The Waste Land and Other Poems* (New York: Harcourt, Brace and World, 1962), pp.47-48.

9　*The Castle of Crossed Destinies*, p.126

10　Ibid., p.29.

11　Ibid., p.7.

12　Ibid., p.8.

13　Ibid., p.12.

14　Ibid., p.35.

15　Ibid., p.41.

16　Ibid., p.46.

17　Jorge Luis Borges, *El Hacedor* (Buenos Aires: Emecé Editores, 1967), p.111. 作者自译。

18　*The Castle of Crossed Destinies*, p.102.

19　Ibid., p.102.

20　Ibid., p.101.

21　Ibid., p.111.

22　Ibid., p.102.

23　Ibid., pp.103–104.

24　Ibid., p.33.

25　Ibid., p.115.

26　lbid., p.117.

27　Ibid, p.115.

28　Ibid., p.118.

29　Ibid., p.115.

30　Ibid., p.115.

31　Ibid., p.117.

32　Wallace Stevens, "Notes toward a Supreme Fiction," in *The Palm at the End of the Mind* (New York: Vintage, 1990), p.230.

33　Italo Calvino, *Invisible Cities*, p.39.

34　Ibid., p.39.

35　Ibid., p.39.

36　Ibid., p.5.

37　Ibid., p.38.

38　Ibid., p.28.
39　Ibid., p.28.
40　Ibid., pp.103-104.
41　Ibid., p.85.
42　Ibid., p.7.
43　Ibid., p.56.
44　Ibid., p.115.
45　Ibid., p.116.
46　Ibid., p.147.
47　Ibid., p.53.
48　Ibid., p.53.
49　Ibid., p.54.
50　Ibid., p.63.
51　Ibid., p.63.
52　Ibid., p.111.
53　Ibid., p.112.
54　Ibid., p.149.
55　Ibid., p.145.
56　Ibid., p.151.
57　Ibid., p.151.
58　Ibid., p.96.
59　Ibid., p.97.
60　Ibid., p.97.
61　Ibid., p.160.
62　Ibid., p.163.
63　Ibid., p.165.
64　Ibid., p.165.
65　Ibid., p.122.
66　Ibid., p.123.
67　Ibid., p.123.

68　Ibid., pp.131-132.

69　Italo Calvino, Six *Memos for the Next Millennium* (Cambridge: Harvard University Press, 1988), p.71.

70　*The Castle of Crossed Destinies*, p.119.

71　Ibid., p.119.

72　Italo Calvino, *Mr. Palomar*, trans. William Weaver (London: Secker and Warburg, 1985), p.94.

73　Ibid., p.24.

74　Ibid., p.63.

75　*Six Memos for the Next Millennium*, p.56.

76　Ibid., p.112.

77　Ibid., p.26.

78　*Mr. Palomar*, p.3.

79　Ibid., p.6.

80　Ibid., p.24.

81　Ibid., p.74.

82　Ibid., p.73.

83　Ibid., p.74.

84　Ibid., p.76.

85　Ibid., p.77

86　Ibid., p.77

87　Ibid., p.78.

88　Ibid., p.79.

89　Ibid., p.86.

90　Ibid., p.87

91　Ibid., p.87.

92　Ibid., p.88.

93　Ibid., p.88.

94　*Six Memos for the Next Millennium*, p.26.

95　Paul Valéry, *Monsieur Teste* (Paris: Gallimard, 1984), p.11.

笔者译。

6 后现代主义的罗曼史

1　Gabriel García Márquez, *El Olor de la Guayaba: conversaciones con Plinio Apuleyo Mendoza* (Bogotá: Oveja Negra, 1982), p.50.

2　Ibid., p.51.

3　Ibid., p.50.

4　Virginia Woolf, *Mrs. Dalloway* (London: Penguin, 1973), p.19；quoted in *El Olor de la Guayaba*, p.50.

5　*Mrs. Dalloway*, p.19.

6　William Faulkner, *Absalom, Absalom!* (New York: Vintage, 1972), p.12.

7　Gabriel García Márquez, *Autumn of the Patriarch*, trans. Gregory Rabassa (New York: Harper and Row, 1971), p.268.

8　Charles Dickens, *Our Mutual Friend* (New York: Oxford University Press, 1989), p.198；cf. Christopher Ricks, *T.S.Eliot and Prejudice* (London: Faber, 1988), p.271.

9　Gabriel García Márquez, *One Hundred Years of Solitude*, trans. Gregory Rabassa (New York: HarperPerennial, 1991), pp.127, 341.

10　*Autumn of the Patriarch*, p.215.

11　这是庞德 (Ezra Pound) 在1934年出版的一本书的书名。

12　*El Olor de la Guayaba*, p.65.

13　Ibid., p.73.

14　Gabriel García Márquez, *Love in the Time of Cholera*, trans. Edith Grossman (New York: Penguin, 1989), p.345.

15　*El Olor de la Guayaba*, p.73.

16　Gabriel García Márquez, *No One Writes to the Colonel and Other Storie*, trans. J. B. Bernstein (New York: Harper and Row, 1979), p.62.

17　*Love in the Time of Cholera*, p.348.

18　Thomas Mann, *Der Zauberberg* (Berlin: Fischer, 1925), p.10.

19　*Love in the Time of Cholera*, p.3.

20　Ibid., p.15.

21　Ibid., p.35., cf. *One Hundred Years of Solitude*, p.248.

22　Ibid., p.336.

23　Ibid., p.337.

24　Ibid., p.207.

25　Ibid., p.111.

26　Ibid., p.132.

27　Ibid., p.53.

28　Ibid., p.305.

29　Ibid., p.345.

30　Ibid., p.222.

31　Ibid., p.69.

32　Ibid., p.64.

33　Ibid., p.75.

34　Ibid., p.151.

35　Ibid., p.270.

36　Stephen Minta, *Gabriel García Márquez: Writer of Colombia* (London: Jonathan Cape, 1987), p.126.

37　*Love in the Time of Cholera*, p.64.

38　Ibid., p.75.

39　Ibid., p.7.

40　Ibid., p.234.

41　Ibid., p.291.

42　Ibid., p.296.

43　Ibid., p.187.

44　Ibid., p.102.

45　Ibid., pp.203-204.

46　Ibid., p.61.

47　Ibid., p.50.

48　Ibid., p.48.

49　Ibid., p.339.

50　Ibid., p.339.

51　Ibid., p.339.

52　Ibid., p.339.

53　Noam Chomsky, *Language and Mind* (New York: Harcourt Brace Jovanovich, 1972), p.70.

54　Alan Wilde, *Horizons of Assent* (Baltimore: Johns Hopkins University Press, 1987), p.10.

7　心智之山

1　Toni Morrision, *Jazz* (New York: Knopf, 1992), pp.74-75.

2　*Jazz*, p.202.

3　Toni Morrison, ed., *Race-ing Justice, En-gendering Power* (New York: Pantheon, 1992), p.xii.

4　*Jazz*, p.111.

5　Toni Morrison, *Playing in the Dark: Whiteness and the Literary Imagination* (Cambridge: Harvard University Press, 1992), p.xi.

6　Toni Morrison, *Beloved* (London: Penguin, 1988), p.70.

7　Ibid., p.6.

8　Toni Morrison, *The Bluest Eye* (London: Picador, 1990), p.28.

9 Ibid., p.163.

10 *Beloved*, p.200.

11 *Jazz*, p.220.

12 Ibid., p.107.

13 Ibid., p.3.

14 Ibid., p.7.

15 Ibid., p.8.

16 Ibid., p.33.

17 Ibid., p.64.

18 Quoted in Barbara Hill Rigney, *The Voices of Toni Morrison* (Cleveland: Ohio State University Press, 1992), p.51.

19 *Jazz*.pp.22–23.

20 Ibid., p.9.

21 Ibid., p.137.

22 Ibid., p.63.

23 Ibid., p.5.

24 Ibid., p.161.

25 Ibid., p.149.

26 Ibid., p.33.

27 Cf. Trudier Harris, *Fiction and Folklore: The Novels of Toni Morrison* (Knoxville: University of Tennessee Press, 1991), p.104.

28 *Song of Solomon* (London: Picador, 1989), p.330.

29 *Jazz*, p.124.

30 Ibid., p.9.

31 Ibid., p.119.

32 Ibid., p.221.

33 Ibid., p.221.

34 Ibid., p.220.

35 Ibid., p.228.

36　Ibid., p.208.

37　*Beloved*, p.140,

38　*Playing in the Dark*, p.vii.

39　Marie Cardinal, *Les Mots pour le dire* (Paris: Grasset et Fasquelle, 1975), p.53；Quoted in *Playing in the Dark*, p.vii.

40　Ibid., p.viii.

41　Ibid., p.7.

42　Ibid., p.6.

43　Ibid., p.37.

44　Ibid., p.13.

45　Ibid., p.50.

46　Ibid., p.65.

47　*Jazz.*, p.79.

48　Ibid., p.59.

49　Ibid., p.67.

50　Ibid., p.196.

8　虎与镜

1　Quoted by Susannah Clapp, introduction to Angela Carter, *American Ghosts and Old World Wonders* (New York: Vintage, 1994), p.ix.

2　Angela Carter, *Shadow Dance* (New York: Penguin, 1996), p.109.

3　Ibid., p.1.

4　Ibid., p.119.

5　Angela Carter, *Love* (New York: Penguin, 1988), p.67.

6　Angela Carter, *Fireworks* (New York: Penguin, 1987), pp.132–133.

7　Ibid., p.133.

8　Afterword, *Love*, p.116.

9　Ibid., p.113.

10　*Shadow Dance*, p.56.

11　Ibid., p.86.

12　Angela Carter, *The Magic Toyshop* (London: Virago, 1981), pp.74-75

13　Angela Carter, *Several Perceptions* (London: Heinemann, 1968), p.152.

14　*Love*, p.25.

15　Ibid., p.55.

16　Ibid., p.95.

17　Ibid., p.19.

18　Ibid., pp.26-27.

19　Ibid., p.4.

20　Sue Roe, "The Disorder of *Love*: Angela Carter's Surrealist Collage," in *Flesh and the Mirror,* ed. Lorna Sage (London: Virago, 1994), p.62.

21　*Love*, p.10.

22　Ibid., p.113.

23　Ibid., p.70.

24　Ibid., p.95.

25　Ibid., pp.109-110.

26　Ibid., pp.110.

27　Angela Carter, *The Passion of New Eve* (London: Virago, 1982), p.6.

28　Angela Carter, *Nothing Sacred* (London: Virago, 1982), p.165.

29　Ibid., p.74.

30　Ibid., p.73.

31　Ibid., p.4.

32　Ibid., p.66.

33　Ibid., p.69.

34　Ibid., p.61.

35　Ibid., p.111.

36　Ibid., p.88..

37　Angela Carter, *The Sadeian Woman* (London: Virago, 1979), p.5.

38　Ibid., p.12.

39　Ibid., p.21.

40　Ibid., p.22.

41　Ibid., p.22.

42　Ibid., p.37.

43　Ibid., p.37.

44　Ibid., p.49.

45　Ibid., p.60.

46　Ibid., p.50.

47　Ibid., p.99.

48　Ibid., p.27.

49　Ibid., p.111.

50　Ibid., pp.76–77.

51　Ibid., p.150.

52　Ibid., p.150.

53　Angela Carter, *The Bloody Chamber* (New York: Penguin, 1993), pp.117, 118.

54　Ibid., p.117.

55　Ibid., p.118.

56　Ibid., p.64.

57　*The Sadeian Woman*, pp.138–139.

58　Angela Carter, *The Infernal Desire Machines of Dr. Hoffman* (London: Penguin, 1982), p.97.

59　Ibid., p.35.

60　*The Bloody Chamber*, p.108.

61　Ibid., p.108.

62　Ibid., p.108.

63　Ibid., p.35.

64　Ibid., p.35.

65　*The Magic Toyshop*, p.80.

66　*Shadow Dance*, p.103.

67　*The Bloody Chamber*, p.36.

68　Ibid., p.39.

69　Angela Carter, *Nights at the Circus* (London: Chatto and Windus, 1984), p.7.

70　Ibid., p.295.

71　Ibid., p.25.

72　Ibid., p.285.

73　Ibid., p.23.

74　Ibid., p.232.

75　Ibid., p.77.

76　Lorna Sage, *Angela Carter* (Plymouth: Northcote House, 1994), p.46.

77　*Love*, p.83.

78　*Nights at the Circus*, pp.294-295.

79　Ibid., p.107.

80　Ibid., p.107.

81　Ibid., p.108.

82　D. H. Lawrence, "Fish," in *Complete Poems* (New York: Viking, 1971), p.338.

83　*Nights at the Circus*, p.149.

84　Ibid., p.148.

85　Ibid., p.206.

86 Ibid., pp.249-250.

9 风行一时

1 Clive Barker, quoted in Edward Ingebretsen, S. J., *Maps of Heaven, Maps of Hell: Religious Terror as Memory from the Puritans to Stephen King* (New York: Paragon, 1995), p.x.

2 Stephen King, in PEN *Newsletter*, 1991.

3 Stephen King, *Carrie* (New York: Signet, 1975), p.206.

4 *Maps of Heaven, Maps of Hell*, p.xv.

5 Ibid., p.xiii,

6 Ibid., p.155.

7 Ibid., p.181.

8 *Carrie*, pp.82-83.

9 Stephen King, *The Langoliers,* in *Four Past Midnight* (New York: Signet, 1991), p.xii.

10 Ibid., p.184.

11 Ibid., p.185.

12 Stephen King, *Dolores Claiborne* (New York: Signet, 1993), p.189.

13 *The Langoliers*, p.159.

14 *Carrie*, p.230.

15 Stephen King, *Rose Madder* (New York: Viking, 1995), p.4.

16 Ibid., p.9.

17 Ibid., p.187.

18 Ibid., p.220.

19 Ibid., p.231.

20 Ibid., p.232.

21 Ibid., p.391.

22　Ibid., p.414.

23　Ibid., p.419.

24　Ibid., p.420.

25　Ibid., p.20.

26　Ibid., p.212.

27　Ibid., p.335.

28　Ibid., p.5.

29　Ibid., p.33.

30　Ibid., p.378

10　失去的天堂

1　Joseph Conrad, *Heart of Darkness* (London: Penguin, 1973) , p.10.

2　Ibid., p.10,

3　Cf. Chinua Achebe, *Hopes and Impediments* (London: Heinemann, 1988) , pp.1-13.

4　Edward W. Said, *Culture and Imperialism* (New York: Knopf, 1993) , p.xii.

5　Ibid., pp.244-245.

6　Ibid., p.274.

7　Ibid., p.275.

8　"On Genet's Late Works," *Grand Street* 36 (Winter 1993) .

9　*Culture and Imperialism*, pp.162, 258.

10　Edward W. Said, *Orientalism* (New York: Pantheon, 1978), p.10.

11　Ibid., p.328.

12　*Culture and Imperialism*, pp.xvii, xxiii, 53, 62, 74-75, 76, 95, 111, 125, 130, 193, 205, 208, 239, 242.

13　Edward W. Said, *The World, the Text, and the Critic*

(Cambridge: Harvard University Press, 1983), pp.35, 151.

14　*Culture and Imperialism*, p.162.

15　Ibid., p.8.

16　Ibid., p.57.

17　Ibid., p.66.

18　Ibid., p.68.

19　Ibid., p.185.

20　Ibid., p.32.

21　Ibid., p.35.

22　*The World, the Text, and the Critic*, p.29.

23　Ibid., p.247.

24　Milan Kundera, *The Art of the Novel*, trans. Linda Asher (London: Faber, 1988), pp.13-14.

25　*Culture and Imperialism*, p.87.

26　Ibid., p.92.

27　Jane Austen, *Mansfield Park* (Boston: Houghton Mifflin, 1965), p.360.

28　Ibid., p.359.

29　Ibid., p.19.

30　Ibid., p.82.

31　Ibid., p.24.

32　Ibid., p.150.

33　Ibid., p.150.

34　*Culture and Imperialism*, p.96.

35　Ibid., p.273. Cf. "Permission to Narrate, "*London Review of Books*, Febrtuary 29, 1984.

36　*Culture and Imperialism*, p.325.

37　Ibid., pp.273, 279, 334.

38　Edward W. Said, *After the Last Sky* (London: Faber, 1986), p.38.

39 Ibid., p.65.

40 Ibid., p.66.

41 *Culture and Imperialism*, p.232.

42 T. W. Adorno, *Philosophy of Modern Music*, trans. Anne G. Mitchell and Wesley V. Blomster (New York: Seabury, 1973), p.133；quoted in Edward W. Said, *Musical Elaborations* (London: Chatto and Windus, 1991), p.14.

43 R. P. Blackmur, *Henry Adams* (New York: Da Copo, 1984), p.18.

44 Ibid., p.4.

45 *Orientalism.*, p.325.

46 Ibid., p.5.

47 Ibid., p.323.

48 Ibid., p.273.

49 Ibid., p.277.

50 Ibid., p.286.

51 Ibid., p.109.

52 Ibid., p.87.

53 Ibid., p.229.

54 *After the Last Sky*, p.53.

55 Ibid., p.91.

56 *Musical Elaborations*, p.16.

57 Ibid., p.93.

58 *Culture and Imperialism*, p.335.

59 Ibid., p.336.

60 Ibid., p.xxvii.

11 他者的言说

1 Kazuo Ishiguro, *The Unconsoled* (New York: Knopf, 1995),

p.444.

2　Ibid., p.289.

3　Ibid., p.9.

4　Ibid., pp.34-35.

5　Ibid., p.37.

6　Ibid., p.214.

7　Ibid., p.155.

8　Ibid., p.532.

9　Ibid., p.524.

10　Ibid., p.535.

11　Ibid., p.519,

12　Ibid., pp.381-382.

13　Ibid., p.444.

14　Ibid., p.386.

15　Ibid., p.420.

16　Arthur Rimbaud, "Chanson de la plus haute tour, " *Oeuvres* (Paris: Garnier, 1983), p.158.

17　*The Unconsoled*, p.357.

18　Ibid., p.158.

19　Franz Kafka, *The Trial*, trans, Willa and Edwin Muir (London: Minerva, 1992), p.232.

20　Kazuo Ishiguro, *A Pale View of Hills* (New York: Vintage, 1990), p.10.

21　Ibid., p.10,

22　Ibid., p.11.

23　Ibid., p.74.

24　Cf. Margaret Anne Doody, *The True Story of the Novel* (New York: HarperCollins, 1997), pp.313-316 and elsewhere.

25　*A Pale View of Hills*, p.73.

26　Ibid., p.10.

27　Roland Barthes, *S/Z*, trans. Richard Miller (New York: Hill and Wang, 1974), p.184.

28　*A Pale Vieiv of Hills*, p.84.

29　Ibid., p.173.

30　Ibid., p.176.

31　Ibid., p.171.

12　叙事的梦魇

1　Jeanette Winterson, *Art and Lies* (London: Jonathan Cape, 1994), p.206.

2　Richard Strauss/Hugo von Hoffmansthal, *Der Rosenkavalier* (London: John Calder, 1981), p.122.

3　Quoted by Michael Kennedy, "Comedy for Music, "in *Der Rosenkavalier*, p.29.

4　*Der Rosenkavalier*, p.122；quoted in *Art and Lies*, p.204.

5　Jeanette Winterson, *Art (Objects) : Essays on Ecstasy and Effrontery* (New York: Knopf, 1996), p.191.

6　Ibid., p.118.

7　Ibid., p.103.

8　Ibid., p.129.

9　Jeanette Winterson, *Written on the Body* (New York: Vintage, 1993), p.58.

10　Jeanette Winterson, *The Passion* (New York: Vintage, 1989), pp.45, 80.

11　*Art and Lies*, pp.64, 67, 133.

12　*The Passion*, pp.62, 74；*Sexing The Cherry* (New York: Vintage, 1991), pp.100, 152.

13　*The Passion*, p.74.

14　*Sexing the Cherry*, p.76.

15 *Art (Objects)*, pp.37, 176.

16 Ibid., pp.87, 134, 98.

17 Ibid., p.156.

18 Ibid., p.74.

19 Ibid., p.4.

20 *The Passion*, pp.5, 13, 69, 160.

21 *Art (Objects)*, p.189.

22 Ibid., p.155.

23 *Oranges Are Not the Only Fruit* (London: Pandora, 1985), p.172；*Art (Objects)*, p.77.

24 *Written on the Body*, p.153.

25 Ibid., p.157.

26 Ibid., p.77.

27 Ibid., pp.91, 163.

28 Ibid., pp.10, 71, 155, 189.

29 Jeanette Winterson, *Gut Symmetries* (London: Granta Books, 1997), pp.24, 157.

30 Ibid., p.98.

31 Ihid., p.41.

32 Ibid., p.126.

33 Ibid., p.116.

34 *Art (Objects)*, p.173.

35 Ibid., pp.59, 175.

36 E. M. Forster, *Aspects of the Novel* (London: Penguin, 1976), p.53.

37 *Art (Objects)*, p.71.

38 *Gut Symmetries*, p.115.

39 *Art (Objects)*, p.60.

40 *The Passion*, p.5.

41 Ibid., p.34.

42　Ibid., p.37.

43　Ibid., p.28.

44　Ibid., pp.55, 62, 68, 82, 43, 66.

45　Ibid., p.73.

46　Ibid., p.133.

47　Ibid., p.89.

48　Ibid., p.137.

49　Ibid., pp.145-146.

50　Ibid., p.144.

51　Ibid., p.144.

52. *Sexing the Cherry*, pp.2, 102.

53　Ibid., pp.14-15.

54　Roland Barthes, *Camera Lucida*, trans. Richard Howard (New York: Hill and Wang, 1981), pp.38-40.

55　*Sexing the Cherry*, p.43.

56　Ibid., p.85.

57　*Art and Lies*, p.195.

58　*Sexing the Cherry*, p.100.

59　Ibid., p.100.

60　Charles Dickens, *The Pickwick Papers* (Oxford: Clarendon, 1986), p.648；cf. Helen Gardner, *The Composition of Four Quartets* (Oxford: Oxford University Press, 1978), p.28.

结局

1　Vladimir Nabokov, *Pnin* (London: Penguin, 1997), p.141.

2　Walter Benjamin, "Theses on the Philosophy of History,"in *Illuminations* (New York: Schocken, 1969), pp.257-258.

3　*Pnin*, p.112.

4　Theodore W. Adorno, "Cultural Criticism and Society,"in

Prisms, trans. Samuel and Shierry Weber (Cambridge: MIT Press, 1983), p.34.

5   *Illuminations*, p.256.

6   *Prisms*, p.34.

7   Vladimir Nabokov, *Bend Sinister* (London: Penguin, 1974), p.181.

8   Italo Calvino, "By Way of an Autobiography, "in *The Literature Machine*, trans. Patrick Creagh (London: Seeker and Warburg, 1987), p.341.

9   Italo Calvino, *If on a Winter's Night a Traveller*, trans. William Weaver (London: Picador, 1982), p.77.

10   Ibid., p.79.

11   Ibid., p.80.

12   "By Way of an Autobiography, "p.340.

13   Calvino, "Literature as Projection of Desire, "in *The Literature Machine*, pp.60–61.

14   Frank Kermode, *The Art of Telling* (Cambridge: Harvard University Press, 1983), p.123.

15   Roland Barthes, "The Death of the Author, "in *Image-Music-Text*, trans. Stephen Heath (New York: Hill and Wang, 1988), p.148.

16   Calvino, "Cybernetics and Ghosts, "in *The Literature Machine*, p.16.

17   W. H. Auden, "Five Songs, "*Collected Poems* (London: Faber, 1991), pp.59–60.

18   Auden, *The Dyer's Hand* (New York: Random House, 1962), p.3.

19   I. A. Richards, in *William Empson: The Man and His Work*, ed. Roma Gill (London: Routledge and Kegan Paul, 1974), p.99.

20   R. P. Blackmur, *A Primer of Ignorance* (New York:

Harcourt, Brace and World, 1967) , p.170.

21　Wallace Stevens, "The House Was Quiet and the World Was Calm, "in *The Palm at the End of the Mind* (New York: Vintage, 1990) , p.279.

22　Julio Cortázar, "Continuity of Parks, "in *Blow-Up and Other Stories* , trans. Paul Blackburn (New York: Pantheon, 1985), pp.63-65.

23　Jason Wilson, in *Modern Latin American Fiction*, ed. John King (London: Faber, 1987) , p.178.

24　*Six Memos for the Next Millennium* (Cambridge: Harvard University Press, 1988) , p.91.

25　Ibid., p.112.